U1006213

春·诞生丨

DUKU

读库

2101

主编　张立宪

新 星 出 版 社　NEW STAR PRESS

DUKU
读库
责任编辑 杨 雪
装帧设计 艾 莉
图片编辑 黎 亮
美术编辑 耿 冰

特约审校：马国兴｜黄英｜吴晨光｜李英子｜刘亚

目录

上海浮生

田维堂

2003 年正月到 2012 年正月，我们一家三口在这里生活了九年。

赌气改道上海

1999年夏天，我带着一同在广东打工的湖南农民黄姑娘回到贵州老家，举行了简单的婚礼，和土地生分七年时间的人重新拿起谋生的武器——锄头。至于黄姑娘，她根本就没有摸过锄头，一个从未种过地的农民，如今不得不开始学种地。

日子和以前一样艰难，记得有一次沧浪河涨洪水，我和挺着大肚子的黄姑娘一同来到洪水滔天的河边，希望能捡到一些有用的漂浮物。很幸运，我们捡到了四只拖鞋，勉强凑成了两双。

新世纪的到来为我们准备了一份大礼，我们的女儿出生了，黄姑娘成了黄太太，一个贫穷得不能再贫穷的太太，因为我们什么都没有。住的房子是我弟弟修建的，我们只有大约一亩薄田，日夜奋斗也只能糊口。我和太太还是希望尽快有一间属于自己的房子，为此我们除了吵架的时间都在加倍努力。

女儿满一周岁的时候，为拍一张全家福，我和太太卖了一整天的农产品，最后勉强凑够拍一张照片的钱，掏出来的全是毛票。

我感觉，靠种地想拥有我们自己的房子几乎是不可能的，我有了再次闯荡江湖的念头。

2001年春天，我们一家三口离开年迈的母亲出门寻找出路。

我们和一个老乡来到开阳磷矿，开始是卖灰豆腐、豆花，后来卖水果、蔬菜，但到了年底，感觉要支撑不下去了。2002年，我又到贵阳一个老乡开的广告公司当学徒，第一个月的工资是五十，第二个月的工资是一百，这样逐月递增，年底的时候，我的工资终于涨到六百，但是，我却决定不干了。寄居在娘家的太太和女儿来看我，和我分开快一年的女儿虽然只有一岁多，但一见面就认出了我，紧紧地搂抱住我的脖子不愿松开。腊月，太太带着女儿坐长途客车回瓮水老家的时候，女儿拼命向我舞动小手，口里喊着："爸爸，上；爸爸，上。"

2002年腊月二十八，一家人在老家过春节，那时母亲已经离开人世。过了春节，我和太太开始筹划到上海还是浙江，为此感到纠结。姐夫在上海，外侄女在浙江，两处都表示欢迎我们前去找工作，为我们提供一些方便。我们决定将女儿留给大姐暂且代管。

其实我们已经厌倦了在外面打工的漂流生活，我已经不太年轻了，我知道像我这样的年龄出去打工是不太受欢迎的，但还是准备拼一拼。出发之前，我们两口子定下的宏伟目标是赚够一万块钱就回家，修个能容下一家三口的房子，然后安心在家耕种度过余生。那时，我们觉得一万块钱是一笔庞大的数字。

2003年的正月初六，我们和一对在浙江打工的老乡夫妇出发，计划到浙江闯荡。为什么选择浙江而不是上海？我是这样分析的：在浙江温州或者金华这样的城市，打工人群的文化水平应该普遍较低，我这样的去了算是人才；而上海那样群雄逐鹿的国际大都市，我这样的人去了可能只是蠢才或者庸才，没人会把我当回事。

这对老乡夫妇，丈夫是我的中学同学，他老婆娘家是我转弯抹角的亲戚。我们原本都是友好的，可是车到县城的时候，这位同学言语之中明显表现出怕我们黏上他们夫妻，沾他们的光。我当即在车上宣布，我们将更换行程路线，要去的目的地不是浙江，而是上海。

我太太也是一个敏感的人，她也感觉到同学夫妇对我们的嫌弃，非常赞同我的意见。同学夫妇脸上就有些尴尬，不过他们心里应该是庆幸的，因为不会有我们这样的包袱了。

到了遵义，我们和同学夫妇不欢而散，他们去往浙江，我们上了开往上海的火车。

到达上海，根据姐夫在信上给我们提供的地址，通过若干次询问、打听，转了几趟公交车，算是很顺利地找到了姐夫上班的建筑工地。姐夫在信上说已经替我们问好了一家工厂，实际上工厂招工没那么简单，姐夫办事完全不靠谱。

他带我俩来到浦东新区张江镇一个叫孙桥的地方，这里在上海来说属于郊区农村，除了农村居民，零零星星的有几家小工厂。姐夫的侄儿在这里的一个厂子上班，据说每月工资有七百元左右。姐夫曾经在这里下过苦力，和当地的一些居民比较熟悉，而这些小工厂的老板，一部分就是当地居民，可是人家哪里把姐夫当根葱呢？他跟人家说话，人家愿意搭理就算是给了天大的面子，哪里能给我们解决工作的问题？

首先要解决居住的问题。我们到了上海，身上还剩五百元，租了一小间房子就在姐夫侄儿的隔壁，他们也是夫妻二人。说是房子，因为它还能遮风挡雨。这个房子长什么模样呢？先说高度吧，屋檐比我们的头顶高那么一点点，手举起来就能摸到。这是有屋脊的房顶，盖的是石棉瓦。墙壁是水泥砖，完全没有经过任何粉刷。粗糙的水泥地面呈斜坡，如果倒一些水在地面上，水会立刻往低的一面奔流。我当时不知道地面为何如此设计，后来问房东，房东说这以前是用来养猪的，不如此，猪尿怎么流出去？这样的房子，每个月的租金要八十元，不过房东比较体谅我们，租金一月一交都可以，实在困难，拖几天也没关系。

在这个村庄里，我们遇到一个有趣的老头，他在一个三岔路口摆摊，卖什么呢？什么也不卖，就摆一个纸板牌子，上面写着“问路收费二元”。刚到上海的时候，我们经常找别人问路，绝大多数人都会很客气地告诉我们。以前在贵阳也经常找人问路，但是我遇到的几个人，故意朝相反的方向指路，多次让我南辕北辙。在上海没有遇到过这样的情况，却遇到了这样的老头。老头满面笑容、和蔼可亲，问路要收钱，但从来不会给你乱指方向。我们刚去，找不到东南西北，也找他问过路，给过两次钱，后来每次见面，都会亲热地打招呼。老头干瘦干瘦的，他就是当地的村民。

上海的路其实很好找，每条路都是直的，基本上不拐弯，每个路口都标明了东南西北的方向，你如果向东走，只要一直在这条路上，走多远都是一直向东。不像我们贵州，走同一条路，开始向东，可能走出去几十米，你还在这条路上，但是已经向南或者向北了。上海的路是不会拐弯的，笔直笔直一直向前。

我们开始寻找工作。附近的厂子都不招工，只有张江和孙桥街上那些饭店在招服务员，我太太就去饭店应聘，试了几家，上了几天班，就和老板翻了脸。她实在不适合当服务员，后来又找了一家饭店给人家在厨房洗碗，每天好像只有十块钱，她倒觉得比较合适，干了有一个月吧，还是觉得太憋气。我看到一家咖啡馆招工，让她去应聘，因为我觉得那里环境优雅，虽然招的是清洁工，但又有什么关系呢？太太去试了两天，安排她专门负责打扫厕所，她气得要命，觉得太没面子，就不干了。后来姐夫的侄媳妇上班的塑料厂招工，黄女士就去这个厂上班，一天工资也是十元左右。

我在一个劳务公司花三十元介绍费找到一份工作，劳务公司的人说这家公司一个月的工资在一千元以上。我对这个数字非常满意，因为我在广东也从来没有拿过这么高的工资，准备踏踏实实干好这份工作。

上了班才知道，这家公司的工资是计件，甚至没有固定的基本工资，好在包吃包住，这个非常重要。

公司主要是对旧货车的车厢进行改造和翻新，这和做户外广告有些相同之处，所用的工具我在贵阳做广告学徒时基本上都用过，但是对电焊的焊接技术要求高得多。进行测试时，我的焊接水平和人家一比，显然还在学徒阶段，不能对汽车进行焊接，但是还有许多别的活可以干，只是工资低一些。

公司几个人分成一个小组，我是新员工，老员工都拉帮结伙，我显然感觉到了孤单和排挤。安排干活的时候就很少安排到我，不干活就没有工资，本来公司里面的业务就不多，有了活大家还抢着干，哪里能轮到我呢？整天闲着没事干，下象棋、打扑克的大有人在，这样混了十天半月，看不到一点转变和希望，心里毛焦火辣的有些着急了，如此下去，什么时候才能挣够一万块钱回家修房子呢？

劳务公司离我上班的公司不远，我去找他们退介绍费，因为实际情况和他们说的不相符，劳务公司的人说需要我上班的公司出证明才能退。我去找公司出证明，公司不给我，我就以那个公司的名义自己写了一个条子，劳务公司居然把介绍费退给了我。

开始一两个月，我们夫妻东一榔头、西一棒子地混，基本上没有什么收入，生活陷入困境。以我们二人的个性，如果不是遇到绝境，是不会轻易向人求助的。这里有不少菜地，春夏之交，地里有不少菜农不要的菜叶子，我们去捡来，就省了买菜的钱；想吃肉了，就去买一些很便宜的边角料。在这方面，我和黄女士都愿意面对现实，不怕丢面子，尽管困难，生活还是有滋有味。当我们有了一点点收入，第一个想到的就是给寄养在大姐家的女儿寄生活费。在最艰难的日子，我们也没有向朋友伸手借一分钱。

出了那家公司，我心里着急，姐夫就给我介绍了一个在附近包工程的浙江小包工头，让我去这个工地做苦力。每天工资二十七块。

曾经的农民作家、民办教师，对，我只能认为是曾经的，因为如果我此时此刻给人家说，谁都会觉得这是一个笑话。那个曾经的作家已经死了，现在活着的只是一个靠出卖体力来换取口粮的苦力。在做民办教师之前，我干过一次又一次苦力，但是做了民办教师之后，觉得这样的生活对于我已经彻底结束了，没想到自己会走回头路，吃二遍苦，受二遍罪。

这时候，上海的天气已经非常炎热，我知道，为了吃饭，不得不接受烈日的炙烤。

我又开始上班干活了。这是给一家小工厂修厂房，开始是一些杂活，比如搬砖头、运沙子，后来是筛沙、筛石灰。特别累的时候是打混凝土，师傅们负责用振动棒将混凝土震实荡平，我们这些小工就负责搅拌和用小推车搬运。我没有什么体力，推小推车的时候，几乎用尽吃奶的力气才能和他们一起拉着奔跑。每次下班，我都累得快要散架了一般。更痛苦的是上海的太阳，比贵州的毒很多很多。就是广东的太阳也不能和上海的相比。太阳渐渐升高的时候，我身上的汗水就开始如溪水般流淌，衣服湿了干，干了又湿，慢慢地就出现了明显的盐渍。因为流汗，我随时都会感到口渴，实在渴得无法忍受的时候，就跑到有水龙头的地方，直接含住水龙头咕咚咕咚猛灌一气，可是不一会儿又渴了。尽管在不停流汗，但是走起路来，肚子就像一个装了一半水的坛子在摇晃，哐当哐当地响。我看见包工头的屋子里有一个蓝莹莹的塑料桶装着纯净水，但他从来不让下力的工人喝。我感觉自己如同生活在地狱中，每天都在寻找机会逃避这样的生活。好在实在受不了的时候，老天就会下雨，让我们休息半天或者一天。休息的时候，工人们就躲在工棚里看黄片，我会借个自行车到街上去转悠，寻找新的谋生机会。

在给这家小工厂修厂房时，我发现一个有趣的现象，上海的乡下人撒尿很随便，有次我看见厂房老板七十岁左右的老父亲大白天在屋外撒尿，他儿媳妇也在场，但他只是背过身去就是一阵枪林弹雨。这情景让我十分震惊，在场其他人的表情却没有任何变化。

收入翻番

有天，我在街上看到一家广告店，店名“冲天广告”，于是鼓起勇气走进去和老板聊天。老板是个湖南人，姓刘，高大、秃头，看起来很威猛，说话却比较随和。我说你生意怎么样？他说还可以。但是我看他店里很轻闲的，就说你应该找几个人为你跑业务。刘老板居然眼睛一亮，说可以呀，这个建议不错呀，要不你来跑吧！你要多少工资呢？我觉得跑业务这个事比较悬，我有兴趣，但没把握，也怕拿了他的工资却跑不到业务，这样内心有愧，还要看他脸色。我就说我不要工资，只拿提成，你给我百分之几的提成呢？他说，什么百分之几，你跑的业务赚的钱我们平分。我说好。我告诉他我还会电焊，可以给他烧电焊，算点工，问他给我多少钱一天，他说五十。我心里高兴坏了，五十，我在工地上累死累活才二十七，烧电焊是技术活，可是轻松多了。

回到我俩住的猪圈里，我告诉太太自己不想在工地上干了，准备去跑广告业务和给广告店老板烧电焊。太太知道我在工地上有多么辛苦，也不希望我在那样的地方长期干下去。我的皮肤已经被太阳晒得和非洲人一样黑了。

包工头那么凶，我怎么跟他说才好呢？因为我们的口头协议是，这个工地的活如果没有干完就中途走人，是不给工资的。包工头看上去就是一个没什么良心的人，有次我的脚踩在一块有钉子的木板上，脚板被钻了一个小孔不能干活，不得不休息两天。他不但不给我治疗，也没有给我算工天，那时候我还不知道怎么给自己维权，胆子也比较小。我已经干了三十多天，流的汗水都有几大桶了吧？不能给他白干。

我想好一个要钱的说辞，走进他的房间之前，我先做好一个悲伤的表情，然后在包工头面前垂手而立，我说我接到家里的紧急电报，父亲病重，可能……可能已经不行了，我必须马上赶回家！包工头还不算很坏，马上给我结了账，为让我返回来继续给他干活（我虽然力气小，但从来不偷懒），押了我两天的工资。我拿到了七百多元的血汗钱。

离开姚老板，我一身轻松地走到外面的马路上，面对苍天，一脸肃穆地对已经死去十五年的父亲默念："对不起，为了您儿子生活得好那么一点点，拿到自己应得的报酬，我让您老人家又替我病危了一回。"

我办的第一件事，就是去二手手机店花两百元买了一部旧手机，然后找到另一家广告店印了两盒名片。名片的内容已经记不清楚了，主要是针对广告店印的，好像就是"为您干活、随叫随到"之类的话。我骑着自行车到处转悠，见到一家广告店就进去发一张。因为广告店不是天天都有活干，但如果能和十家二十家广告店合作，可能就每天都有活干了。

过几天，冲天广告给我打电话，我过去那里干了两天活。实际上每天只干四五个小时，真正烧电焊的时间不到一个小时，我和老板的舅子一起干，他比我技术好，烧电焊时多半是他在干。第二天下午，老板很爽快地给了我一百。这两天还管饭，比在工地上爽多了。

第三天我开始跑业务，没想到第五天，我就跑到了一笔五百元的业务，给一个小灯箱换一块喷绘。我和刘老板的舅子一起去换的，一个小时都不到就搞定了。刘老板给了我一百元，看我骑一辆破自行车（姐夫送的），就给我买了一辆新的，说这个生意赚的钱他不要了，全部给我。

又过几天，我跑到了一家新装修的饭店业务，要做两个大灯箱，一个竖起来安装在墙上，一个横起来安装在门头，一共三千块。我找了河南的小张帮忙，小张非常能干，刘老板的舅子也不错，我基本上没有干活，一天完工。拿到钱以后，刘老板给了我五百元。

以后业务不断，不到一个月的时间，我赚的钱轻轻松松超过了一千。

我跑业务的冲天广告旁边，只隔一个门面就是另一家广告店，老板是个小个子，尖脑袋，很瘦。他是江苏人，说话的声音有些像女性，看见我跑业务风生水起，有点着急了。都说同行是冤家，他们两家还真是冤家，相互见了面都不说话的。有次瘦猴老板悄悄喊我到他店里跟我说，你给他跑个屁，你傻逼呀，怎么不跑来自己干呢？我只是笑笑，说他有什么活，我可以帮他干，都是一天五十块。

就这样日子一天天地过去，我一边跑业务一边给人干活，有人请我烧电焊的时候就烧电焊，没人请的时候我就骑着自行车在浦东新区地盘上到处转悠。我的行踪多半在孙桥、张江和川沙一带，偶尔也会往金桥、北蔡、陆家嘴方向跑跑。陆家嘴过于繁华，那里商机很多，但我感觉不是像我这样的乡巴佬能够沾上边的，那是上海的城中城，繁华中的繁华、中心里的中心，全世界商业精英角逐的地方，我只能在尘埃中仰望。一般情况下，我骑车到陆家嘴不过黄浦江，只是仰望一下东方明珠和金茂大厦的巍峨壮观，心里感叹几声就骑车离开了。后来随着对上海环境的熟悉，我开始把车骑上黄浦江的轮渡，等渡船靠岸，我就在浦西的地盘上到处转悠，后来还真在浦西也做成了几笔业务。

女儿来上海了

就这样混到年底，我每个月的收入基本上都超过了一千，太太也找到一家比较适合自己的工厂，每个月的收入大约有五六百块。到2003年底的时候，除了给女儿的生活费和我们自己的开销，银行里居然有了六千多元的存款。这个数字虽然不是很多，可是打破了我们整整两代人的存款纪录，原定的一万元回家的目标，也悄悄在心里进行了调整。我们决定将女儿接到上海，一家三口要团圆了。

做了一年的留守儿童后，女儿到了上海。女儿2004年正月到上海的第一天，我就接到一笔生意，赚了七百多元，她上幼儿园一学期的费用都够了。

我们在2003年底就搬离了那个每月八十元的猪圈，在离街上很近的地方租了一间二楼的房子，大约有八个平方，每月租金两百元。只是上厕所很不方便，厕所在楼下的一片菜地里，是个简陋的塑料棚子，屎尿装在一个大缸里，天气热的时候，那个情景是不能描述的。

女儿来了是大事，第一件事是让三岁多的她上幼儿园。幼儿园是私人办的，老板是安徽人，幼儿园开在孙桥去川沙的路边，离我们租住的地方大约有三四公里，每天早晨幼儿园都会派车来接，下午放了学再有车送回来。但接送都只是把车停在路边，并不送到家门口，我们住的地方离公路有好几百米，上学的时候我将女儿送上车，回家的时候我不敢保证每天都能在路边等她，但在孩子熟悉之前，我必须每天准时在那里守候。为了培养女儿的独立能力，第一天女儿下车，我是躲在暗处的，不让孩子看见我，我悄悄观察她能不能找到回家的路，这样过了大约半个月，女儿没有出过一次差错，我才敢在外面给人家干活，万一回来晚了也不会太担心。孩子的妈妈基本上都要加班，一般晚上九十点才回家。

遇到周末，如果没有人请干活，我就不出去跑业务，会整天陪着女儿玩。孩子的妈妈很少有周末休息的时候，我基本上是又当爹又当妈。如果有人请我干活，我就会将女儿锁在家里，给她一些零食，如果要上厕所，屋子里有便盆。有一天我回来打开房门，发现女儿居然不在屋子里，可把我给吓坏了！正不知如何是好，一个邻居女子将女儿送了回来，原来她被邻居从窗户抱出去带到外面玩去了。

女儿的到来给了我压力，也给了我力量，我希望一家人的日子越来越好，希望女儿有一个快乐的童年，然后有一个美好的前程，我要为女儿的未来铺平道路。

除了跑业务和干钟点工给那些广告店焊接广告牌，有时候我也会将活承包过来干。有次一个安徽的广告店老板将一个门头广告承包给我，这时候已经是2004年最炎热的季节，我对夏天的太阳特别恐惧，但金钱又对我充满诱惑。为避开毒太阳的炙烤，凌晨两点我就起床，三点到施工现场，当太阳冉冉升起，温度渐渐升高，汗水湿透了身上每一根布线子的时候，我已经施工完毕。这一天我赚了两百元，相当于干了四天钟点工。不过我觉得自己干活太吃力，和那些小伙子相比，我的能力实在是太差了。别人能够轻轻松松完成的事情，在我却十分费劲。我的长处不是干活，而是跑业务。之后我尽量少去干活，而是把更多的时间投入到跑业务中去。

关于干活，我遇到过形形色色的老板，有的慷慨，有的吝啬，有的好笑。有的老板干了活请我们下馆子吃香喝辣，有的老板连一碗粉也舍不得给我们吃。特别是一个浙江的老板，他的表现给我留下了最深刻的印象。

浙江老板姓王，我们都尊称他为王总，他有一辆加长面包车，这让他自我感觉很好，要知道那时候有车的人还很少。很多时候我们就在他的店门口干，因此吃饭的时候就不得不和他们一家人一起吃。他有一个小儿子和一个年轻性感的老婆。开饭了，他们一家三口围着一大桌子菜，最起码也是五菜一汤，有荤有素，有鱼有虾。这让我很吃惊，他们一家人怎么这么能吃？而我们几个干活的工人呢，就分给我们一人一份酒杯大小的菜，我不知道该称为一碗好还是一碟好，或者是一杯菜，而且菜的比例素菜占百分之九十五，荤菜只有百分之五。如果是现在，我得戴上老花镜才能找到肉的影子。汤里面没什么油，也没有一片菜叶子，随便怎么喝，管够。

几个小伙子和我对这样吃饭的布局都装着视而不见，好像一切都很正常，背后也没有任何人议论，没想到我们这帮人居然有这么好的修养。但是现在过去了十多年，我还是没忍住，要在这里议论一番了。

我们一般八点钟开始干活，中午吃饭过后休息一个小时，到了五点钟，不管活干到什么程度，扔下工具就走。其实那时候夕阳西下，气温下降，正是干活的大好时光，但王总只是脸色有些不好，什么也没说。有时候我们在外面干活，太阳炙烤着，口干舌燥，王总也不给我们买水喝，就只好躲在阴凉处乘凉。有次正在乘凉，王总去看见了，就气冲冲地拿起工具自己干了起来，一边干一边骂骂咧咧，我们看不下去，只好帮他一起干。

背叛老板当老板

跑业务时间长了，因为对上海环境越来越熟悉，已经完全不担心会迷路，而且上海的路非常好记，比如出发的时候是从西往东行，只要一直往东，无论走多远，然后在你返回的时候，就只需一直从东往西行就一定能回到出发的地方。如果在哪里改变了方向，向北或者向南都没有关系，只要回来的时候一直往西，就一定不会出问题。这让我胆子越来越大，跑得越来越远。

我骑着自行车，也想跑遍上海的每一个角落。但上海的风比较大，尤其是冬天，一天到晚风都不会停息，因此特别冷。虽然最冷的时候也就零下五度，但河面都会结冰，只有黄浦江是结不了冰的，因为波浪太大的缘故吧。我曾经和一个黑龙江人交谈，说到他对上海冬天的感受，他说，黑龙江虽然有时候零下二十度，但实际上没有上海的冬天冷。讨厌的上海冬天一般只结冰，不下雪。偶尔飞一点雪花，还没看够呢，就消失得无影无踪了。

在上海骑自行车，如果是顺风骑行，基本上就不用踩脚踏板，车会托着你向前缓行，骑起来十分轻松。但要是逆风骑车，那可就惨了，有时候得站起来，让屁股离开坐垫拼命使劲，才能让车轮向前滚动。好在后来我经济条件有所好转，买了一辆电动车，即使逆行也不费劲了。

有一天，我从孙桥出发，一路向东到了川沙的边缘，然后在一条路上向南骑行。开始基本上都在农村，只有零零星星一些农舍和小厂房，慢慢的，房屋越来越多，不知不觉就到了南汇区。在南汇区繁华地带的边缘，我发现一个正在建造、即将完工的钢材市场。我觉得这里有很大的机会，于是进去找到管理这个钢材市场的办公室，打听有关户外广告的事。结果负责户外广告的人刚好在办公室，这几天正要确定这个事，我大喜过望，下了决心，一定要把这笔业务拿下来。

这个巨大的钢材市场有整整两百个门面，这两百个门面都由管理机构统一制作门头广告，这是一笔不小的业务，一定会超过我以前所有业务量的总和。

经过三次磋商洽谈，业务基本上定了下来。我往南汇跑了三趟，冲天广告的刘老板陪我跑了一趟，刘老板想和钢材市场的负责人直接洽谈，但是人家拒绝了他，负责人只和我一个人谈。也许是我这个人看着面善，而刘老板长得太像鲁智深，很难给人信任感。业务定下来以后，由我亲自拟定合同，这方面对我来说算是强项，虽然不是什么大作家，但写个合同的能力是绰绰有余的。

合同打印好，给钢材市场的负责人看了没什么意见，就签了。这笔业务的总金额达十四万，签订合同时预付两万。广告工程分两步进行，第一步完成两百个门面的钢架焊接，这一步完成后，钢材市场要付我们五万，加上预付的两万，实际上我们这时候就可以拿到总工程款的百分之五十。下一步是在钢架上安装广告画面，画面全部安装完成后，一次性支付余下的百分之五十。

可以说，我的合同自以为做得滴水不漏，每一条都是对我们施工方有利的，我认为对方的负责人在这方面的水平显然与我不在同一个档次。但后来还是发现了疏漏。

预付款两万是开的支票，我将支票拿回来交给刘老板，刘老板领到现金后，先给了我两千元。

然后就开始紧锣密鼓地施工，施工有三个工人，一个是刘老板的舅子，一个是河南的小张，还有一个是江苏的鱼儿，这是那个小伙子的绰号，名字想不起来了。我这时已经成了“脱产干部”，只在旁边指手画脚，不再干活。

三个小伙子都非常能干，不到一个星期，第一步钢结构的活就全部干完。五万元的支票我也很快拿到手了。

五万元支票拿到手后，我发现了一个问题，钢材市场的那些门面并没有全部出租，没有出租的部分，根本不知道什么时候才能租出去，而没有租出去的门面是不能做喷绘画面的，那后面的七万元要拖到猴年马月呢？这让我打了几个冷战。我把这个担忧毫无保留地告诉了刘老板，刘老板也猛然醒悟过来。而且已经租出去的门面，在制作画面的过程中需要每一个业主看设计小样图纸，要他们每一个人认可后在图纸上签字才能施工，这同样是一个麻烦和漫长的过程。这样的话，我们如果继续做下去，就会将前一步赚的钱全部赔进去。刘老板一筹莫展，我想出了对策，但我要求刘老板将五万元里面的利润分给我，他在把五万元支票换成现金后，却迟迟不愿意给我分红。

川沙有个安徽的广告店李老板，一直对我垂涎三尺，希望我能够为他效劳跑业务，但他在这个行业里以不守信用著称，我也跟他保持距离。这次我却主动靠近了他，我对他说，刘老板太不是东西，我不想跟他合作了，想跟您李老板，我是起义来投诚的，带着一份厚礼。我愿意将南汇十四万业务余下的七万业务转让给他做，并一本正经地提出了分红的条件。实际上我根本就没打算分红，只是想将这个烫手山芋尽快扔掉，但此时必须使用欲擒故纵之计，李老板才会上钩。

李老板不但不守信用，还以贪财闻名于浦东新区广告界，这样的“好事”我不会给一个好人，只能给他这样一个混蛋。李老板果然上当，乖乖地跟着我到钢材市场亲自和对方签了合同，我们二人皆大欢喜。

刘老板还是迟迟不给我钱，实在忍无可忍，有天大清早，刘老板还没起床，我跑到他门面大叫：“你给我出来，赶快给我算账，否则老子和你拼命！”这样粗鲁的话实在不像出自一个作家之口，但不要忘了，我真正的身份其实就是个农民，而且我是被逼的，假如我不将支票给他，自己去换成现金，让他来求我算账，那又将如何？但这样不符合我的道德标准，因为我认为姓刘的是老板，我是给他打工的，怎么能如此行事？

刘老板到底底气不足，在整个工程的操作过程中，他既没有操心，也没有垫资，预付款买材料已经绰绰有余，我为他挣了钱，他凭什么如此对我？

经过我的愤怒争吵，刘老板又给了我五千元，我一共获得七千元的报酬。也许有人认为这已经不少了，但是如果你知道刘老板对我的承诺（利润平分）和他赚了多少钱，就不会认为我拿得不少。

在上海，很多人都知道广告是个暴利行业，尤其是在新世纪到来之初，真正懂这一行的人实在太少。我在这个行业当了半年学徒、半年师傅和管理人员，然后又跑了一年半业务，但对这里面的门道依然知之甚少。何况很多人可能一生只做一次广告，你怎么搞得清楚？这笔业务之后不久，我就知道刘老板赚了多少，除去我的七千元和所有开销，他赚到手的纯利润最少在三万以上，而他只给了我七千，我宣布和他决裂。

冲天广告隔壁广告店的老板见我和刘老板彻底翻脸了，非常亲热地请我吃饭，然后表态，他店里的所有工具我都可以任意使用，愿意给我提供所有加工材料和信息。这位江苏老板姓侯，瘦得真像一只猴。

我真的自己当起了老板，我把名片上的广告名称命名为“龙腾广告”，因为我的属相是龙，希望自己能够从此腾飞起来。

刘老板见我和侯老板勾肩搭背，眼睛里面就飞出刀子来，但是却没有敢吭一声。我大胆和他对视，眼里也有刀子。

皮包公司

做户外广告这一行，在上海这个地方，只要懂得一些基本常识，实在是很容易的，自己当老板也非常简单，需要的是一定的勇气，也许还有个人形象，就是看起来有点儿老板的样子，出去跟人家谈业务的时候要口齿清楚。自己当上老板后，才知道之前我给刘老板跑的每笔业务让他赚了多少钱。比如我给他跑的第二笔三千元的业务，当时他给我五百元我就感激不尽，操心的完全是我，人家付了定金，他又没出一分钱，说好利润平分的，实际上起码赚两千，他应该分给我一千才对，而他只给了我五百，我也没有找他算成本，糊里糊涂，他给多少算多少。

之所以那么大度，是因为我没有跑业务之前收入实在太低太低，而且是万分辛苦，因此很容易满足。再说刘老板给我提供了平台和机会，应该心怀感激，所以才没有找他算账。我完全相信他，他却得寸进尺，完全没有把我当回事，我自己当老板也是万不得已的事情。

当老板后，我接的第一笔业务就是一万元。客户是上海当地人，老板用自己的门面开旅社，之前他也是一个农民，门面是老房子拆迁赔给他的，一共有五层楼。装修的时候我去跑业务，我们一交谈就有一见如故的感觉，他当即表态，他的门头广告一定给我做，决不会找别人。门头的做法是钢架外面包木工板，木工板外面再贴上铝塑板，最后装上LED发光字。那时候，LED发光字是稀奇玩意，只有在上海或者北京这样的国际大都市才有，因此价格非常贵，普通人根本不知道它的成本到底有多高，我们干这一行的当然是知道的。价格按公分算，那时候我们一公分的价格是八元，比如做一米大的字，一个字就是八百元，请人加工的成本是每公分三元，这样一公分的利润在五元左右。这笔生意总金额是一万，做完一算账，我居然整整赚了七千，前后花的时间只有三天。而这笔钱，我媳妇在厂里要干整整一年的时间。

有点遗憾的是，我第一次购买铝塑板没有经验，应该用户外的，结果买的是室内使用的铝塑板，没有多久那铝塑板就崩壳了，到处都是张开的口子。我心里很惭愧，觉得非常对不起那个客户，去维修了几次，也效果不佳。

到2004年底，我们家银行的存款已经超过了一万。

可这时候我们已经完全没有了回家修房子度过余生的念头，我们在上海的日子过得有滋有味，在租住的小屋子里，我们买了一台二手的彩色电视机。想想在老家没有电视的日子，为能看到电视我晚上打着手电爬山约三公里，到屋后山顶上的电视转播基站去看，守基站的人没文化，我要看什么他偏不让看。来回的路上杂草丛生，常有毒蛇出没，我有很多个夜晚这样来回，居然没被蛇咬。如今我自己有了电视，想怎么看怎么看，那种感觉实在是非常爽的。

有人说，你定的目标越大，按照目标的比例，你的收获就越大。我觉得这个观点完全是放屁，目标大了实现不了的结果会怎么样？可能会让人变得抑郁、绝望，甚至跳楼。我定的目标是赚一万，结果很快超过了一万，然后我就开始幸福了，整天都快乐地在上海的大街小巷荡来荡去，一不小心就会赚一笔钱存在银行里。我带着宝贝女儿上街，她想要什么我就给买什么，日子过得比蜜还甜。上海外滩和东方明珠这些在外地人看来十分了不得的地方，我任何时候都可以去那里走一走、逛一逛，就像在自己家门口一样，爽不爽？

其实也有不爽的时候，比如到了夏天，我们租的小房子没有装空调，听说空调的电费很高，再说装空调首先就要花一笔钱，这样的事是奢侈的，不能纳入预算。上海的夏天特别热，温度最高时在四十二度以上，中午时间建筑工地上的工人都不许上班。自己在建筑工地干的时候，到了室内就觉得不咋热了，现在不在建筑工地干了，室内的温度也无法忍受了。白天还好些，在屋里拿湿毛巾擦身就能过去。我还发现张江有个对外开放的图书馆，里面有空调，就经常去那里看书，还可以逛超市避暑。但到晚上就不行了，屋子里非常闷热，即使是电风扇，吹出来的风也是热气，躺在床上，身体会不停地流汗，一会儿席子都湿了，不得不找个水龙头冲一冲，这样缓解一下，几分钟以后又受不了。我们租的是楼房，还好些，有次我去看一个熟人，他们租的居然是彩钢棚房子，一走进去就有一股热浪扑来，坐下不到一分钟就汗流浃背。本以为我们已经是水深火热了，没想到还有比我们更水深火热的呀。

在上海混的外地穷人，如果没有发迹，别的都还好，就是居住条件太差。有的一家几口三代人都挤在一间屋子里，老公公和婆婆的床对着儿子儿媳妇的床，晚上弄出些动静来十分尴尬。有对夫妻在路边租了一间很小的屋子，没有一点儿隔音效果，两口子做爱的时候，女子喜欢无所顾忌地大声喊叫，有次两人做到兴奋处，女子高喊“救命、救命啊！”正好巡逻的警察经过，不假思索破门而入，结果弄得警察下不来台。

我的生意时好时坏，一年三百六十五天，至少有三百三十天在玩，或者是陪我的宝贝女儿。但是这又怎么样呢，我的收入总比一般在厂里打工的员工要高，关键是我耍得舒服。有一次我接了一个大酒店的广告生意，这一笔是七万元，付定金两万，这两万就完全够成本了，我纯赚了五万。五万呀！对于有钱人不算什么，但是在2005年，这笔钱够我媳妇在厂里干五年了，而我前后只花了一个星期的时间。

不过做完这笔生意，我居然失望地发现，自己不是一个干大事的人，我的心理素质太差。我接的这笔生意是一个全国连锁的大酒店，在楼顶上做几个三米大的吸塑字，再在墙面上挂一个十米高、一米五宽的双面灯箱。这个灯箱实在是太大了，因为大，因此必须用最好的材料，喷绘和钢材都要用最好的，单是飞利浦日光灯管就用了六十支，整个灯箱的重量应该超过了一千斤。灯箱做好安装的那天，我特别紧张，但是给我干活的小伙子们却显得很平静，觉得没什么大不了。由于人手有限，当吊车将灯箱吊起来离开地面的时候，只有我一个人拉着控制灯箱摆动的绳子，没想到突然刮来一阵风，巨大的灯箱一下子飘了起来，把我也吊起来脱离了地面，我还没来得及惊叫，灯箱砰的一声撞在墙上。好在那面墙没有多少玻璃窗，否则后果不堪设想。我急呼吊车司机把灯箱放下来。

当天再也不敢安装，我让小伙子们第二天多喊几个人来，最少得四个人拉住控制灯箱摆动的绳子。

回到住处，我心里还在咚咚咚地跳，第二天就不敢到现场去了，而且心里还在紧张，到了要安装的时间，我的手心开始不停流汗，脑袋里老是出现各种可怕的画面，直到一个小伙子给我打电话，说灯箱已经顺利安装上墙，我的身体才一下子放松下来。加上要钱的时候又经历了一些不痛快，这让我此后针对大笔业务就更加谨慎了。

女儿上小学

转眼间到了2006年秋天，女儿已经六岁半。这个年龄，可以继续读幼儿园，也可以上小学，我觉得应该上小学了。上半年还没放暑假的时候，我就到处打听外地孩子在上海读书的一些相关政策，上海本地户口可以无条件在就近地区读公立小学，外地户口需要提前报名，并且要经过考核择优录取，录取不上的自己想办法。所谓自己想办法，就是读附近的一些民办小学，民办小学以赚钱为主，里面的老师更是良莠不齐，而且收费比公立小学高很多。如果我将女儿送到这样的学校，那真是让孩子输在起跑线上了。于是我第一时间在孙桥的公立小学给女儿报了名。

八月下旬，学校通知家长带孩子去面试、考核，意思是他们只收聪明孩子，笨蛋是不会要的。我一直对女儿充满信心，我的女儿当然聪明！

面试的地方是孙桥一所村级小学，虽然离街上有一定距离，但它是官方办的。孙桥原来是一个镇，镇上有一所中心小学，一所中学。其实我希望女儿能上这里的中心小学，因为我们租的房子就在学校旁边两三百米的地方，而且我觉得中心小学的教学质量一定比村级小学更好。但没想到的是，女儿面试出来，老师居然说孩子不合格，连村级小学都不予录取。

我拉着女儿气冲冲闯进办公室问道："请问是哪位老师认为我孩子不合格？凭什么认为不合格，理由是什么？"我的表情一定很可怕，这时候办公室没多少人了。一个负责人模样的老师温和地让我坐下，还给我倒了杯水。他推给我一张纸，上面分开一定的距离写着两个数字，一个是8，一个是2，8写得很小，2写得很大，老师说，我们问她这两个数字哪个大哪个小，她居然说2大，8小。我更加气愤了，我说你自己看看，这当然是2大、8小，你这样写是故意误导孩子，让我说也是2大8小，但是你难道认为我智商有问题吗？如果你认为我智商有问题，你知道我是谁吗？能不能这样，当着我的面，你重新考一下孩子，行不行？老师赶快把水递给我，叫我不要激动，然后去忙别的事。我气愤愤地看着他，也不喝水，我给他下最后通牒：如果不妥善解决孩子的读书问题，我今天就不走了！我在这里绝食！

过一会儿，办公室的人都走光了，那老师看我还盯着他，大概觉得我是可以说到做到的，我自己也相信自己说到做到。那老师就说："我给你写个纸条，你去孙桥中心小学找某某吧。"然后真的找出一张纸，唰唰写了几行字递给我，我一看纸条的内容靠谱，马上缓和脸色，道了谢，牵着女儿的手离开办公室。出来我问女儿，你怎么会认为2比8大呢？女儿说，他把8写那么小呀，原来女儿也是比个头的，那么小的孩子，怎么会知道老师要比数值。

拿着那张纸条，来到孙桥中心小学报名处，递给负责报名的老师。老师看了纸条，二话没说就给女儿报了名，我心里狂喜。如果她在那边顺利通过面试，怎么能读这个中心完小？后来有不少人问我在学校有什么特殊关系，因为外地人要上中心小学确非易事，我怕进去了还会被赶出来，就骗人说，张江镇政府我有朋友。

上海的基础教育让我这个曾经也教过书的人汗颜，老师对学生的负责态度让人感动，每天放学时间到了，老师还守在教室里，看着还没有做完作业的孩子们。作业不是做完交给老师就行了，老师会当着学生的面批改作业，不对的地方耐心给学生讲解，直到每一个学生做对每一道题为止。这样的教学，到期末考试的时候，学生的平均成绩让我震惊。小学一年级第一学期，我女儿的数学成绩一百分，语文成绩九十五，全班数学平均成绩九十八，语文平均成绩九十五。

学校每隔两周就开一次家长会，开完大会开小会，大会就是所有的家长坐在一起听校长训话，小会就是老师给个别家长训话。我也被老师训过几次，但是我很感激他们。

有一点我还是比较反感，甚至无法接受：随着孩子年级升高，家庭作业越来越多，多到我都头皮发麻的地步。学校要求，家长必须监督孩子完成家庭作业。说实话，像我这样的条件还算好，我有时间，也有能力辅导孩子完成家庭作业。但很多家长最起码是没有我这么多时间的。每天放学，孩子可能为完成课堂作业就回来得比较晚，比如四点半放学，她也许六点才能回家，因为课堂作业要全部做对。除了少数天才孩子，一般的孩子都会被留下来反复纠正，我的女儿也不是天才，和很多孩子被留下来是常有的事。到了家，孩子才喘一口气，马上又要翻开书本和作业本埋头苦干。我发现她写作业，右手食指握笔的地方都凹陷下去了，一写就到十点，有时候甚至写到十一点才能完成。我忍不住一边辅导女儿做作业，一边愤怒地咒骂老师。孩子小，瞌睡多，早晨上学早，孩子睡得正香呢！尽管非常心疼孩子，但还是不得不硬着心肠将她叫醒。很多时候我都怀疑，孩子学那么多东西，到底有多少是能派上用场的？但是我们无力反抗，只能顺着老师的意图一天一天地煎熬。

当家教

孩子们的负担如此之重，其实家长的负担又何尝不是，但依然有很多家长觉得自己的孩子学得不够，学得太少，分数还不够高，他们恨不能自己的孩子天天都是一百分，每次考试都是第一名。他们完全没有想到，孩子将来长大，除了课本上的知识，还应该懂点别的什么，还应该学一点生存的技能。有的家长甚至认为孩子学习生存技能是低贱的，是没有出息的表现，因此才会有很多家长给孩子请家教，不让孩子有一分钟空闲。上海如此之大，对家教的需求量可想而知。

我自己曾经教过书，普通话水平也不算差，因此打算也去试试当家教赚一点钱，同时我对在上海当家教充满好奇，于是开始在赶集网发布信息，自我推荐当家教。

上海应该有不少家教机构，有的只是自己当老板，老板是不会亲自给人上课的，家长请家教也不敢在网上随便找，怕遇到坏人，基本上都是找这些机构。而这些机构也没有固定的家教人才，需要人的时候，实际上就是在网上寻找。

不久，我就接到了请我去上课的电话，一个小时六十元，但这六十元不全是我的，中介机构要提取二十元，一次连续上两个小时，这样我就有八十元的纯收入，除去来回车费，还有七十元左右。

有几次，一个小时只给我三十元，不过这三十元全是我的，没有人拿提成。这家机构的教法也不一样，不是到人家家里一对一地教，而是把孩子都集中在他的家里。我去了不需要讲课，只要坐在那里守着孩子们做作业，孩子们有不懂的地方，我负责解答就行了。

那个地方好像在普陀区，记得要转好几次车，来回耽误的时间太多，去了几次觉得不合算，就不去了。

后来有一家请我，给我八十块钱一个小时，一次两个小时就是一百六，是直接在网上找的我。第一次去，是孩子和妈妈在家里，上完课走的时候，孩子和妈妈都比较满意。第二次去的时候，是孩子和爷爷在家，孩子的爷爷跟我吹嘘说他年轻的时候是部队上的记者，可是我问了他一些常识，他都不懂，我就有点怀疑，这老头怎么在孙女面前也吹牛呢？

我给孩子上课的时候，老头就坐在旁边，眼睛一眨不眨地盯着我，生怕我投机取巧，一个小时给我八十就亏大了。我也不管那么多，该怎么上就怎么上。孩子还是比较聪明的，十一二岁的小姑娘。我讲了大约半个小时后开始让孩子练习，我觉得不能讲得太多，否则孩子没办法接受，而且孩子要有足够的练习时间来巩固，我才不会白讲。没想到老头瞪着我质问："两个小时一百六十块你就讲这点时间？"我说孩子这么小，讲多了一是她接受不了，二是时间长了她精力无法集中。她练习，不懂的地方我们再探讨，这样效果会更好。没想到老头更生气了，他说不行，请你来上两个小时的课你就要讲两个小时。我说这不可能，你请了我就依我的，如果我听你的，还不如你自己教你的孙女，你请我干什么？你这孩子我不教了，把账结了，你另请高明吧！

老头给儿媳打了一通电话后，给了我钱，我们不欢而散，从此我就不再当家教了。

被欺被骗

上海这样的大都市，什么样的人才都有，正面的，反面的，好人和坏人，形形色色，五花八门，可能在任何时候都会遭遇，让你猝不及防。比如上海的小偷，我感觉比我们老家的小偷高明得多，胆子也大得多。有一次，我骑自行车去谈业务，老板在二楼办公，我将自行车停在一楼门口，上去才几分钟下来，自行车居然就无影无踪了。还有一次我骑的电动车也是如此，电动车可是价值三千多元，发现被偷后我就报了警，警察来问了一些情况，然后就没了下文。有次我花五百多买了一件羽绒服，才穿几天晒在外面，半天工夫被偷走，又报警，警察来询问了情况后还是没有下文。以后只有自己小心一些，不过再小心都没有用，怎么防都难免遇到倒霉的事。

有次去买西瓜，是那种在车上卖的流动摊贩，看起来生意很好，买的人多，瓜也不错。我也打算买一个，身上没有零钱，那时候还不兴移动支付，只好摸出一张百元钞票递给瓜贩子，然后又去看瓜，没想到过了几秒钟，瓜贩子把一百元还给我，说缺了一个角，我一看，确实少了一个角，也没多想，再摸出一张给他。找了钱，转身骑上车走出好远，我才感觉不妙，停下车掏出钱包看那张缺了一个角的钱，果然，一看就是假的。但是我已经离开了现场，现在返回去显然已经说不过去，只好认栽。

类似的剧情还上演过一次，但这次我痛痛快快地报了仇。

我们做户外广告，安装的时候一般要用脚手架，而脚手架都是租来的。有次我去租了脚手架，因为认识，也就没有付押金，还的时候我付钱，又没有零钱，只好给他一张百元。那家伙拿着百元转身往自己家里走，说去给我找零钱。他进去了大约三分钟后走出来，居然对我说我那一百元是假的。我说你当着我的面怎么不看清楚？你拿进家门这么久出来告诉我是假的，你觉得你说得过去吗？你敢对天发誓你没有调包吗？他说他保证没有调包，但是他拒绝发誓，我相信举头三尺有神明，只要他敢对天发誓，他若调包就会遭到报应，我就认了。可是他连发誓都不敢，可想他确实掉了包。我还跟他说，我可以报警让警察到你家里搜查吗？如果搜出了你家里的假钱你怎么办？他居然越说越凶，想跟我动武，我知道自己不是打架的材料，一般的人我都打不过，他显然比我强壮很多。只好往后退，然后报警。

警察一会儿就来了，听了我的陈述，我以为警察会去他房间里搜，没想到警察说不是你让搜我们就可以搜的。我说那怎么处理呢？警察说你们一人承担一半吧，你租金也不要付了，这张假钱没收，他退你五十块钱，你们不许再纠缠了，这件事就此了结。我本来只给他十块钱租金就够，没想到却因此付出了五十元。我瞪了那骗子一眼，然后骑上车，警察还没走，我就走了。

过几天，我换一个手机号给那个家伙打电话，对他说，我要用三十套脚手架，你今天下午就给我拉到某某路某某号来，我要用一个月左右。这可是笔大生意，那家伙非常高兴。然后我在约好的地方找个楼顶坐下来，学诸葛亮摇着扇子。

等了一个多小时，一辆货车拉着满满一车脚手架到了楼下。我知道那个混蛋只有一辆三轮车，这货车是他花钱雇来的，他得给人家付车费，我哈哈大笑（楼层很高，他听不见，也看不见我）。然后我看见他掏出手机打电话，我的手机马上响了。我用一种他听不出来的声音跟他说，你等等，我马上就到。然后他在那里等着，我在楼顶上看着他。等了几分钟，他又把电话拨过来了，我又接，我说不着急，还有半个小时，有点事给缠住了。然后我从口袋里掏出一本小说读起来。

过了大约二十分钟，我看到他和开货车的驾驶员吵了起来，听不清吵些什么，也许是驾驶员催他卸货，人家还要去给别人拉东西呢；也许是驾驶员说这么等下去是要加钱的。他们在争吵的间隙，这家伙又给我打电话来，这次我没接，就见他把手机高高举起来，狠狠砸在地上，最后他跺了跺脚，对货车司机挥挥手，他也跳上副驾驶，货车猛地往前一窜，开走了。

霓虹灯广告牌在上海民国时期就有了，但对于我还是个很新鲜的玩意，到了二十一世纪初，中小城市依然很少出现这样的东西，就是在上海这样的国际大都市，掌握这门技术的人也不是很多。因为这个因素，它的利润空间是非常巨大的。因为我在浦东张江和川沙一带跑广告业务小有名气，懂霓虹灯技术的师傅就主动和我联系，希望有这方面的业务可以跟他们合作。这是共赢的事，我当然不会拒绝。

不久，我果然跑到一笔霓虹灯广告业务，一家KTV要做一块比较大的广告牌，有三十个平方，我们以一千块钱一个平方签订了合同。跟我谈业务的是一个长得很漂亮的少妇，打扮多少有些妖艳。按照合同，在施工之前，他们要付我一万元的定金，余下的两万完工后半个月内一次性付清。我等了好几天，才有一个中年男人打电话让我去拿定金。那时很少通过银行转账，给的都是现金，当我去银行存款的时候，验钞机居然拣出了一张假钱，这是我在上海第三次遭遇假钱。有了这个不良的开端，预示了后面一系列的麻烦。

一个星期后，广告牌做好，我耐心等了半个月，没有人打电话让我去拿钱，我只好给那个少妇打电话，因为合同是她和我签的。她在电话里告诉我，钱不是她管，要我打另一个人的电话。我打过去，他说现在没有，要我等几天。我想有几个人是真正按照合同付款的呢，只要最后能把钱拿到手就不错了，拖几天也是很正常的。

有次广告牌出了点小问题，我和工人师傅一大早跑去维修。为爬上广告牌，必须先进去从窗户爬出来，我们敲开了门，却不让我们进，从门口看进去，发现几个年轻人在慌乱地穿衣服，一会儿看见那个和我签合同的少妇衣衫不整地从一个房间里被两个男青年扶着，在过道匆匆一闪就不见了。

后来我又催了几次，都没有要到一分钱，好在一万元定金基本上已经够了本钱，但如果后面的两万元要不回来，就等于白干，我心里虽然不是很着急，但是很不痛快。

大约过去了两个月，那个少妇又给我打电话，说她们的KTV要转让出去了，所有的债务都要转出去，由新来的老板负责支付，要我们去办交接手续。这有什么办法呢，不办交接手续我以后问谁要钱去？既然有人愿意认账，那也行啊。

去了才发现，他们不只是欠我一个人的钱，一起来办转移手续的有十来个人，有装修公司的，有各种各样的供应商。我跟几个人交谈，他们的金额都比我大。一帮债主坐在大厅的沙发上，没人理我们。过了一会儿，来了几个光头的彪形大汉，先进一间屋子开会。过了一阵，他们的会开完，开始一个一个地喊我们这些债主进去谈话。我发现，债主们出来的时候脸色都很难看，也不看坐在外面的人，匆匆就走了。我是最后一个被叫进去的，他们跟我说，该我的钱暂时没有，要我再等三个月以后分期分批给我。我一听就很不高兴，冲动地从沙发上站起来准备和他们理论，对面一个光头大汉比我动作更快地站了起来。我的第一句话才说了一半，突然感觉自己的鼻子周围受到重重一击，不知道是挨了一拳头还是一耳光。奇耻大辱的感觉让我的脑袋轰隆隆地响，我的眼睛在昏暗的屋子里四处寻找，希望能发现一样坚硬的东西抓在手里和他们拼命，可那个跟我签合同的少妇过来，挡在了那个大汉面前。她扶我坐下，安慰我说，他们会给我钱的。另一个男人看我虽然挨了一下，但毫无惧色，也过来安慰我，说过几天就给我，让我放心。我伸手摸摸脸上，并没有流出什么来，估计没有出血受伤。女儿的面容在我眼前浮现，还有妻子的脸，我突然就屈服了，不想拼命了。他们口头答应过几天付钱给我，并在合同上再次签字，然后我就愤愤离开了。

回来等了几天，我打电话要钱，他们不但说没有钱，还要我给他们做别的广告。我当然不会答应，然后我们开始在电话里吵架、对骂，他们威胁我，我知道他们找不到我，因为我住的地方不是大街上的门面，是郊区农民的房子，知道我住处的人非常少。

我明白自己的钱是要不回来了，但是咽不下这口气。要不来这笔钱，也不能太便宜了他们，我决定找人替我复仇。

我的弟弟是个动不动就喜欢找人拼命的人，知道我在上海遇到这样的事，就要带人到上海和人家算账。我不想连累亲人，也不想把事情闹得无法收拾，我在报纸上看到有不少收债公司的广告，根据上面的地址，我在浦西的某个地方找到一家收债公司。

这家所谓公司，只有一间简陋的办公室，办公室里啥也没有，就连作为普通办公用具的比如电脑都没有一台。接待我的是一个三十多岁的男子，我说你一个人怎么收债呢？他说我们有很多弟兄伙，需要的时候随时可以召集起来，他让我放心。然后问我有没有跟对方签合同，我说当然有，他要我把合同给他，看了合同说，欠款收回来以后，他们拿百分之四十的提成，我说百分之六十都可以，只要能收回来。实际上我在心里说，只要你们能收回来，全部给你们都没关系。对方说，跟我打电话约定去收款的时间。

回来后，我找了两个给我干活的哥们，都是江西的年轻小伙子，其中一个学过一些功夫，我和他们商量，要他们到时候帮我配合收债公司行动。两个小伙子满口答应。

之前我对这家收债公司做过调查，他们的名声并不好，钱收回来后基本上都是归他们自己，债主拿欠债人都没有办法，难道还能奈何得了他们，因此我也压根没打算要这两万块钱，只是想玩一场游戏。

过了几天，晚上七点左右，收债公司的人给我打电话，要我一起去找KTV要钱。我说你们先去，我一会儿就到。如果你们能直接搞定KTV老板，不需要我出面，提成你们可以多拿百分之十。那边说可以。

我和两个兄弟各自骑一辆电动车赶到那里，他们两人都戴着宽大的墨镜，遮去了三分之一的面孔。我们远远地观察KTV的大厅，发现里面虽然灯火通明，但是静悄悄的没有一点儿动静，估计收债公司的人还没有来。我们就在KTV对面的草地上观察，草地上有些健身设施，我们装模作样地锻炼身体。

过了半个小时，五六个人一起走进了KTV，有几个戴着墨镜，留着光头，很像当初对付我的那群人的打扮。他们对着前台的服务小姐大声嚷嚷，说了些什么我听不清。过了一会儿，我看见老板出来了，他们开始说话，进去的一个人拿出两张纸给那老板看，我明白了，这帮人就是收债公司的，那两张纸就是我给他们的合同。我赶快对两个兄弟说“上”，他俩也大摇大摆地走进大厅。一个混在收债公司的人群里，一个往另一个方向去了。

大厅里吵了起来，KTV的老板身后也站了几个人，双方都伸长脖子，像斗架的公鸡。我知道站在老板身后的那些人是“内保”，平时为对付因为大额消费不想买单的人，传说他们都会点功夫，真实情况不得而知。我那个混在人群中的兄弟突然挥起一拳砸向KTV老板，瞬间双方混战起来，但几秒钟过后，KTV的灯突然全部熄灭，是我另一个兄弟关掉了KTV的总闸。又过一会儿，我看见两个兄弟出现在路灯下面，我们立刻骑上电动车溜之大吉。里面还在混战。

第二天我们就听说了KTV打架的消息，共有五个人受伤，一方三个，另一方两个，都在医院躺着，警察已经处理过了，让他们各自负责自己的医疗费。从那以后，我就不再和收债公司联系，也不跟KTV联系。我把这两万块钱抛弃了，也抛弃了它给我带来的不愉快。

买房卖保险

2006年前后，上海的房价还不算太高，浦东新区张江镇和南汇区的交界处康桥一带，住房一平米才五千元。在张江租个门面，三四十平米，一年的租金也就两万左右。而且上海的房东非常好，房租可以一季度付一次，也可以一个月付一次，不像贵州房东非得将一年的房租一次性付清，于是我产生了租一个门面开店的念头。

但每次和黄女士提及此事，都被她否决。我已经四十出头，在这片土地上，没有一砖一瓦是属于我们一家人的。对于我们一家人来说，当务之急是房子，我们不能永远这样漂着，租人家一间小屋子蜗居。大上海再好，以我们的能力，似乎永远也不可能成为真正的上海人，我们在这里永远都是客人。女儿一天天长大，修房造屋成为越来越紧迫的事情。

在上海买房，我们连想都不敢想。

2007年，我三弟回老家镇上买屋基要修房子，给我打电话问我要不要买地基。我想大家都买，都要修到镇上的公路边，我为什么不买？于是一个人回到老家，花两万多在镇上的“郊区”买了一间地基。到2008年，我的想法变了，觉得在那块地皮上修房子对我来说毫无意义：将来我不太可能去那里生活，不知道在那里靠什么来赚钱养活自己。城市生活比在农村容易得多，特别是对于我来说，我这棵小草更适合城市的土壤。在城市，我能从小草成长为小树苗，慢慢长大，在城市的大森林里也将有我的一席之地，而如果回到农村，这棵小草不被人踩死也会枯死。于是我委托人在老家张贴广告，后来我回老家待了一个月，将地基转让出去了。那时候地皮的价格疯长，我赚了两万多块。

卖掉地基，我手里已经差不多有了十万元，就打算在遵义按揭买套房子。看了几个小区，都没能下决心，后来在海尔大道一个小区看中一套一百零几平米的房子，本来打算第二天去交定金，可黄女士一天给我打几十个电话催我回上海，说再不回上海她就要坐飞机到遵义来找我。买房子毕竟是一件大事，她要不同意，我一个人买了，以后天天吵架日子也难过，只好暂时作罢，火急火燎坐飞机回了上海。

回到上海不久，湖南的亲戚说永州的房子便宜，不久我又赶到永州。在那里调查了几天房产市场行情，准备在一处像模像样的小区买一套高层电梯房，但是需要按揭，跟黄女士汇报，她像个领导一样坚决不同意，只好另外寻找我们有能力一次性付款的房子。还真找到了，一个小区的步梯房，在六楼，下面底层还有个车库，实际上是七楼，因为大家不愿爬楼梯，所以单价比较低，才一千块钱一平米。我觉得爬楼梯是个锻炼身体的机会，跟黄女士一说，因为不用贷款，领导就同意了。这套房只有八十多平米，八万多元。如果我们胆子大一点，按揭可以买两套，若干年后，我们就赚一套多。

有了房子，我心头踏实多了，想着再过几年有了本钱回到永州，把房子简单装修一下，就可以做点什么小生意维持生活。在上海开店的打算只好暂时搁置。

也许是我给冲天广告跑业务的时候，那笔大生意中途放弃，没有坚持到底，上帝在我的档案上记了一笔，认为本人不堪重用，因此我业务的上限只能是七万元，超过这个数的生意就难以谈成。并且在那笔七万元的生意之后，我的业务量就大幅度减少，很难谈成一笔生意。

尽管如此，平均每个月一千元以上的收入还是有的，但我实在是太轻闲了，每天骑着电动车出去兜几个小时风，就回家躺在床上看电视，遇到周末，就带着女儿到图书馆看书或者到公园去玩。别的孩子在家留守的时候，我女儿天天有我陪着，我几乎可以满足她的一切要求，公园所有的游乐项目都带她玩过，上海的所有景点我们都随意进出。上海世博会期间，我们一家人去看了个尽兴，后来一个朋友从老家来看世博会，我又陪他去看了一次。不过现在想来，世博会也不过如此，没什么值得特别回忆的。

但有两件事我忘不了，第一件事是我和联合国秘书长潘基文（纸壳像）的合影，我曾经将这张照片作为我的QQ头像和微信头像；第二件事是一个地方（好像是云南）的形象代表是个国色天香的美女，我看很多人跟她合影，就当着黄女士的面也跟她拍了一张。这件事受到黄女士的长期严厉批评和教育，让我英雄气短，不久之后被黄女士坚决删除，如今已完全想不起那美女的模样了。

整天无所事事已经使我厌倦，我渴望一种新的比较忙碌的生活方式。我想现在这样的收入还不如找一份工作，但不能是干体力活，因为实在太不适合我了。我希望在上海找到一份脑力劳动的工作，而且待遇不能太低，因为我并不愁生活来源。

我开始留意各大报纸的招聘启事和大街上的招聘广告，不久以后，去一家保险公司应聘。接待我的是一个姓方的上海年轻妇女，听了我的经历，尽管我没有公司要求的大学文凭，但她表示要给我办一个。我的乖乖，居然有这样的公司，为了录用我这个“人才”，居然要给我办一个假的大学文凭。

没有几天，我的假文凭就办好了，某大学中文系毕业，因为我是作家，这样不容易露馅。

上岗之前，公司派我去浦西一个地方接受半个月的专业培训，包吃包住还有一定的补贴。去培训的大约有一百人，多数是帅哥美女。放学后大家觉得有眼缘的几个男男女女一起出去吃吃喝喝，日子过得十分快活。经过交谈，我发现持假文凭的居然占多数，这让我心里踏实了不少。培训到第十二天的时候，因为培训处是公司的上级主管部门，所以要对大家的文凭进行筛查，发现假文凭要清退。第十三天，开始公布清退名单，首先公布的是被清退的人数，一共筛查出十二个假文凭。然后开始一个一个公布名单，我的心跳有一点点加快，还有两天就要“毕业”了，我就可以拿到保险从业资格证，有了这个资格证，可以到任何一家保险公司推销保险。但是很不幸，台上公布名单的人念到了我的名字。

遇到这样的情况，三个月之内不能报名参加培训，三个月就能再生一个大学生？哈哈。不愿放弃我的方女士再次掏钱，给我办了一个更逼真的假文凭让我去参加培训。很奇怪，这次居然没有查出来，我顺利拿到了很气派的资格证。

我开始推销保险了。保险卖给谁呢？培训的时候老师就说了，当然是卖给最亲近的人，亲戚、朋友，或者老乡。因为保险是个好东西呀！有好东西不告诉你的亲戚朋友你告诉谁？最亲近的人是谁呢？当然首先是我自己。最亲的人是谁呢？当然是我的女儿，女儿才九岁多，按照保险公司的培训险种规划，我已经要谋划她的未来了。我要通过保险公司这个了不起的平台，让我女儿的未来无忧无虑，其他的管不了许多，但是可以通过保险投资理财，让她长大以后过上富足的日子。首先给女儿买一份保险，表面上看是人寿保险，实际上属于投资理财险。理论上是这样说的：每年交六千元，交到孩子十八岁的时候每个月可以领到多少多少，到孩子二十岁的时候又能领到多少多少，到三十岁的时候又能领到多少多少。反正那钱是越领越多，只要人还活着，活得越久领得越多，领到最后都成了天文数字。那些数字都是非常诱人的，没有一定定力的人，看到那些数字都会动心，因为领到的钱比交上去的本金多出几十倍几百倍。于是我花了六千元，给女儿买了一份保险，我自己赚了自己三千元的佣金。然后我说服我的姨妹给她的女儿也花六千元买了一份保险，赚了姨妹三千元的佣金。这样等于我的女儿白得来一份保险。

公司觉得我初战告捷，把我当成精英培养，并组织一批保险销售精英一起到浙江普陀山旅游。同行的人有方女士和她的丈夫，他们夫妻才是真正的精英。据他们说，夫妻俩每个月的收入分别都在三万左右，我知道他们在川沙边上拥有一栋像小别墅一样的房子，还有一辆奥迪轿车。我想这样的家庭应该可以接触到很多有钱人，因此保险才能做得那么好。后来方女士告诉我，她瞒着丈夫在山东青岛还买了一套房。

从普陀山旅游回来，我乘胜追击，搞定了一个嫁给湖北人的贵州老乡。她丈夫经常给我干活，由于我对待工人的态度非常好，视他们为自己的兄弟，他们也非常尊重我。兄弟们给那个浙江的王总干活，到五点钟不管三七二十一丢了工具就走。给我干活，只要说那天的活一定得干完，哪怕干到半夜十二点他们也心甘情愿，并且只拿一天的工资，连加班费都不要。当然有时候小半天就干完活了，我依然给他们一天的工资。老乡的丈夫非常给我面子，给他的儿子买了一份保险。

没想到这是我的最后一张保险单，当我去和其他给我干活的兄弟说的时候，他们更不把我当外人，公开嘲笑我说保险是骗人的，说老田你这么老实的人怎么也学会骗人了？说完他们哈哈大笑。后来我就不敢在他们面前提保险了。

我的那些客户都算是有钱人，有几个关系比较好的，我也去找过他们，才一开口人家就不让我说了。我脸皮还没有锻炼得足够厚，人家不让说，我就知趣真的不说了。

说我骗人的多了，久而久之，我自己就觉得自己是真的在骗人。姨妹没说我是骗子，但是三个月以后，她老公就去把那份保险给退了，退回来的钱好像还不到三千。

第三个月起，我就没有业绩了。方女士替我着急，担心我在保险推销这条路上倒下去，实际上我心里已经准备好倒下去了。我只想找到特别有钱的人去推销保险，因为那样的人拿个几千几万出来，对他们无关痛痒，但是我怎么能接触到那样的人呢？实在是太难了。我接触的多半是普通人，在上海居无定所的漂泊者，收入十分有限，本来生存压力就大，每年交几千，对他们来说不是一笔小数，我怎么忍心去“骗”他们？已经卖出去的，我都常常内心不安呢。方女士见我没什么激情，就想方设法鼓励我，带我出去参加各种各样的活动。那些活动太像传销了，我心里越加反感。有次活动结束后她要请我看电影，我生硬地说：“不看！”至今我都认为那次拒绝是正确的。

第四个月，我决定不卖保险了，快到一年的时候，我把给女儿买的那份保险也退了。退回来的钱好像也不到三千。

房产中介

保险不干了，广告业务难得跑到一单，即使有业务，金额也很小。以前几千几万的业务常能跑到，但在2009年以后，都是一些小单子，一单也就赚几百块钱。也许是自己的运气，也许是上海的广告店四处开花，也许是新开的商铺越来越少，我能跑到业务的机会越来越少了。

形势对我越来越不利，收入已经快降到跟黄女士一样的水平（她的收入逐年上升，到2009年，工资每个月都在一千五左右），于是我又开始留心满大街的招聘广告。那些工厂我是去不了的，工厂对年龄的要求都比较严格，超过三十五岁基本就被判了死刑，而2010年我已经四十好几了，部分同学都做了爷爷。我有次去工厂找工作，门口的保安说："你这样的一看就是老板级别的，我们哪里敢招你呢？"我其实想找一份有挑战性的工作，普通员工还真不想干。有次我到普陀区一个生产红木家具的公司应聘，我是在《新民晚报》看到的招聘启事，这家公司在东南亚多个国家都开有分公司，如果应聘成功，有望出国工作。他们招的都是管理人员，我虽然对红木家具一窍不通，但还是自不量力地去应聘越南分公司的总经理。我提出的条件是年薪十二万，结果没有接到上班的通知。

过了很久，实在找不到高薪的，就打算找一个稍微轻松、有点挑战性的就行了。我看见一家房产中介招人，大着胆子进去和老板交谈。老板很年轻，有个漂亮的媳妇，都是安徽人。小夫妻刚开始创业，急需人才，居然一眼就相中了我，当即答应聘用我，底薪一千二百元加提成，吃住自理。

那时候上海的房价已经很高了，张江这样靠近外环线的地方，每平方米都已经到达两万元以上，在陆家嘴，一个平方在十万以上，一套房子随便都要几百万，因此提成十分可观，就看你有没有本事把房子卖出去。提成是怎么算的呢？就是房子成交额的百分之二，而且是买卖双方各百分之二，比如说一套房子是两百万，如果成交，卖方出四万元佣金，买方也要出四万元佣金，加起来就是八万元，如果这笔生意是我完成的，那么就是我和房产中介老板各拿四万。哪怕租出去一套房子，也可以拿到大约三千左右的佣金。中介业务员还可以主动出击开辟房源，如果你的房源信息被别人卖掉了，你也可以拿到一笔可观的酬劳。老板和老板娘都鼓励我，说以我的能力，一定会成功。

幸好我自学了一点电脑基础，在这之前，已经买了一台笔记本电脑，基本操作没有问题，卖房子是要在网上发布信息的。

我开始在房产中介上班，中午吃饭，我们三个人都叫外卖，晚饭各自回家吃。

我开始学习一些房产的常识，每天努力背一些房子的基本信息，比如是否装修，是精装还是简装，有几个房间朝南，在几楼等等。但是毕竟我年纪大了，实在记不住，况且那么枯燥的东西，比记唐诗宋词痛苦多了。但是想到那么优厚的佣金在某个地方等着我，就不得不强迫自己去记。老板娘还经常给我讲一些成功的案例，比如某某女孩卖了陆家嘴一栋办公大楼，获得的佣金就差不多有一千万；某某卖一栋别墅，获得佣金几十万。

但是一个月过去了，两个月过去了，我不但没有卖出去一套房子，连租房子的业务也没成交一笔，只是获得了一些房源信息。我自认为能力还是不错的，老板和老板娘也认为我有足够的能力完成业务，可就是一笔都没有做成。我认为我只能做广告，或者说我只能做一些跟文字有关的事情，因为广告就是各种各样的文字组成的，各种各样的素材组成的文字都是广告。之前我跑过装修、工程业务，有次装修业务都已经谈成了，叫装修老板当天晚上去签合同，可是老板那天有特殊情况走不开，说第二天早晨去签，结果第二天早晨去的时候，对方已经和别人签了。有一次我跑了一笔楼梯扶手和阳台栏杆的业务，前前后后努力了几个月，眼看着要成，几百万的业务呀，最后还是泡汤了。

尽管两个月没有一笔业务，但我还是坚持着，到第三个月，我终于给老板立了一功。有个人要买一套两室一厅的小房子，面积五十多个平方，价格是一百多万，人家提出了房子的具体要求和准确价格，但是我们却没有这样的房源。根据这个要求，我侦查到不远处另外一家房产中介有这样的房源，但是房东没有在我们这里挂牌，就必须通过非正当途径搞到这个房源信息。

于是我扮成买房的顾客去这家房产中介“买房”，要求他们带我去看那套我们需要的房子。房东还住在里面，看后我记住了那个地方，再一个人去找房东，得到了房东的电话，这样就获得了这套房源。三天后，老板夫妻把这套房子卖了出去，他们获得了三万元的佣金。夫妻俩很高兴，奖励了我两千元。奇怪的是他们没给我这两千元之前，有天晚上两口子出去吃东西，叫我一个人看店，不久给我打电话过来，告诉我说，我去别家中介公司挖房源的事暴露了，有几个大汉要过来揍我，叫我注意点，实在害怕就把店门关了跑。我害怕个球，当时就拉了一把椅子在旁边准备着，如果真有人来和我打架，我举起椅子就和他们拼命。等了很久也没有人来找我，现在我好像有些明白，那两口子为什么要那么吓唬我。

其实他们也没卖什么房子，就是租了几套房子出去，得到的佣金不多。我发现他们每次租房子出去都有些鬼鬼祟祟的，租房合同也不让我看。后来我才发现，他们租出去的一套房子是我的房源，按照我们的口头协议，我开辟的房源信息，如果他们帮我租出去了，是应该给我一定佣金，可是他们一分钱都不想给我。如果揭穿他们，可能会恼羞成怒跟我吵架，我也不希望跟他们吵架，只打算找个机会和他们玩玩。

有次他们谈成一套房子，买方出价后，他们找卖方基本上谈妥，卖方答应了买方的价格，好像是一百八十多万。两口子兴高采烈地通知买方第二天到店里来交定金，我知道那个卖房人的所有信息，还知道那时候的二手房正在看涨，就有了一个阻止这场交易的计划。

那时候购买手机卡号不需要登记，我就买了一个手机号，给这个卖房人打电话，我说我是某某房产中介的，当然说的是另一家房产中介，特别有实力，在上海房产中介行业名声远播。我对他说，我有一个客户特别希望能买到他那套房子，这个客户愿意出两百万，但是此时正在国外出差，要一个星期以后才能到上海，我问他能不能等。

这时候人的贪婪之心就被激活了，他连声说可以的、可以的。然后我就把这张卡取出来给扔掉了。

估计没多久，卖房人就给我们老板打电话了，因为我打完电话在外面捂住肚子笑了一会儿回到店里，发现两口子沮丧地低着头一言不发。

之后两口子不停地说好奇怪好奇怪，看他们的眼神和言语，有点儿怀疑是我捣的鬼，但是他们却不敢说出来，因为他们没有任何依据，就像我知道他们出租了我的房源也不敢说出来一样。

之后我们之间的关系变得很微妙，我们开始抢客人，有人进来看房或者登记房源，我们都抢着和客户说话，有时候弄得很尴尬，而我依然什么成绩也没有。听老板娘言语中的意思，我是身在曹营心在汉，认为我有可能将生意私自跟别的房产中介合作做了，而他们还蒙在鼓里。可天地良心，我确实没有做过任何业务，只是做了那件事以后，内心始终感觉自己做了一点对不起他们的缺德事，常常感到不安，一个月以后还是没有任何业绩，就提出了辞工。

进报社

辞了房产中介的工作，我又开始在街上跑业务闲荡，业务还是异常艰难，很难跑到一个单子、赚到一笔可观的钱，我又渴望工作了，开始留意招聘广告。

我在报纸上看到一则招聘启事，是这样说的，招聘的员工只要求有较好的文字功底，年龄在五十岁以下就行。我看了以后，感觉这个职位就是专门为我准备的。但我心里还是非常虚，因为这个职位就是在刊登招聘启事的这家报社上班，这可是非常了不起的权威媒体，我一个泥腿子，虽然有人称我为作家，但我觉得自己完全不配在这样高入云端的地方上班。不过我还是准备去试试，用不用我是他们的事，去不去是我的事，再说用不用我真的无所谓。

面试我的是一个很富态的六十岁左右的妇女，留着“上海头”，先说了待遇，每天工作八个小时，上班时间是朝九晚五，有双休日，月薪两千元加提成，还给我交意外保险和养老保险。我问提成按百分之几？她说百分之十，我觉得这个条件可以接受。然后她老人家问了我一些问题，我全部如实回答，当然还主动告诉了她我是一个小小的作家，虽然没什么名气，但在我们当地，尤其在村里面的知名度还是很高的。老人就笑了，叫我当面给她写一段话，写什么内容都可以。

拿起递过来的纸笔，我写了下面几段话：

“我来到报社面试，坐在我对面的是一个慈祥温和的老大姐，她看起来很有修养，这是她那双虽然已不再年轻，但充满魅力和智慧的眼睛告诉我的。看得出，她年轻的时候一定是一个大美女。

“这间办公室不远处就是东方明珠和金茂大厦，从窗口看出去，能看到它们宏伟的尖顶，此时此刻，有云雾正在两栋大楼的顶端缭绕，东方明珠顶端的‘珠子’此时隐藏在云雾之中。

“如果我有幸来这里上班，我一定珍惜这份工作，这是我的荣耀，这是为我和我的亲人争光，我一定会努力工作，不让坐在我对面的这位老大姐失望。”

写到这里，我实在写不下去了，停笔交上去，她忍住笑看了一会儿说，你先回去吧，三天之内给你回复。

第三天，大姐亲自给我打电话，通知我去上班。

我有一间大大的办公室，办公室有三台电脑，每台电脑旁边都有一台固定电话，但是只有我一个人上班。上班干吗呢？就是给那些企业老板或者高管打电话，告诉他们，我们是报社广告部，我们的报纸是高端报纸，阅读我们这个报纸的都是高端人群，如果您能在本报做广告，将会大大提升您的企业形象，我们期待着与您合作，携手共进等等。

我们这个广告部一共只有三个人，除开那个老大姐，还有一个年轻的女子，她们两个都是上海人。她们在我面前显示出了绝对的优越感，除了是上海人，还有她们的待遇和我一定有着天壤之别。年轻女子家在农村，房屋拆迁赔了她家三套一百多平米的房子，三套房子对于上海人意味着什么？就是她家有固定资产一千万元以上。不过她还是很低调的，基本上不炫耀。上海人都很低调，比如上海男人，上千万的家底，抽烟都抽八块钱一包的“红双喜”，高调一点的，抽十块钱一包的“上海”牌。但是那种优越感是无法掩饰的。

尽管她们很富裕，但中午叫外卖的时候，吃的也都是十块钱一份的盒饭。那时候我已经很胖了，肚子高高凸出来，吃得就比她们还少。有次吃午饭时聊天，谈到我们的孩子，我说我女儿挺懂事，年轻女子就随口说“穷人的孩子早当家”，我听了很不高兴，我怎么就成了穷人呢？要知道我那时候已经在伟大领袖毛泽东所在的省份、永州市拥有了一套住房，虽然这套住房只有八十多平米，虽然价值只有十万元，和一千万相比确实不多，但在我们老家那个生产队的农民中间，我可能是第一个，在当时也是唯一在城市拥有住房的人，我怎么还是穷人呢？如果这个年轻的女子不是生活在上海，她未必就混得比我好。我算是理解了“生在皇城三分贵”这句古话。

过了大约二十天，我打电话谈成了一笔七万元的业务。又是七万！客户是一个教育培训机构，可以给成人颁发国内最顶尖的几所大学的大学文凭。我觉得他们实在是太牛了，自己年龄有些大，快要满五十的人了，要不然我也想花点钱，弄一个特别牛的文凭。

去跟客户谈合同细节那天，我意外接到了中央电视台《星光大道》栏目组给我打来的电话，要我第二天赶到北京参加海选。我激动得不得了，但我知道今天谈完细节，明天就要签订正式的合同了，如果去参加《星光大道》的海选，签订合同的事怎么办？办公室的同事，年轻女子是财务人员，老大姐也不可能亲自出马，但合同是不能推迟的，推迟可能就泡汤了，这笔业务我可以拿到七千元的提成呢。考虑再三，我对栏目组的人说我如果来不了，下一期能不能通知我？对方说不行的，你只有在网上重新报名。

现在说说我与《星光大道》吧。我喜欢唱歌，年轻的时候就特别喜欢，走在路上放声高歌，坐长途客车的时候，总是从起点唱到终点。因为我晕车，只要放声歌唱，晕车的感觉就神奇地消失了。在寒冷的冬天，我也会打开车窗，把头伸出窗外放声歌唱。窗外寒风刺骨，我丝毫不觉得冷。邻座要是抗议，我就威胁人家，如果你不让我开窗唱歌，我就呕吐在你的脖子里，你信不信？于是全车人只好聆听我的歌声。

我的自我感觉十分良好，当然要上《星光大道》去唱给更多的人听，让全国人民都能欣赏到我的歌声，说不定一个草根歌星就此诞生了，比如“旭日阳刚”，比如“大衣哥”。但是，我错过了这个机会，在金钱和艺术面前，我痛苦地选择了金钱，放弃了艺术。后来我在网上又报了好几次名，但《星光大道》栏目组再也没有通知过我。

初步意向谈妥后，第二天我和这家教育培训机构顺利签订了七万元的广告合同。大约一个星期后，报社开始在第八版刊登这家机构的广告。广告刊登后，老大姐同事给我们安排任务，每人找五至十个朋友给这家机构打电话，打电话说什么呢？当然告诉对方在我们报纸上看到了广告，咨询一下有关教育培训的事，这样显得我们的报纸有很多读者，广告效果不错，让客户可以继续跟我们合作，不要觉得几万元投进去了，泡也没有冒一个，有上当受骗的感觉。但实际上我知道，尽管报纸非常具有权威性，但这年头看报的人实在是太少了。看这份报的基本上都是中老年人，而中老年人是不打算通过教育培训来获得文凭的。为慎重起见，我们给这家机构打电话的时候都用别的手机，打的时候我差点没忍住笑出声来。

广告开始刊登了，教育机构的钱也分批打到广告部的账号上，我等着办公室财务人员给我发提成。按照协议百分之十，我应该拿到七千元，我在心里偷着乐，自己将在这个行业展翅飞翔，大获成功。可没想到我拿到手的提成只有两千元，我头都气晕了，跟老大姐要说法。她说，我们不是按总金额的百分之十，而是按利润的百分之十，你这笔业务，单位盈利两万，因此你只能拿到两千的提成。笑话，我怎么知道你们盈利多少？我怎么知道你们这个利润是怎么算出来的？可看她面如寒霜，我继续争辩下去也没有用，一个外乡人，一个临时工，人家哪能将我放在眼里？

其实我们这个单位并不是报社，只是一家公司，承包了报社的广告，因此我们的办公室门口赫然挂着某某报广告部的金字招牌。公司老板确实不是普通人，他是一家顶尖大学的教授，教什么的我不知道，学术专业是什么我也不知道，有什么科研或者艺术成果我也不知道，但管财务的上海女子说他很厉害，厉害的依据在哪里？就是这个教授每次来的时候都勾着腰，低着头走路。他只跟老大姐一个人打招呼，而我，好像根本不存在一样，我就是空气。也不跟那财务女子打招呼，不过她会主动凑上去汇报一些情况，教授依旧低着头，不看对方，脸上也没有任何表情。我从来没见过这么奇怪的人。不过像我这样的乡下人，能见过什么呢？以前见过的，都是些不厉害的人，突然在我眼前出现一个这样的，我当然会感到奇怪。

教授一走，财务女子就会重复那句话："听人说，低着头走路的男人都很厉害。"我就纳了闷了，低头走路的男人怎么就厉害了？有几天我也差点模仿教授低着头走路，这样可以让财务女子觉得我也变厉害了，但又一想，她一个人认为我变厉害了，别的所有女子都认为我变㞞了呢，岂不糟糕？于是放弃了模仿的念头。

有天老大姐宣布，本周周末要加班。那天是星期五，本来星期六和星期天都是不上班的，但是那个星期六要上班，并且要求我们比平时早到两个小时，也就是七点赶到办公室。上班干什么呢？原来我们的老板，就是低头走路的大学教授，在上海一个黄金地段买了一块地皮准备搞房地产开发，地皮买过来十年以上了都一直没动土，只想囤积在那里等着地皮升值。结果国家出台政策，不允许囤积地皮，要将这块地皮收回去，教授要我们去那里闹一场，为他“讨回公道”，以此来阻止政府收回地皮。

周六七点，我准时赶到办公室。我在心里打定主意，此去只是看热闹，不能有任何实质性的行动。教授低头走路那么厉害，他都奈何不了政府，我这个直着腰杆、抬着头走路的人还敢替他造反？再说我觉得国家的政策是对头的，他这样做政府就是应该收回，我巴不得政府好好收拾收拾这个“厉害的人”，要不是这些人，房价会那么高吗？把他抓起来关在笼子里才痛快呢！我还替他造反？门都没有！这时候的我，坦白地说，是典型的阳奉阴违、口是心非，但我绝对不认为自己是小人。

除我们办公室的三个人，还来了两三个，什么性别和年龄我都记不清了。我们出发的时候，本来以为给教授干私活会请我们吃早餐，但很失望，带头的老大姐没有任何表示。

我们先坐地铁，然后转公交车，我以为老大姐会给我们统一买车票，但也是各自买自己的车票，这让我更加坚定了不跟着造反的决心，更加坚定地认为政府的决策有多么英明。

到达目的地，太阳变得有些烤人，我口干舌燥，很想喝水，我以为带领我们造反的老大姐会给我们每人买一瓶矿泉水，但是她没有。我看得出，她也有些口渴，但是她忍着。我本来想自己买一瓶来喝，但实在不好意思。给大家每人买一瓶也没什么，但是我觉得这样做有拍教授马屁的嫌疑，还有支持教授造反的嫌疑，这样做罪恶极大，只好忍着。渴得厉害了，我就想打110报警，告诉警察有人要造反，但又觉得这样太不厚道，还是忍了吧。

那片地长满荒草，果然是有些年头了，地很大，也许几十亩，也许上百亩，用围墙围起来。围墙门口有几名保安守着，老大姐隔门口十来米的时候停下来交代我们，等会儿她带头往里冲，让我们紧紧跟在她后面。我们都望着她，每人脸上都没有表情。老大姐交代完，就转身埋头，好像前面是一口水塘，她要一头扎下去游泳一样整个身体就射了出去。她的头很快撞到保安的身上，口里喊着："我不活了，我不活了呀！"保安去扶她的时候，她居然"晕"了过去，但遗憾的是，口里没有吐出白沫之类吓人的东西来。

我以为除了我，别人都会跟着老大姐冲过去，没想到她屁股后面一个人都没有跟过去。我们都只是远远地看着，像观众一样，奇怪，我并没有和他们统一思想呀。

老大姐将眼睛闭了一会儿，我猜她可能悄悄将眼睛睁开了一条小小的缝，发现人家并没有把她当回事，我们也没有跟上去，就在没有人对她进行人工呼吸等抢救手段的情况下主动醒过来了。

"醒"过来后，保安也不理她，她就自己无趣地走了出来，然后我们各奔东西。这次“造反行动”，不到十分钟就无声无息地结束了，连保安对我们都是爱理不理的。

不久之后，办公室来了一个新人，年龄快到四十岁，比起我来也算年轻人了，据说有大学文凭，是教授亲自招来的，成了我的顶头上司。我不知道他领导我干什么。这家伙姓涂，我觉得他应该姓土，后来我们发生口角，我就当面这样说他的。

土领导跟我一样个子矮小，我估算了一下，假如有一天发生武力冲突，我俩可能会势均力敌，两败俱伤，因此我在心理上就不怕他了。

刚来的几天，土领导还算对我客气，但二十天以后，他就开始摆领导架子。我不知道他的待遇是多少，但有一点没错，那就是必须要有业绩，有客户，只有有了业绩和自己的客户，才能证明你的能力，否则无论怎么自夸，都是吹牛。他来了二十多天，还没有做成一分钱的生意，在办公室似乎什么也没干，只是坐在电脑前浏览一些网页，而我每天都在勤奋地给那些企业打电话。有一天他用羞辱般的语气训斥我：“哪有打电话像你这样打的？你这样打电话能把业务谈成吗？”要知道我比他大十多岁，关键是已经做成了一笔七万元的业务，钱已经全部打在单位的账户上，而他还颗粒无收，居然敢这样教训老子，我就把电话塞在他手里说：“亲爱的领导，请你给我示范一下电话该怎么打，好吗？”土领导不接电话，我索性放下电话好好教训教训他："你既然不给我示范，我怎么知道这个电话该怎么打？你知道干我们这一行是靠业绩说话的吧？你来多久了？你有业绩吗？你知道我已经做成了一笔七万元的业务吗？我做成这笔业务的时候来这里还不到一个月，你敢保证一个月以后你能有一笔业务吗？如果两个月以后还没有业务，你如何向领导交差？你是打算走人还是继续厚着脸皮赖在这里？有你这样当领导的吗？"

土领导应该没想到会遇到我这样的员工，他的脸色先是变得通红，然后开始发紫、发青，我骂完后心里却痛快极了。老大姐的办公室就在我们办公室的对面，门敞开着，她一直低着头装着没听见。土领导是教授不知从哪个角落找来的，我估计教授的意思是准备在不久的将来取代老大姐，她大概也不喜欢这个土领导，只是不好意思说出来，此时正是坐山观虎斗的心情吧。教授不在，没人撑腰，土领导白白被我骂了一顿。

我为什么敢骂他？无欲则刚，我早就有了离开这里的打算，他若有这个权力炒我的鱿鱼，让我走人，只要给我结了工资，我一分钟都不会留恋。但我是签了劳务合同的，我没有犯错，他就不敢让我走。

第二天，土领导不但老实多了，还请我下馆子吃了一顿饭。

我越来越发现，自己非常不适合坐办公室，尤其是在办公室无事可干的时候，我就容易打瞌睡。我的头靠在椅背上很容易睡过去，开始睡过去的前几十秒还算安静，后来就打起鼾来，我的鼾声在安静的办公室里是惊心动魄的。老大姐从来不说我，土领导坐在我旁边实在听不下去了，就用手捅捅我，让我醒过来。有时候我醒过来，发现嘴角口水都流出来了。

偶尔，我会在不经意间流露出要跳槽的意思，土领导就给我提供一些信息，让我去面试，我猜他巴不得我立刻滚蛋。我还怀疑他有圈套，他让我去面试的地方肯定是不会去的。

我越来越怀念我的户外广告事业，渴望自己开一家广告店，整天有忙不完的事。我也可以考虑去一家做户外广告的大型广告公司做管理人员，那种年薪一二十万的都行。我希望成为一个忙忙碌碌的人。

我觉得越来越无聊，那笔业务做完后，我请教育机构的负责人到一家游乐场玩了一个非常刺激的游戏。一个大约三十米高的支架，支架上有个旋转的横臂，横臂的两端有两个座位，每个座位上坐两个人，也就是在一个长达几十米的横臂两端分别坐两个人，然后横臂开始三百六十度旋转。旋转的速度在上升的时候感觉是很缓慢的，但是随着高度的提升，高空中四周什么都没有，感觉无依无靠，恐惧的心理开始增强。当自己坐的那一端旋转到最高处时，感觉自己就坐在云端里，恐惧心理达到极致，我和那个负责人坐在一起，我开始情不自禁地惊叫，真的是害怕极了，当我们那一端开始往下坠落时，我紧紧闭上眼睛，几乎闻到了死亡的气息，幸好我没有心脏病。

但这家机构可能并没有因为在报纸做广告就增加业绩，因此没有继续与我们合作下去。

土领导来了两个月，没谈成一分钱的生意，在我面前越来越没有架子，越来越谦卑了。我们都感到日子过得十分无聊，我辞职去跑户外广告业务或者开广告店的念头也越来越强。终于有一天，我向老大姐写了辞职申请，她老人家也没怎么挽留，大笔一挥就签了字。

达人秀海选

我自以为多才多艺，心眼也多，什么都想干，而且还以为自己无论做什么都可以成功。比如年轻的时候，我以为自己的普通话很标准，可以当节目主持人，其实自己身高都不够。我还练过武术，以为自己可以成为武林高手，替天行道教训恶人。如今我又梦想可以成为歌星。

从报社广告部出来，我还是偶尔能跑到一些业务，收入也勉强能赶上在工厂里打工的人，就是太无聊太轻闲了。这时候黄女士的工资逐年升高，每个月都超过两千元，因此我的心里还是比较踏实。当歌星的欲望就越来越强烈，后来看到东方卫视《达人秀》栏目组在上海进行海选，我下决心参加。

我有一个做保险的朋友叫马超，河南人。他还是一个地下行医的医生，因为收费便宜，因此生意很好。他不但收费便宜，医术也高，我女儿每次有什么毛病，在他那里都只花很少的钱就能看好。时间一长，我们就成了朋友，一起在保险公司的组织下唱过KTV，我欣赏他的歌喉，他也觉得我唱得不错。于是我撺掇他一起去参加达人秀。

因为海选是在周末，我带着女儿和老婆一起去了。因为不需要花什么钱，黄女士也支持我。

报名参赛的人太多了，因为达人秀不是选歌手，只要有特别突出的技艺都可以参加。报名的人排着长长的队伍，男女老少，什么长相和稀奇古怪的人都有。其实达人秀就是寻找稀奇古怪的人，普通人的表演有什么好看的？

排了好长时间的队，终于报上名，然后又等了好长时间，开始排队表演。马超排在我前面，他唱了一首《在那桃花盛开的地方》，我觉得他发挥得没有在KTV时好，也许是紧张的缘故。海选也要过三关，他唱那首歌以后我们就分开了，他走到第几关我想不起来了，我自己第一关唱的什么也记不起了，只记得后来大家都在一个大厅里坐着，大厅里有舞台，叫到名字的就上台表演。那个麦克风的效果非常差，声音好像传不出来。喊到我名字的时候，我很紧张很紧张，尽管下面的观众并不多。我上台唱了一首《滚滚长江东逝水》，感觉声音好像在喉咙里没有能够唱出来，表情和动作都不自然。后来我下了台，老婆说根本就没听见我的声音。也许是她故意打击我，她经常干这样的事。但后来导演还是通知我去参加最后一关的表演，只要能过这一关，我就可以参加正式表演，在电视上露脸了。

我被领到一个长长的走廊里排队等候，排在我前面的有三五个年轻男女，我和他们比，算是年纪比较大的。

轮到我了，走进一个房间里去，房间不大，大约四十平米左右，摆了一排的办公桌，桌子后面坐了一排导演，看起来都比我年轻。我骤然紧张起来，开始口干舌燥，额头冒汗，我看见房间的角落里放着几箱矿泉水，问导演："我可以喝瓶水吗？"他们点点头，我拿起一瓶水打开，咕咚咕咚喝掉半瓶。然后导演说，你可以开始你的表演了。我清清嗓子试了试，发现嗓子居然在冒烟！我说我还要喝水，又拿起瓶子猛喝了几口，准备表演。我又清了清嗓子，发现嗓子还在冒烟，不但嗓子在冒烟，事先准备好的节目也想不起来了。我跟导演说，我还要喝水。一瓶水已经喝光了，我终于想起来自己要表演的节目是唱一首阿宝的《赶牲灵》，可是那首歌的节奏我已经忘掉了，歌词也记不全了。参赛之前，我可是下了功夫的，有好几个清晨都跑到张江郊外的荒地上一个人反复练习，没想到关键时刻居然是这样。但我看见导演们已经开始皱眉头，有点儿不耐烦了，只得硬着头皮开始唱："走头头的那个骡子哟哦，三盏盏的那个灯，哎呀带上了那个铃子哟，噢哇哇的那个声；白脖子的那个哈巴哟……”唱到这里我居然想不起后面的歌词了，而且我都感觉到自己明显唱走了调，跟在家里唱的完全是两个水平。我难堪地僵在那里，有个导演出来给我解围，让我说说我的生活经历。

从哪里说起呢？我的经历实在是太丰富多彩了，要花多少时间才能诉说清楚，但我还是要说。我说因为家里穷，也因为我偏科，只读完初中就辍学了。我本来可以读大学，读研究生，读博士，可是我只读完了初中，因为我的父亲无意中得罪了我初三的班主任，班主任报复我，我连初中毕业证都没拿到。后来我努力，拼命地努力；我开始发表文章，发表小说；我成了作家。我的朋友照顾我当了一名民办教师，我努力教书，我的孩子们都很喜欢我，我也喜欢我的孩子们；我教的语文孩子们都考得很好，可是我的待遇实在是太低了，一个月只有六十六块五毛钱，我只能勉强养活自己，没法娶老婆；我还欠了一屁股债；于是我出门打工了，我放弃了我心爱的文学事业，如同我不得不放弃我的恋人……我说着说着就哽咽，说不下去了。导演们说，你回去等通知吧，我们要讨论一下。我知道这是安慰我，实际上我已经被淘汰出局。后来真的没有通知我。

我心情很快就恢复了平静，又想着户外广告事业，开店的欲望越来越强烈。

他乡非我家园

时间一晃就到了2011年，女儿已经读完小学，六年级的时候就进入孙桥中学读书了。原本以为她可以在上海一直读下去，初中读完读高中，高中读完和上海的孩子们一样参加高考。可是没想到，刚进入孙桥中学的第一学期，老师就和我谈话，告诉我们要有离开上海的思想准备。我问为什么，老师说，外地的学生在上海只能读完初中，不能读普通高中，更不能在上海参加高考。如果一定要留在上海，就只能读职业高中，最后考试也只能考职业院校。我心里就有点不舒服，也有点紧张了。一家人好不容易在上海站稳脚跟，好不容易适应了上海的生活，尤其是女儿，她三岁来到上海，如今已经十一岁，在上海度过了她最美好的童年。对于女儿来说，老家是没有概念的，上海就是她的故乡，她所有的记忆都在上海。她已经深深爱上了上海这座城市，上海的高楼、马路、黄浦江、城隍庙、东海，上海的鱼虾、美食，女儿特别喜欢吃上海的小笼包，还有基围虾、大闸蟹，上海的繁华……可现在却要求我们撤离上海，我们应该去哪里开辟属于我们的另一片天空?

黄女士在2008年进了一家英国人开的公司，眼看着待遇一年比一年高，公司还有养老保险。她经常跟我憧憬在上海未来的美好生活，她可以在这家公司一直干到退休，等那时候，我们都老了，但是不怕，我们有退休工资，可以在上海继续生活下去。也许我们会开一个店，也许会获得大笔的收入，然后就可以在上海买房，最少我们可以租一个宽敞一点的、有空调的房子居住。她的工资从刚进公司一千多，到现在已经有差不多三千左右的月薪，这样的收入超过了内地公务员。我们以为我们在上海的日子只会越来越好，现在却不得不准备离开，为了孩子的读书问题。

女儿的那些外地同学已经一个接一个地走了。她班上的同学，外地孩子大约占五分之二，教室里一天比一天空荡起来。和女儿要好的几个女生都陆陆续续离开了上海，我明显感觉到，女儿没有以前那么快乐了。

我打算在上海多赖几年，最少让女儿读到初二，等要读初三的时候再转回老家参加中考。还没有想好回老家靠什么生活，不能老了老了，还回老家种地。种地也没什么大不了，但我拿什么送女儿上学？

我有些六神无主了，没想到在上海长期居住下去这么难，我的一些朋友，他们在上海已经买了房子，有的甚至有几套房，但是他们没有上海户口，依然是外地人。

对于我们这样的乡下外地人，在这里短暂的居住也要办理居住证，居住证还是有期限的，到期限要重新审核发放。又何止是上海，全国各大城市都在“防范”着我们这些乡下人。九十年代我在广东东莞，有天和一个高大威猛的湖南人逛街，迎面来了两个看似警察的人，好像在查暂住证，这个湖南人因为刚到东莞不久还没有找到工作，因此没能办到暂住证，吓得他转身就往一个小巷子狂奔，很不幸，脚被一个障碍物绊一下，摔了一跤，居然就摔断了腿。

我们有两个选择，一是湖南，二是贵州。经过深思熟虑，我还是选择了贵州。虽然我们在湖南买了一套房子，但一想到去湖南没有一个朋友，我心里就有点发慌。没去的时候，我觉得那里还不错，可是真正要让我去那里居住，却在心理上无法接受。

我正一筹莫展，一天接到老家一个朋友打来的电话。他是中学教师，同时又是一个商人，除了教书还在经营地板砖。但是他说他准备改行经营电脑和监控业务，让我介绍我的一个好朋友和他认识，因为这个好朋友如今在一个很重要的领导岗位上，可以帮到他。我说可以呀，这有什么关系呢？

我灵光一闪，突然就有了主意。我的朋友既然可以帮助别人，当然也可以帮助我。于是和他通了电话，说了那个朋友需要他的帮助后，也说了我想回老家做生意的打算。这位做官的朋友自然是满口答应。虽然他后来并没有帮助我什么，但给了我信心和勇气。

2011年底，我做了一些善后工作，处理了在上海关于业务和个人的所有问题，打算过了大年三十就启程回老家。

我的打算是，一个人先回老家县城开店，开店成功后再让女儿和她妈一起回去。如果开店失败，就继续回上海打拼，女儿读书的事只有走一步看一步了。

要离开上海的头一天，我们一家人到陆家嘴游玩，我仰望着东方明珠、金茂大厦，突然觉得这些高大的建筑群其实和我一点儿关系都没有。屈指算来，我在上海已经待了整整九年的时间，每当我想登上东方明珠电视塔或金茂大厦的顶端，准备俯瞰全城风采时，就被八十元一张的门票给镇住了。有次我和一个上海当地的小老板路过陆家嘴，我问他可曾上过东方明珠的顶端？他说没有，他居然也嫌门票太贵。

2012年的正月初六，我正式启程离开上海。我发现，自己对上海居然没有想象中那么留恋，我留恋的只是我的妻儿，希望我们一家人分开后能早日团圆。

再见了上海，再见了浑浊的黄浦江，再见了浑浊的东海，再见了上海的美食。登上飞机的时候，我偷偷地挥了挥手。

百年前的交游

刘 涛

一位民国基层官员收藏的名片。

两册名片

我业余时间喜欢收藏旧纸片。如果一张纸片上有字或有图，就特别感兴趣，想探究这文字与图片背后的故事。

旧纸片俗称纸片子。从收藏的角度来说，属于纸品；而从文献角度来说，又属于民间文书档案。民间文书是人们在过去的日常生活、生产及社会交往中，为某种目的而留下的凭据、字据、记录。民间文书种类繁多，诸如契约、账本、日记、书信、课本、粮票、毕业证书、结婚证、药方、便条、包装皮、大字报、传单、志愿书、判决书、名片、请柬、戏票、戏单等等。这些旧纸片记录百姓的生活细节，见证了时代发展的变迁。

民国名片是我收藏纸品的一个门类，搜寻多年，积累数十张，多是从旧书摊上零星购得。2015年8月，我和妻子逛太原开化寺古玩市场，见三层博古斋古玩店中有两册民国早期名片，甚是喜欢，便购入囊中。

据店主孙毓勇介绍，这两册民国名片是从一户人家流出来的。名片的主人叫张振鹏，民国初期曾任山西临县第四区行政长兼警佐。

“区”是介于县与村之间的行政设置，设立区行政机关，是民国时期山西省省长阎锡山的首创。1918年12月，阎锡山为加强县与村之间的联系，决定于县、村间增设区制，由省长公署拟定了《县地方设区暂行条例》，一般每个县根据具体情况设有三至六个区不等，每区设区长一人，区长由省长委派，受县知事领导，负责管辖若干村子的政务及警务。张振鹏便是民国时期的这样一位基层官员。

张振鹏是个有心人，把别人给他的名片都收藏起来，历经时代风云变幻，还能够完整地保存到今天，真是一件很不容易的事。而这些名片，又恰恰能够让后来人了解这位民国基层官员的交游圈。

每有闲暇，我便拿出这些名片把玩，与名片上的人对话，似乎别有一番趣味。

这批名片有以下几个特点：一是数量多，总计约四百枚，有三百五十人之多；二者时间早，属民国早期，距今将近一百年，比较难得；三来都是给张振鹏一个人的名片；四者大多数是山西人的名片，具有地方色彩和地方文献价值。

这批名片上的人，从地域上分，主要是在榆次、临县、离石、岢岚、太原五个地方工作或籍贯是以上五县的，说明保存名片的主人与在这五个县工作或居住的人有交集，此外还有一些以上五县之外山西其他县人和山西省外人的名片。

名片主人

张振鹏是这批名片的原始主人。为进一步了解这些名片背后的故事，我多次向卖主打听名片主人的更多信息。古董行有自己的行规，一般不能问货物的来源和买价，讲究的是买家自己评断真假与价钱，贵贱真假自己承担。后来慢慢与孙毓勇熟惯了，他才一点点告知我名片背后的情况。

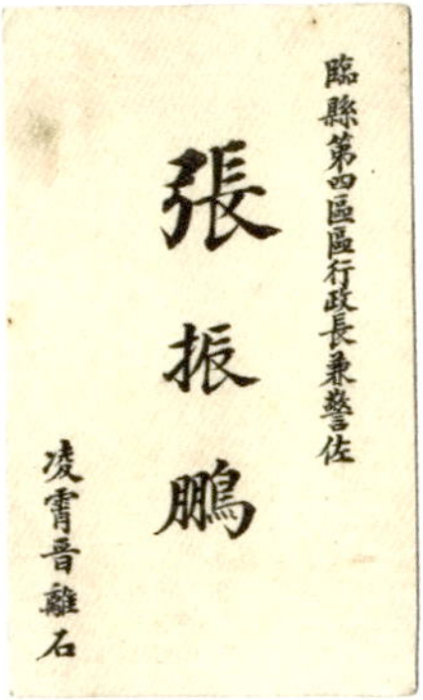

孙先生讲，这批名片是十多年前他在吕梁贺昌中学担任校长时，张振鹏的儿孙辈卖给他的。除名片外，还有三十多封写给张振鹏的信件，大多是公函，内容非常丰富，涉及当时种树、禁烟、放天足等事，具有很重要的地方文献价值。可惜的是，那些信件后来陆续卖了，只留下这批名片，转手于我收藏。关于张振鹏更多的信息，孙先生没有多讲。

仅从名片上得知，张振鹏，字凌霄，山西离石人，曾任临县第四区行政长兼警佐，仅此而已。遍查相关地方志书，也没有他更多的信息，是一位名不见史书的人物。如果想进一步了解张振鹏更详细的情况，只能寄希望于寻找到他的后人，也许能够了解到更多关于他的人生事迹，找到更多资料，这对进一步研究这批名片会有很大帮助。我托吕梁离石的几个朋友查找，因为没有更具体的线索，查找甚难，杳无音信。

后来，在我多次打问下，孙毓勇提供了一条最有价值的信息：他购买这批名片时，还有解放后的一个信封，信封上写的地址是：临县湍水头乡柏局上村，收信人为张四勿。孙先生推测张四勿应是张振鹏的后人，让我有机会去这个村子打问。

我一直抽不出闲暇去吕梁临县一趟，便打电话到临县湍水头乡政府，查问到柏局上村村干部张永全的手机。打电话过去，说明缘由，张永全先生没有理我的茬。这也不奇怪，现在对陌生来电，多数人都采取谨慎不予理睬的态度，更何况问的是一百年前的人事。

再后来，又托原吕梁市晋剧院院长、现吕梁市艺校副校长张文斌帮忙打问。他人脉广，认识的人多，果不其然，才告诉了他一天时间，他便打问出大概：张四勿是张振鹏的孙子，张振鹏确实是临县湍水头乡柏局上村人。张校长还打问到一位了解张振鹏家族情况的年长者张四清先生。

我便抽闲暇时间乘坐火车前往吕梁，一下火车，先去张四清家。张文斌校长还是礼节周到，去张四清家时专门买了水果。张四清先生是张四勿的叔伯兄弟，时年七十七岁。他告诉了我一些自己知道的情况：张振鹏兄弟四人，他本人排行老四，活了四十多岁，是个秀才，当地一位拔贡的得意门生，曾在岢岚、榆次、临县当过区长。这跟我之前掌握的信息是相符的。张振鹏有一个儿子叫张汉儒，孙子叫张四勿，均已过世，曾孙名叫张克明，现在村里生活，育有两子一女。张振鹏有一哥哥叫张振鸿，其他名字不清楚，家里可能有家谱，具体未见。

从张四清家里出来，我们直接去临县湍水头乡柏局上村找张振鹏的第四代张克明。来到张克明在村口开的卫生所，他媳妇在家，说男人正在村子侍弄地，我们便开车前往村里。车在山路盘旋一直到山顶，村子正好在一个山头上，不大，有几位老年人坐在一块小空地上歇凉。不一会儿，张克明骑着摩托车从地里赶来，精瘦，个子不低，黝黑的脸，但也掩不住一股英气。寒暄后说明来意，他刚开始有点紧张和拘谨，后渐渐放开，带我们去张振鹏的故居及张氏家族墓地。

张振鹏故居在村中的深沟，掩映在树林中，地上杂草丛生，久无人来，是一处典型的临县民居。依山而挖的窑洞，窑洞前面的墙用青砖垒成，窗户很大，甚有古意。屋里边有土炕、灶台，窑洞旁有青砖垒成的台阶，由台阶上去，左边是窑洞顶层做的储物间，放着些农具和瓷罐等物。从右手边上去，是窑顶做的小院，院里还有两孔窑洞，形成两层楼式的格局。据张克明介绍，这一排房有两家，共用一个大门，进大门便是照壁，照壁两边各是一家。院里有一地窖，放粮食或蔬菜，院子旁的土墙上有一洞，穿过洞可以到一片地里，以前种些蔬菜瓜果。

原本没有要去墓地的打算，又听张克明说，墓地有座碑，激起我极大的兴趣，因为至今没有弄清楚张振鹏的生卒年，墓碑上应该有一些家族信息。

墓地离故居不远，三五分钟步行便到了。在一处隆起的高岗上，有两棵古松特别显眼，松树之间有一座碑，是民国九年（1920年）立的，当时张振鹏在岢岚县担任第二区区长。此碑纪念的是张振鹏的高祖父张子桂，字丹甫。从碑文上看，张振鹏弟兄四人，他排行老四，老大名叫张振麟，老二张振凤，老三张振鸿。父辈兄弟二人张应财、张应发，祖父张士秀，曾祖张海生，高祖张子桂。碑上的碑文是拔贡李在镐所撰，他是否就是张四清先生所说张振鹏的老师，还有待别的资料印证。碑文中写道，张氏家风是“勤俭治家，和平处世，为乡人称颂”，由此可推见张振鹏之为人。

张克明后来又找到其曾祖父当时的任命书。从这些任命书可以清晰看出张振鹏的为官轨迹：

民国八年（1919年）八月三十日，省长阎锡山任命张振鹏为岢岚县第二区区长，这可能是张振鹏为官的第一站。之后由岢岚县第二区区长调任榆次第二区行政长，具体时间不详。民国十二年（1923年）四月十日，由榆次第二区行政长调临县第四区行政长。张克明说，据家里人讲，他曾祖父最后是在临县第四区行政长任上去世的。

山西督军兼省长阎锡山，字伯川，又作百川，五台河边村人。1917年，阎锡山掌握了山西军政大权，便大刀阔斧地实现自己的政治抱负。有人说，阎锡山是山西的土皇帝，其实他并不土，留学过日本，有自己的政治抱负和为政方略。他不只是靠武力开疆扩土，扩大自己的地盘，而更注重修炼内功，注重发展生产，休养生息。他励精图治，保境安民，兴利除弊。其施政以村为单位，编组乡村，设村长、村副、闾长（二十五家为一闾）、邻长（五家一邻），实现地方自治。

1917年到1927年是阎锡山治理山西的第一个十年，取得良好的效果，获得了“模范省”的称号，而张振鹏的为官时间也恰好在这十年当中。

一个人的生活也是一个时代的历史，梳理张振鹏的人生轨迹和钩沉他结交的朋友，或对我们了解民国初期山西的历史状况、民众的社会生活和特定的时代风尚有所助益。

岢岚同事

山西省岢岚县，是张振鹏从政的第一站，1919年8月30日，受当时省长阎锡山的委派，他来岢岚县担任第二区区长。在这里他遇到了他的上级和同事。他收到的名片有：

视察岢岚县委员：陈据，字子裕，湖北安陆人。

岢岚县公署顾问：杜进荣，字安仁，山西岢岚人。

县知事：任绪瀛，字绍洲，山东平阴人。

承政员：李光爔，字覲之，山西阳城人。

主计员：李世杰，字干丞，山西永和人。

视学员：赵沂中，字正甫，山西五台人。

实业技士：郑铭，字善述，山西繁峙人。

收发员：葛清寅，字景秋，山西稷山人。

宣讲员：高杰，字子才，山西阳曲人。

县警佐：杨效业，字子勤，山西崞县人。

代理岢岚县巡官：韩允治，字捷成，山西神池人。

地方公款局经理：袁庆钊，字善甫，山西岢岚人。

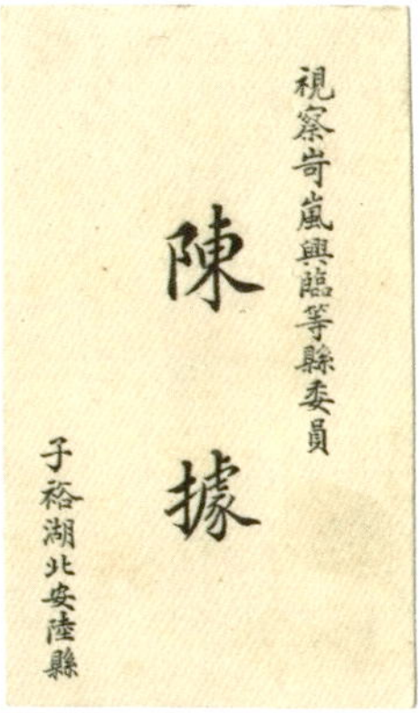
視察岢嵐興臨等縣委員
陳據
子裕湖北安陸縣

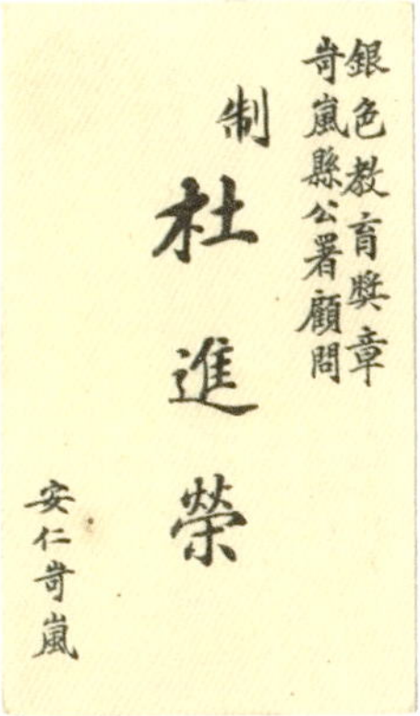
銀色教育獎章
岢嵐縣公署顧問
制
杜進榮
安仁岢嵐

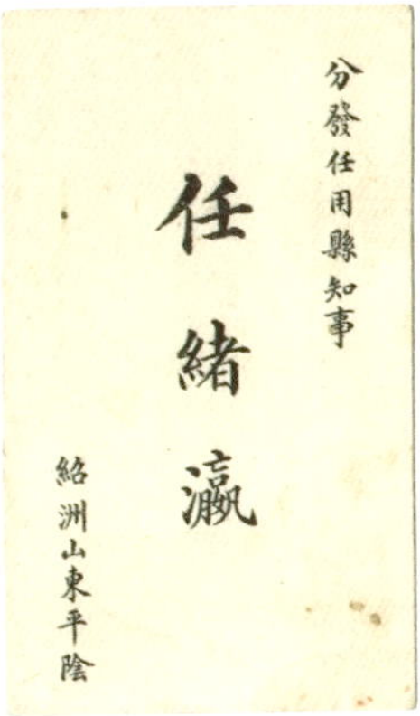
分發任用縣知事
任緒瀛
紹洲山東平陰

岢嵐縣承政員
李光爔
覲之山西陽城

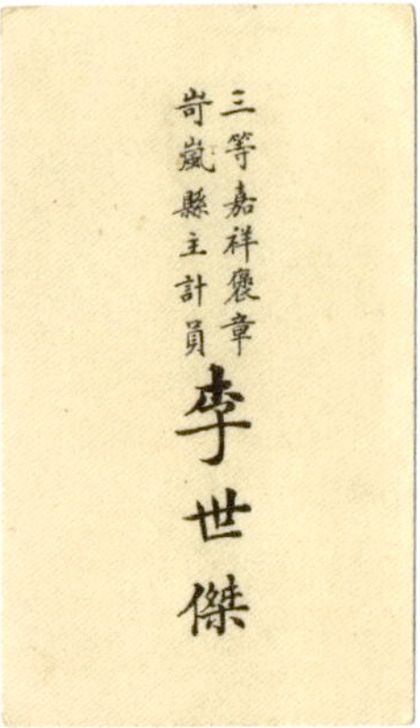
三等嘉祥褒章
岢嵐縣主計員
李世傑

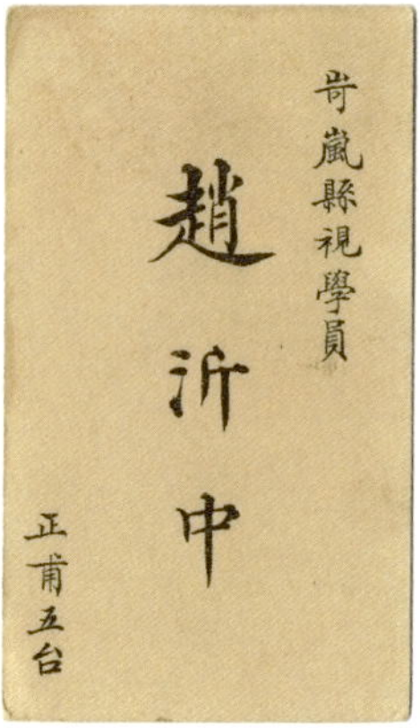
岢嵐縣視學員
趙沂中
正甫五台

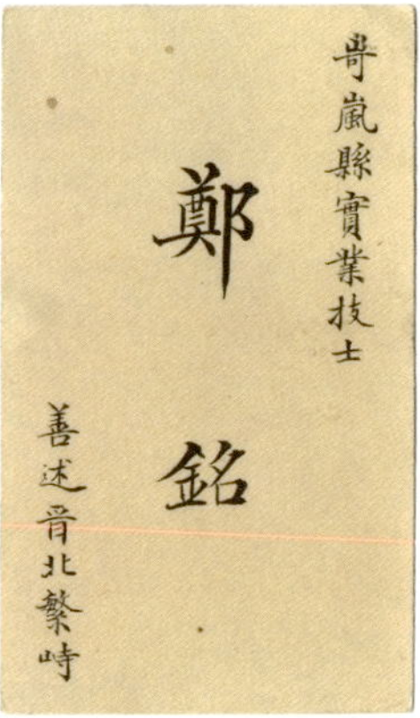
岢嵐縣實業技士
鄭銘
善述晉北繁峙

岢嵐縣收發員
葛清寅
景秋山西稷山

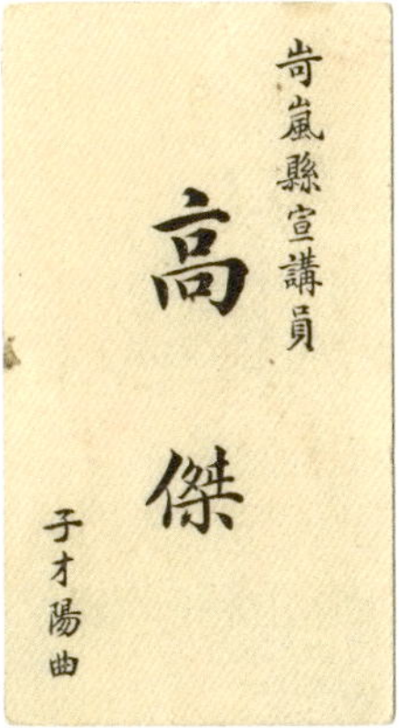
岢嵐縣宣講員
高傑
子才
陽曲

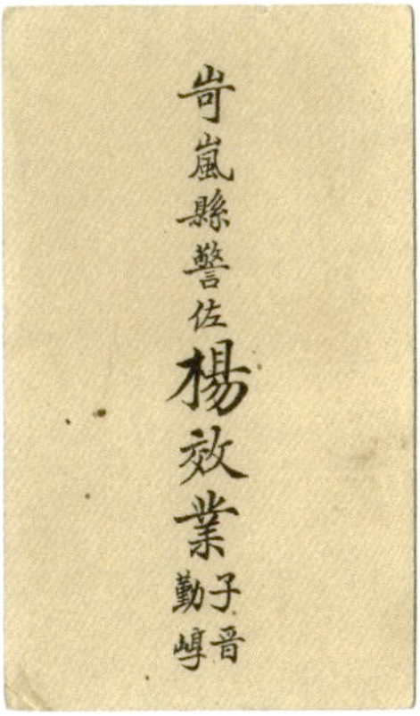
岢嵐縣警佐
楊效業
子勤
晉甯

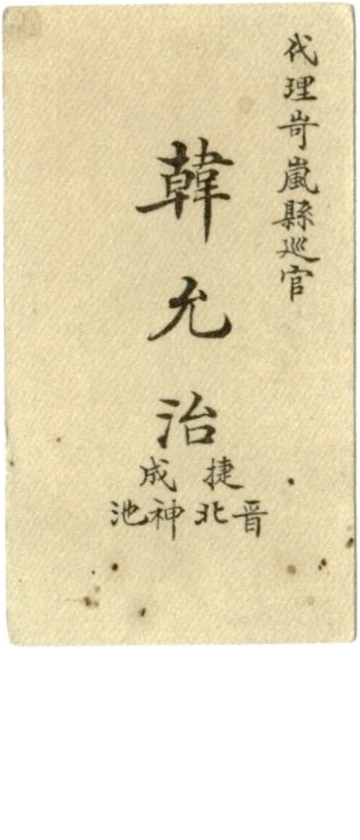
代理岢嵐縣巡官
韓允治
捷成
晉北神池

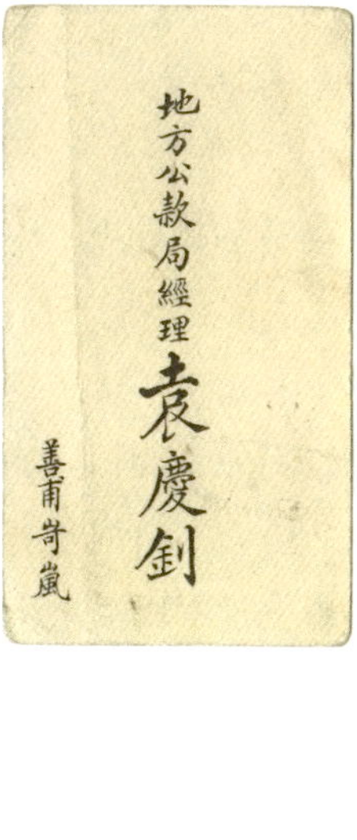
地方公款局經理
袁慶釗
善甫
岢嵐

权度检定生：王嘉芳，字子馨，山西宁武人。

县商务分会会长：陈傅功，字梅忠，山西保德人。

而从以上名片可以看出，民国初期山西一个县的政府人员构成。

1917年9月，阎锡山担任山西省督军兼省长后，为加强统治机构，立即颁布《山西省县公署组织条例》。根据规定，山西全省一百零五个县的县署，除县知事仍留存外，其余设置一律废除，并在县知事下设掾属：承政员、主计员、承审员、县视学、实业技士、宣讲员、收发员、检验吏、管狱员。以上各员编制一人，遴选专门学校毕业或是有同等学识的人员，各负其责。

1999年版的《岢岚县志》记载，当时，岢岚县公署设知事一员，在县知事下设承政员、主计员、承审员、县视学、实业技士、收发员、宣讲员、管狱员、检验吏各一人，录事八人，夫役六人。另设警察所、劝学所、公款局、农桑分局等机构，警察所里有警佐、巡官各一人，警察二十多人，其他所、局都有所长或局长各一人。

关于县知事任绪瀛，1999年版《岢岚县志》第三八五页“1912—1939年岢岚县知事、县长一览表”中说任绪瀛是山西人，有误。根据任绪瀛的名片，他应该是山东省平阴县人。小小名片可以校正县志上的错误。

任绪瀛的名片上写有“分发任用县知事”，这涉及民国初年县知事的考核任用制度。1913年12月，民国政府颁布《知事任用暂行条例》及《知事试验暂行条例》，规定在全国实施统一的县知事任用和试验制度，以具体规范县知事的任职资格和程序。按照规定，县知事的任职资格分为以下两种：参加知事试验及格；或者经各部总长和各地方最高民政长官特加保荐，通过审查后在内务部注册。任绪瀛属于参加知事试验及格，通过审查在内务部注册后而分发任用的。

任绪瀛是1918年1月任岢岚县县知事，从《岢岚县志》大事记可以看出他的执政轨迹。2月7日，县署发布文告，严禁开荒焚林，并开始试种栗、杏、葡萄等果木。这年春天，开始设置区建置，实行编村制，全县划分三个区，设区公所，有编村三十三个，编街两个，村设村公所，街设街公所。是年，在三井镇设立岢岚县第二高等小学校。

开荒种树，设置区建置，实行编村制，成立小学堂，这些都是阎锡山治理山西新政的具体体现。1917年，阎锡山掌握山西大权后发展农村经济，实行“六政三事”。所谓“六政”，是指水利、种树、蚕桑、禁烟、剪辫、天足，其中前三项为“兴三利”，后三项为“除三弊”；所谓“三事”，指种棉、造林、牧畜，合称“六政三事”。当时政府以此在经济上铲除积弊，发展乡村建设。

1919年，阎锡山为考察“六政三事”与“村政”的实施优劣，以达到层层监督、互相牵制的目的，派员至各县视察，实察事项以水利、种树、蚕桑、禁烟、天足、剪发六政为主。陈子裕就是省里派到岢岚县、兴县、临县等县视察各县实施“六政三事”及“村政”工作的政府要员。

杜进荣是岢岚县公署的顾问，曾获银色教育奖章。银色教育奖章是民国时期政府褒奖用私财创立学校或捐入学校的人而颁发，由地方长官开列事实表册，申请褒奖。杜进荣获得银色教育奖章，说明他是热心地方教育文化事业的乡绅，并以此为荣，要不然不会把这一荣誉印在名片上。

杜进荣担任民国初期岢岚县公署的顾问，说明他在岢岚县很有威望。过去实行的是异地做官回避制度，不许本省、县人在本省、县担任主要职务，山东人任绪瀛来山西岢岚县当县知事，他的手下也是岢岚县籍之外的人士担任，这样的制度可以避免亲情对政事的干扰。比如：

主计员的职责是管理一县一切财政事务，按规定回避原籍二百里。

县视学的工作是视察学务，按规定回避本县。

收发员的职责是管理收发登记往来文件，回避本县。

宣讲员职责是专任周行宣讲，回避本县，可用邻县人员。

这些职位要岢岚籍之外的人担任，执行严格的回避制度。而恰恰岢岚县公署的顾问，却要请当地人担任，因为本地人了解实际情况，对当地风土人情、地产地貌等非常熟悉，对外地来的官员治理一方有实际作用。这样的选择也显示了县公署注重求实有效的执政风格。而当时一个县公务人员的编制如此精简，也不得不令人惊叹其效率。

张振鹏在工作上受县知事领导，主要负责管辖村子的政务及警务。政务包括省里分配下的任务，督促村长办理政务，调查登记户口并保留户口底簿，年薪一百八十元至二百四十元，公费四十元。他手下有三至五个工作人员，每人年薪六十元。作为区长，他直接指挥区警办理警务。如果他的表现不称职，县知事查明，并呈请省长撤换，情节重大者，并依法从重惩处。如果勤政，取得成绩，县知事呈请记功，请予奖励。

1920年清明，在张振鹏担任岢岚第二区区长时期，他联合家人修老家湍水头柏局上村的祖坟，并且立了碑，碑文是当地拔贡李在镐撰写，对张家的家族传承和家风写得很详细。

商号及铺长

张振鹏何时到榆次工作，现无资料可参考。他到榆次是担任第二区区长，第二区公所设在榆次长凝镇。长凝镇位于榆次城东南十四公里处，是榆次城东南的交通要塞，地理位置重要。清末以来，长凝镇日趋繁荣，辽县、和顺以及市境东南山区的货物运来榆次城，必经长凝镇。这里也成了货物集散地和转运站，七七事变前，长凝镇大街上商店多达七十家，其中粮店、布缎店和车马店最多，著名粮店有德隆店、锦丰裕、有容裕、生计店，布庄店有协和德，车马店有广和永、天义德、永兴号，此外饼面铺万顺成，店员多至三十名，其余有麻铁业、中药铺、屠宰坊、熟肉店、粉坊、糕点、纸札，行业俱全。每年农历二月十九日至二十三日庙会，会期五天，四月十八日又有庙会一天，平时逢三六九赶集。

张振鹏到了榆次，和他打交道的自然有长凝镇的商号及老板。

崇和茂是当时七十多家商号中的一家，具体经营什么待查。过去不仅人有名片，商号也有自己的名片。非常简单，名片上就印三个字的商号名：崇和茂。但是很有文化底蕴和寓意：和气生财，财源茂盛。

还有商号永兴厚的铺长褚俊杰、经理田峻基。榆次也属晋商重地，商界精英要数宋启英，也是张振鹏朋友圈中人物。

宋启英（1879—1931），亦名继宗，字隽（俊）臣，榆次大张义村人。父贵森，曾以独资开办商店“吉大生”，发迹于直隶古北口之八沟。启英幼倜傥，有胆略，十七岁时父病故，即承遗愿，在榆次挂职专东，由他一人独立操办商号的发起与投资。至民国初，先后开设“吉”字号商业企业十家，有“吉泰隆”“吉逢吉”两家客栈，“吉泰公”“吉履亨”两家粮店，“吉逢厚”“吉履新”两家花

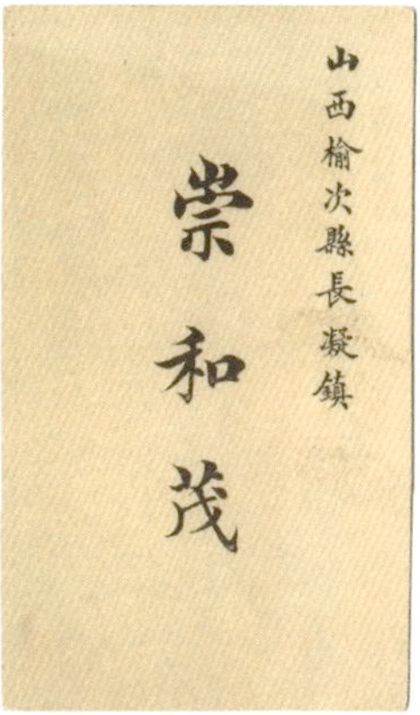
山西榆次縣長凝鎮
崇和茂

永興厚

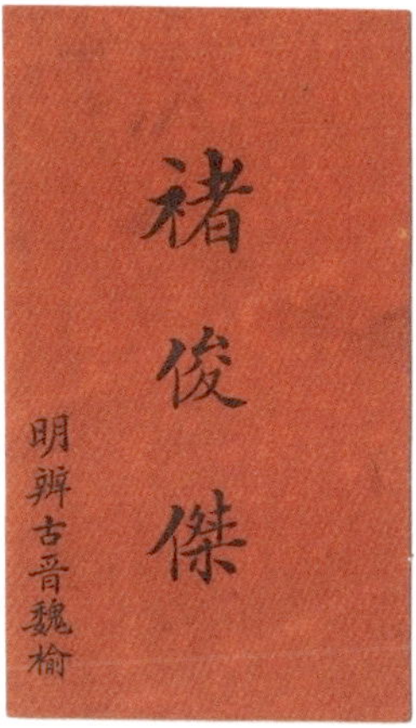
褚俊傑
明辨古晉魏榆

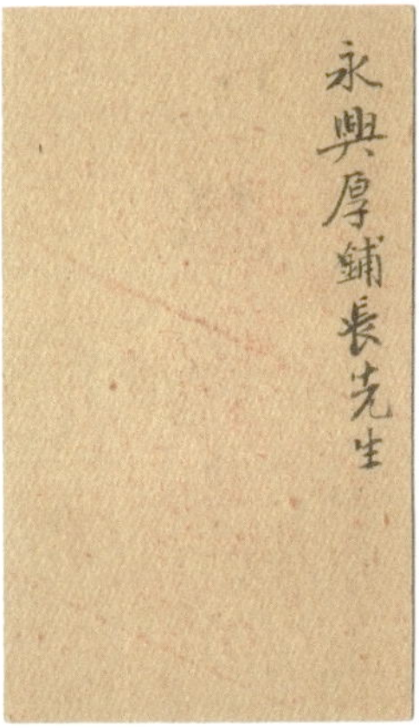
永興厚鋪長先生

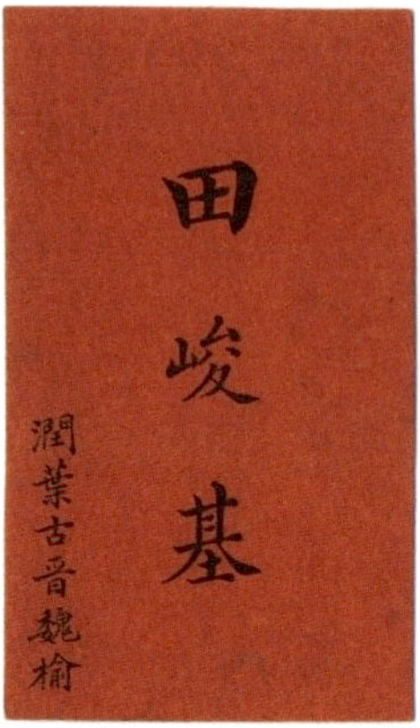
田峻基
潤葉
古晉魏榆

永興厚當家

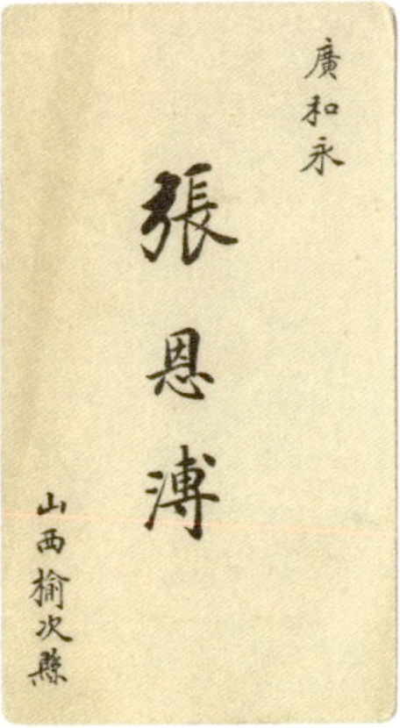
廣和永
張恩溥
山西榆次縣

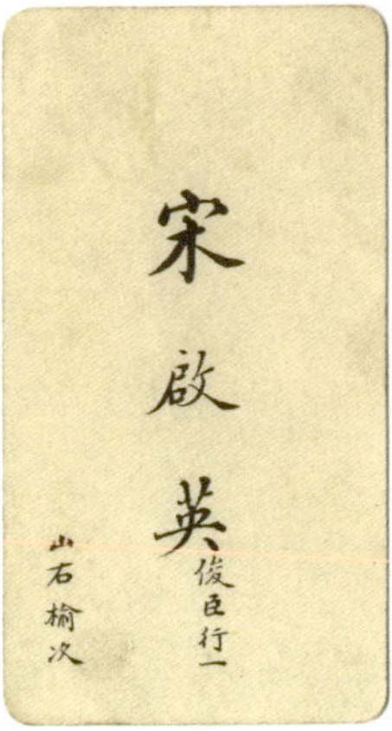
宋啟英
俊臣行一
山右榆次

布店，“吉履谦”“吉生庆”两家钱庄，“永吉庆”当铺，“吉裕亨”木店。

张振鹏在三个县担任过区长，其中在岢岚时并没有与商家交往的痕迹，可能是这里地处黄土，经济较贫瘠之故吧。在榆次和临县多有商家及铺面的名片，因为这两个县的商业较发达之故。

村长村副

民国时期的山西，一个县里的区长是省政府委派，直接受县知事领导，具体督察所管辖区内村长、村副之责。张振鹏在岢岚、榆次、临县三县担任区长时，结交的各村村长、村副应该很多，留下名字的有十多人。

当时，担任村长应该具备的条件是年龄在三十岁以上，品德上朴实公正，文化上粗通文墨，经济上不动产得有三千元，后来改成一千元。所以能在民国时期当上村长还需要有家底，对一般普通民众来说，要想当上村长并非易事。村长由村民推举，县知事选任并向上级报备。村长的任期是两年，可以连任，不领薪水，只有少量车马费，由村民摊派，但得定期公示花费。村长两年内做得好，会得到奖励，若有不称职或违法者，县知事随时呈报撤换惩处。

村长都不是平凡之辈，有的家底富裕，有的经营商号，如榆次县峪壁村村副郑永昌在“有容亨”经商。还有的是从外地经商回来担任村长的，比如榆次县阔子头村长郭立玥，字瀛甫，生于光绪十二年（1886年），从小家贫好学，十六岁经人举荐赴汉口经营茶庄，在当地小有名气，后因动乱返乡，担任村长，常赴县衙帮办事务，颇有政声。日军侵华占领榆次，他拒不任职，回村种田，直到1948年因病去世。

为提振山西经济，加强行政管控的基层制度建设，阎锡山在全省范围内进行村政建设，所涉内容极其广泛，具体包括编查户口，实行区、村制，办理六政三事，调解诉讼，执行村禁约，整理村范，办理保卫团，办理积谷等，涉及农村基层社会的政治、经济、军事、文教、行政、司法、道德、习俗等多个方面。

村长村副的设制是阎锡山推行新政，实行“村制”的产物。1917年9月，阎锡山取得山西军政大权后，为维护自己在山西的统治地位，实现逐鹿中原的政治野心，首先从民力入手，并采用日本的做法实行“村制”。他以省、督两署的名义公布了暂行市乡制。山西村制第一步是设置编村，凡满百户之村庄或联合数村庄在百户以上者，即划为一编村。并将编村编号，择定距离适中、户口最多之村为主村，其余联合小村皆成为附村，合称为一编村团体以自治。

1917年10月，省署又颁布《各县村制简章》，每一编村的编制由原来的一百户改为三百户，村中设置村长制，

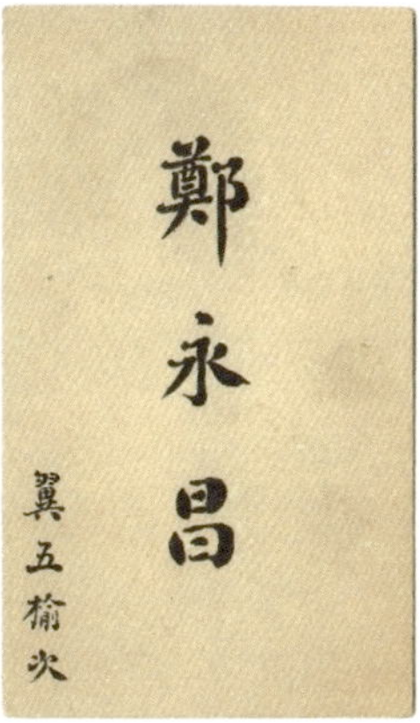
鄭永昌
翼五
榆次

峪壁村副
有容亨經商

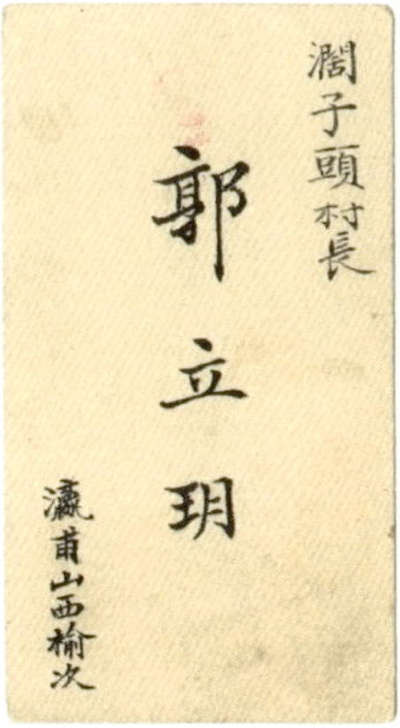
濶子頭村長
郭立玥
瀛甫
山西榆次

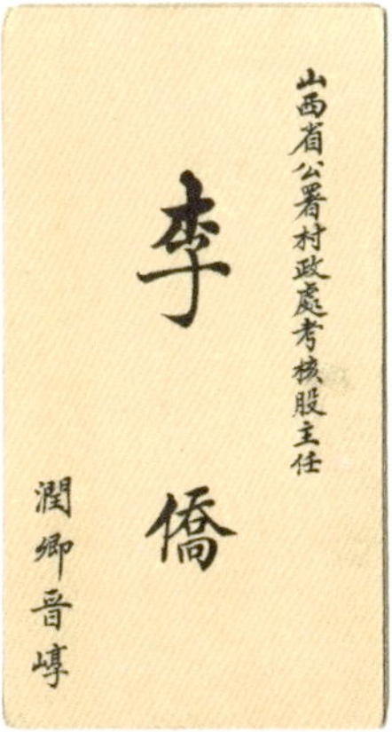
山西省公署村政處考核股主任
李僑
潤卿
晉崞

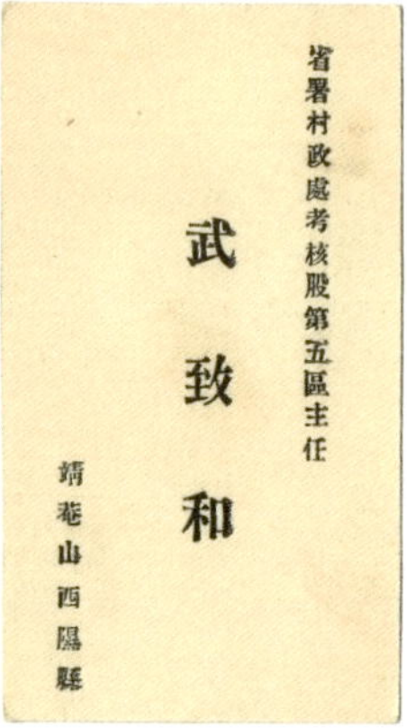
省署村政處考核股第五區主任
武致和
靖菴
山西隰縣

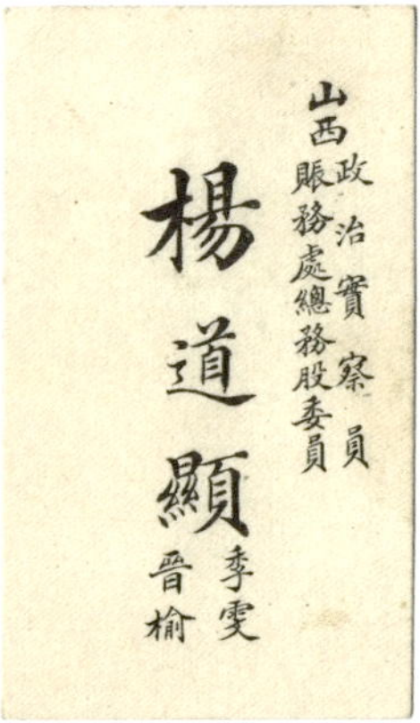
山西政治實察員
賑務處總務股委員
楊道顯
季雯
晉榆

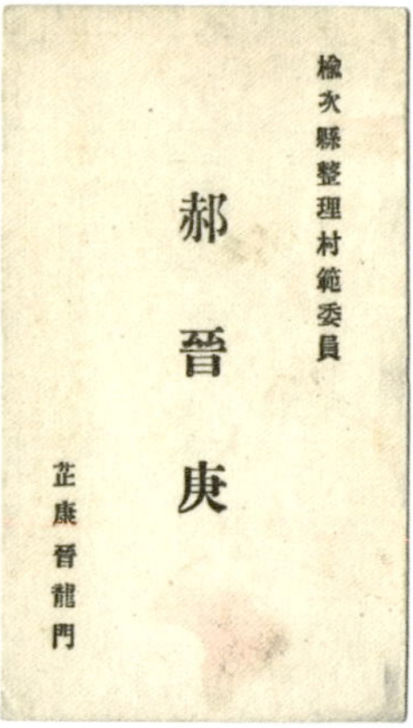
榆次縣整理村範委員
郝晉庚
芷康
晉龍門

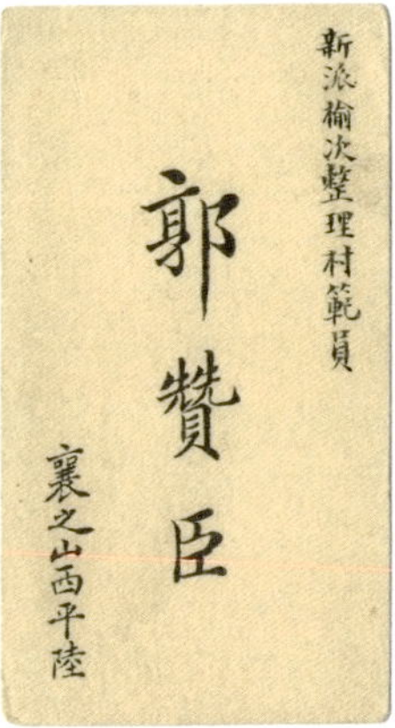
新派榆次整理村範員
郭贊臣
襄之
山西平陸

其职权为承行政长官之委托，办理传布进行事项及陈述所谓“利弊”报告等事项。

编村的目的能否实现，关键在于村长村副的人选是否得当，所以阎锡山非常重视村长副的选任，他说：“村长司一村之机括，为一村之灵魂。村之能否组成有机体，全视村长之得人与否”，“欲求实收村制之利益，非村长副得人不可！”

1922年4月，省署通电全省各县所属村庄，一律试行五家设邻长的办法，接着阎锡山又正式标榜“村政”之名，开始改进村制工作。他首先拟定公布了《改进村制条例》，按条例第二条规定，每一编村的编制由1917年《各县村制简章》中的三百户改为一百户。村内按事务性质设置村公所、村民会议、息讼会、村监察委员会等机构，废除了昔日管理村财政的社首制。

村公所是村中执行村务的行政机关。

村民会议是全村人民参与村事之议事机关。

息讼会是调理村民争讼事件的机构。

村监察委员会是民选的监察机关，专司监察事务。

阎锡山为使百姓接受自己的思想，还定期到一些城市和农村演讲，从1918年至1921年初，他在各地向官吏讲话达一百多次，还以平易近人的方式与地方官绅和百姓接触，在群众集会上，他总是讲这样的话：“民众，民众，快快来听，见了我面，当知我心，我心别无样，只是爱民众！”

民国十一年（1922年）七月，阎锡山来到榆次，通知榆次各村村长村副来开会。阎锡山讲：“山西百零五县中，榆次县向称富裕，到今日则变坏了。考其原因，约有二种：一因近年商务凋落，民间之收入日少；一因多数吃上金丹，外界之消耗日多。前者则病在金钱不进来，后病在金钱向外流，以致榆次县一天穷似一天，人民一天比一天向下。余这次来到榆次，全为劝榆次县人民赶快回头向上，其重要者，就是快把金丹戒除……余从前教你们开渠、凿井、养蚕、种树，是为了补救商务的失败的缺憾。今日整理村范，劝你们退瘾，就为救济吃金丹的损失。”

阎锡山在改进村级组织的基础上，进一步自上而下地加密行政网络，在省长公署内增设了村政处。作为阎锡山实行“村本政治”的最高权力机关，村政处设处长一人，副处长二人，全权负责全省村政事务。村政处之下分别设置总务股、考核股、禁烟股三个股。总务股主管村政处一切行政事务，禁烟股主要负责执行政府的禁烟法令。

李侨，字润卿，山西省崞县人，担任山西省公署村政处考核股主任。考核股负责全省村制改进工作，主管各县办理各项村政事务，协助各村建立村政机构，制定村禁约、整理村范等。

考核股为工作方便，按照地域把全省分为十二个考察区，每区设主任两人，由考核股内人员兼任，负责八九个县。一人留股处理公文，一人到各县实地考察。三个月轮换一次，轮流到各县考察。

武致和，字靖庵，山西隰县人，是当时全省划分的十二个考察区中第五区的主任。

1919年，阎锡山决定将政治研究会改为政治实察所，并修正了政治实察员服务规则。实察员负责考察各县行政成绩之责，实察事项以水利、种树、蚕桑、禁烟、天足、剪发“六政”为主，不得干预行政之执行。实察员对于应行考察之处，以亲见为准，不得以耳代目，查明之事须据实直陈。实察员考察所至之处，应召集人民随意讲演，以资利导。实察员出发时，由政治实察所发给日记簿，每日须将经过事件摘要记入，俟考察毕，送交政治实察所查核。实察员应有品格，如有赌博狎妓及其他不当行为，依法惩处，县知事有上列不法事情，得随时密报。实察员领有政治实察所薪水及旅费。所至各县，除来往发有车票照章支用外，不得要求支应及受县知事宴请与馈赠。实察员在县考察时，除星期节假准予休息外，其余必须逐日实地查察，不得懈怠。

“六政考核处”时代，设有政治实察员数十人，每人分配二或三县，巡回视察，督行施政，这也是推进村政的一股力量。

杨道显，字季雯，山西榆次人，是当时山西政治实察员之一员。

公开的各级考核，都是直接到户，进行各项工作的检查。除了政治实察员制度外，还有委派整理村范委员。

郝晋庚，字芷康，山西龙门人，榆次县整理村范委员。

郭赞臣，字襄之，山西平陆人，新派榆次整理村范员。

张崇德，字峻卿，山西阳曲人，办理村范委员。

1926年12月，为考察各县村政成绩，还给各县派一名村范委员，经常帮助县区督导。整理村范的方法主要采取劝导说教的方式，分宣传、调查、处置三个步骤进行：一、办理村政人员到达一个村时，先集合村民及村闾邻长，宣传和讲解整理村范的意义和好处；二、宣传之后，就要挨家挨户调查，将村中的各项嫌疑人（时称“坏人”）均逐一查明，然后登记造册；三、对这几种坏人检举完毕后，把他们召集到村公所分别给予处置，处分以悔过自新为主，情节较为严重的，也只处取保监视。对失学儿童因学校不便而失学的，由县督饬村长副添设学校；无故失学者勒令入学，因贫困失学的，命其农闲时入学，或免收学费。

同时也有秘密调查“六政三事”方面的成绩与问题的人员，这是密查员的职责。张进祯就是担任密查员，他直接向省分署分管部门汇报调查情况。

阎锡山希望通过各项村治设施，以期达到“村村无讼，家家有余”的目的。

民国教员

作为区长，张振鹏的日常工作之一就是对管辖村庄学校的教员进行监督。在榆次工作时期，他检查了在杨方村国民学校教学的要宝善和在牛村国民学校教书的王玺教学工作后，分别在他们的名片背面写上“查杨方村国民学校教员要宝善对于教授管理尚可”“在牛村国民学校教学，学生共四十名，王玺教授管理尚称得法”。小小名片成为备忘录。

接触大量普通教员之外，他还接触学校的校长，其中有榆次县立第五高小校长王建业、阎国柱，岢岚县高等小学校校长张秉镛等。

和全国其他省份一样，山西的小学教育开始于1904年，在《癸卯学制》颁布后，义塾改为初等小学，山西开始试办近代化式的小学教育。

而山西教育的真正快速发展是1917年阎锡山掌握山西军政大权之后，他提出自己的教育体系：国民教育、人才教育、职业教育、社会教育，其中国民教育以普及为主，人才教育以供给适应时代之行政自治及社会事业之用为主，职业教育以发展国民经济为主，社会教育以改良风俗开通知识为主。

阎锡山强力推行国民教育，首先是大力发展国民义务教育，而师资力量极度缺乏，是发展国民义务教育的瓶颈，阎锡山采取急就章的法子，仿效日本的师范教育方式，直接于督军府附设能容纳两千五百人的师范讲习所，招收合格学生，进行集中培训。学习三个月毕业，省署发给毕业证和委任状，直接奔赴各县，任各县师范传习所教员。山西省岢岚县的李振华就是从山西省立师范讲习所毕业的，之后被委派岢岚师范讲习所任主任教员。

尽管阎锡山通过急就章的办法，未必能培养出合格的师资来，但这数千名短期师范受训生充实到各县的国民学校任教，去担任各村区的启蒙教育教师，却是完全胜任的。不少县还设立女子师范，毕业后到国民女学校教书，其中张振鹏的离石老乡胡春娥就是国民女学校教员，这是张振鹏收藏四百张名片的主人当中唯一的女性。

刘登华，字子超，直隶任邱人，榆次县东阳高小学校教员，他还是榆次注音字母委员。

1917年9月，恰逢蔡元培任会长的国语研究会成立和全国教育会联合会通过《国语标准推行注音字母案》，在教育部尚未颁布《注音字母令》时，1918年5月，山西省率先设立注音字母传习所，对省公署行政官员、小学教员、县区公职人员进行注音字母专门培训，并通过这些受训官员与教员在各县兴办注音字母传习所，对民众实行培训，向民众广泛传授注音字母。下令各级政府文告一律采用白话文，各类社会教育机构运用白话文教学。阎锡山非常重视在国民教育中推广注音字母，并最早把注音字母推广到农村。白话文也是阎锡山极力推崇的，当时全国通用的国文

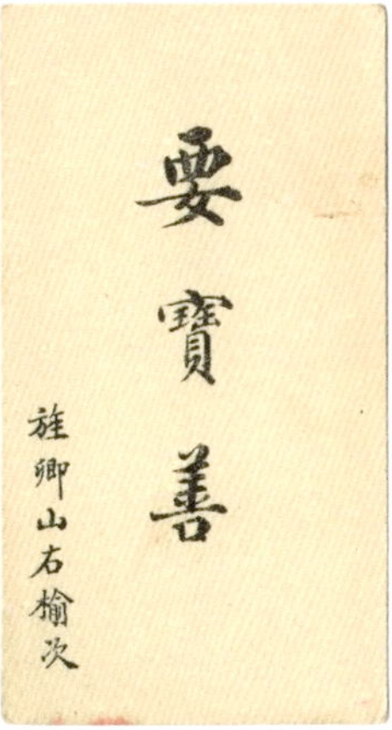
要寶善
旌卿
山右榆次

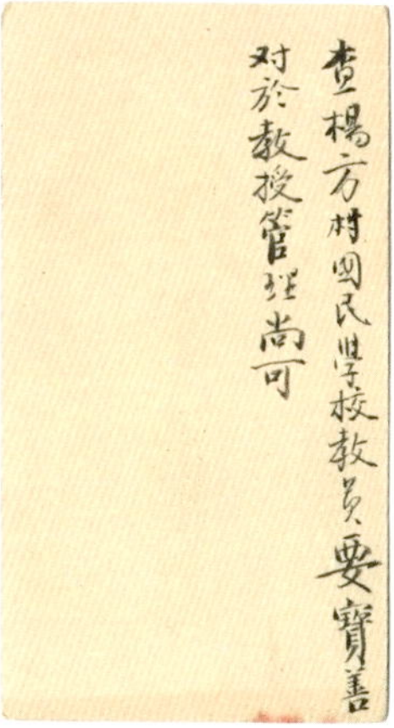
查楊方村国民学校教员要寶善
对於教授管理尚可

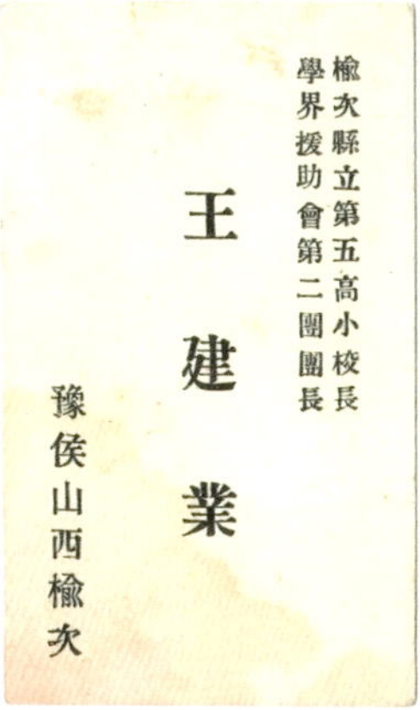
榆次縣立第五高小校長
學界援助會第二團團長
王建業
豫侯
山西榆次

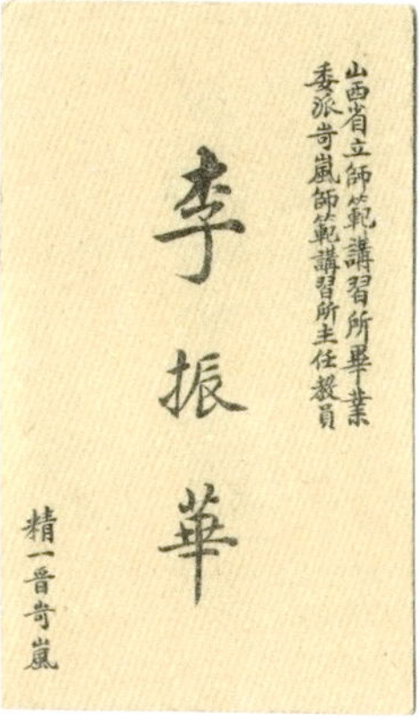
山西省立師範講習所畢業
委派岢嵐師範講習所主任教員
李振華
精一
晋岢嵐

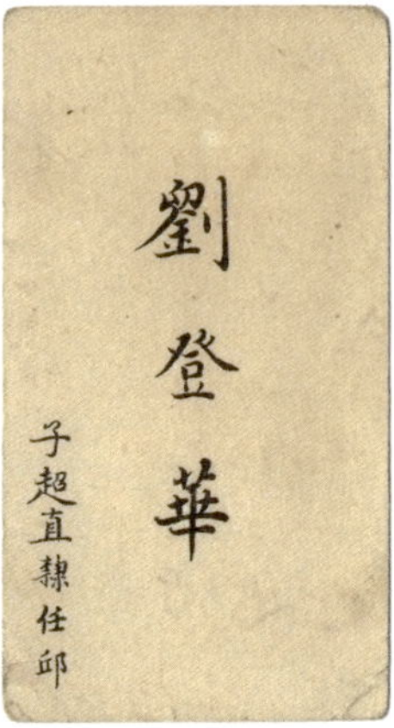
劉登華
子超直隸任邱

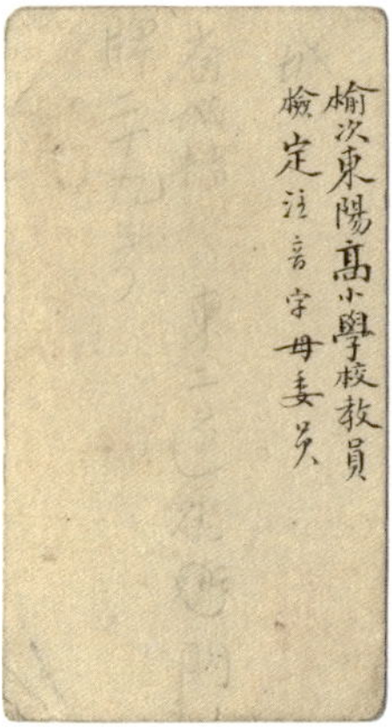
榆次東陽高小學校教員
檢定注音字母委員

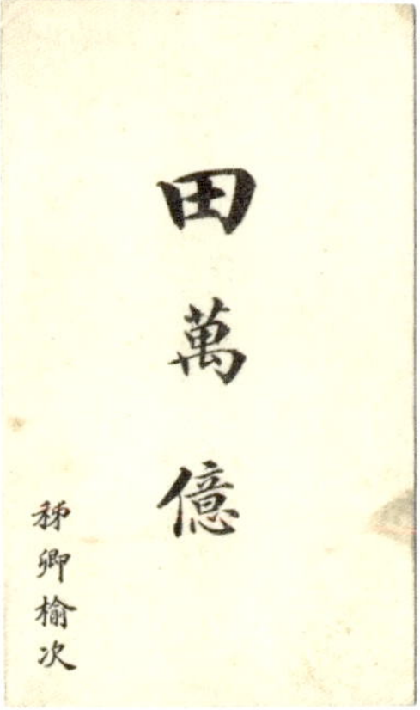
田萬億
秭卿榆次

城内圖書局

魏榆圖書局

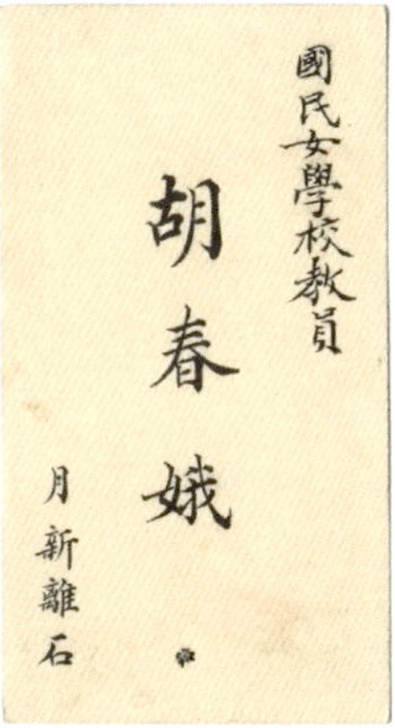
國民女學校教員
胡春娥
月新離石

二等銀色獎章
高峻山
崇如晉臨縣

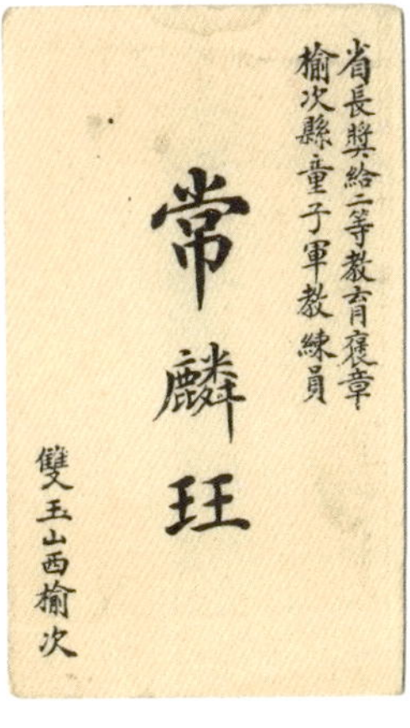
省長獎給二等教育褒章
榆次縣童子軍教練員
常麟玨
雙玉山西榆次

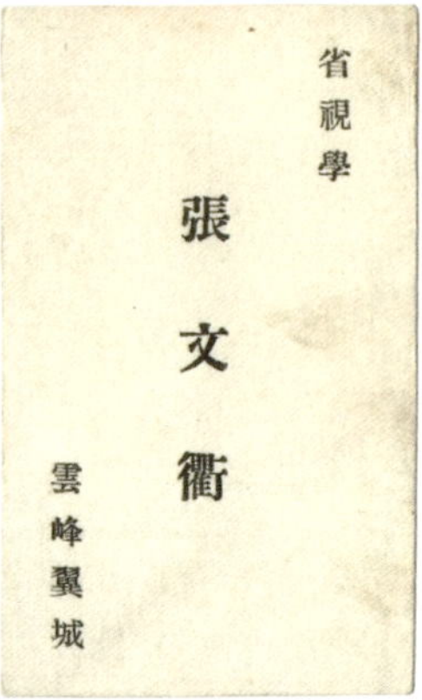
省視學
張文衢
雲峰
翼城

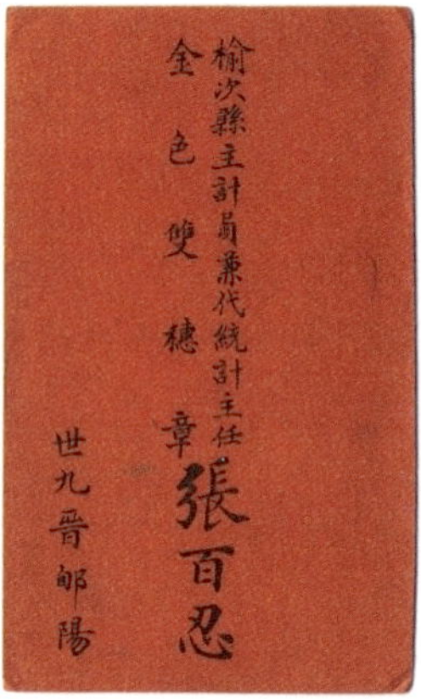
榆次縣主計局兼代統計主任
張百忍

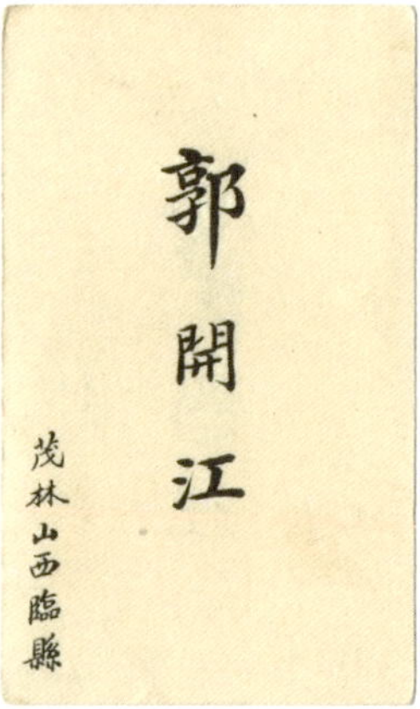
郭開江
茂林
山西臨縣

教材都是文言文，只有山西的国文教材用白话文编印。山西全社会开展了声势浩大的国语教育运动，刘登华就是负责榆次县培训和传授注音字母的教员。

在国民教育的教学内容选择上，阎锡山特别重视军事技术教育，在各县均开办了学龄儿童参加的童子军，设有童子军讲习所，还专门为童子军谱写了《童子军军歌》，其歌词为“哥哥华盛顿，弟弟拿破仑。脚踢五大洲，气吞东西球。不竞争，安能存！谁云孺子不知兵，万万岁，伟哉吾军人”，这些歌词充满了浓厚的军国主义气息。童子军讲习所均配有专门的教练，榆次县常麒玨先生就是榆次童子军的教练官。

阎锡山还特别注重社会教育，各县均成立图书馆。榆次古称魏榆，魏榆图书局即榆次图书馆。图书馆有专人负责图书的管理与采购，田万亿是魏榆图书局的管理人员。

为鼓励社会力量兴办教育事业，提高国民整体素质，民国初期，山西鼓励私人捐助教育，并颁发各种奖章。

嘉祥褒章是民国北洋政府时期教育部颁发的捐资兴学奖章之一种。北洋政府教育部于1913年7月首次颁布了《捐资兴学褒奖条例》，对于以私人财产创立或捐入学校，创办或捐助图书馆、博物馆、美术馆等有关文教事业者，准由地方长官开列事实，呈请褒奖，并对捐资者按捐赠数额分别给予不同等级的金质、银质褒章或匾额，使捐资兴学成为一种至高的国家荣誉。

条例规定，捐资至一百元，奖给银质三等奖章；至三百元，颁给银质二等奖章；至五百元，颁给银质一等奖章；至一千元，颁给金质三等奖章；至三千元，奖给金质二等奖章；至五千元，奖给金质一等奖章等。

山西永和人李世杰获得三等嘉祥褒章。

因发现《捐资兴学褒奖条例》尚有漏略之处，如对华侨、团体、遗嘱捐资未做规定，教育部又酌情进行了修订，1914年公布《修正捐资兴学褒奖条例》，增补了若干相应条款，以便推行，其中第二条，褒奖之等差如下：

一、捐资至一百元者，奖给银色三等褒章。

二、捐资至三百元者，奖给银色二等褒章。

三、捐资至五百元者，奖给银色一等褒章。

山西岢岚县人杜进荣获银色教育奖章。

山西临县人高峻山获二等银色奖章。

山西榆次人常麒珏获省长奖给二等教育褒章。

通过各种奖励，在社会上形成一种人人重视发展教育的氛围。捐款助学的人，把奖励写在名片上，说明他们以此为荣耀。

阎锡山紧抓国民教育的同时，在山西推动“六政三事”过程中，结合植棉、造林、种树、蚕桑、牧畜、水利等实业政务，更为关注实用技术人才的培养。如针对蚕桑事业更适于女性劳力操作这一特点，随即1919年在省城及各县设立女子蚕桑传习所，招收十五岁以上、四十岁以下，且有一定文化知识的女性学习蚕桑实业技术。1922年颁布的《女子蚕桑传习所章程》中，更提出招收蚕桑高等科学员，分配到各县女子蚕桑传习所和各女校任教员，为蚕桑职业技术教育培养师资。

传习所的理论课，除国文、算数外，仅和养蚕有关的技术知识课程即达十一门以上，而实习课目则更达十六门以上，甚至包括手工、缝纫。速成科学员，其成绩优秀者可充任各县女子蚕桑传习所教员，其余的可于自家经营蚕桑养殖。实习科以实习为主，目的为使其具有自谋生计的能力，“而树家庭职业之基础”。学员食宿自理，免除学费和讲义费，成绩优异者还可获得一定数量的津贴鼓励。这种人才培养上高低等并行，理论与实践并举的培养方式，是十分符合当时的实际需要的。

为督促各地的教育健康发展，从省到县到区到村，都有专人督查负责，省级有省视学、县级有县视学、各县有区长、学校有学董，层层监督。

张文衢，字云峰，山西翼城人，担任省视学一职。

普及义务教育是一项长期而艰巨的任务，需要有机构健全、措施得力的督导保障机制，才能顺利实施。1917年，山西省根据教育部公布的《教育厅暂行条例》，省教育厅共设省视学六人，将全省分为太原、蒲州、大同、潞安、宁武、平阳六个视学区，各区视察分定期与临时两种，定期视察主要由视学分赴各区进行全面的视察与监督，时间从每年的八月下旬至次年六月上旬，临时视察是由教育厅厅长特别委任专人到指定的县进行有重点的检察与指导。不论采取哪种视察方式，必须保证一年当中每县要接受五到十天的教育视察，视察范围包括县教育行政对义务教育实施与保障程度、各县对义务教育的经费投入与使用情况、各村义务教育的实施状况等。

县视学的工作主要是视察一县的学务。

赵沂中，字正甫，山西五台人，岢岚县视学员。

孙晋修，字培文，山西平定人，榆次县视学员兼劝学所所长。

吴锺秀，字秉灵，山西霍县人，曾担任临县视学。

民国初期，街长副、村长副和学董，是义务教育实施中最基层的办学人员，他们肩负着筹集经费、劝导督促入学、聘任教员等具体事宜，其中筹集经费难度最大，数额巨大的乡村筹款，每年均由村长副、学董来组织完成。

郭开江，字茂林，山西省临县人，系开阳村前学董。

学董在整个乡村义务教育过程中起着至关重要的作用。山西省于1929年专门制定了《山西各村学董规则》，规定凡有学校之村庄应设学董一人，其学校较多者，得增设之，凡村民年在二十五岁以上，具有下列资格之一者，得被选为学董：中等学校以上毕业者，高级小学校毕业者，曾任教育职务者，热心教育者。学董由村民选出，由县政府择委员会定后，呈报教育厅备案。

学董之职条如下：预算本村教育经费会同村长副行之，保管本村教育经费会同村长副行之，补充学校设备，聘请教员，县政府或县教育行政机关请其查明核办，督促学童就学，制止学生旷课，官厅委办的一切关于教育事项。学董任期两年，但可连任，学董应将每一年教育经费之收支，会同村长副布告村民，并做成简明决算书报告县政府或县教育行政机关。学董有服务勤劳成绩昭著者，由县教育行政机关呈县政府奖励之，奖励办法：记功、褒奖、匾额、免除本人子弟之学费，请省政府给奖者须呈教育厅核准转呈之。学董有旷废职务者，得由县教育行政机关呈县政府撤换，受撤换处分后，即行知该村另选，未选以前得由县政府临时委任代理。学董为义务职，但经过村民会议同意得以酌给车马费。

正是由于山西省各级行政部门在实施义务教育的过程中，对义务教育的经费、师资、生源提供了有力的保障，山西省的义务教育在民国时期始终走在全国前列。

禁烟

1923年4月10日，张振鹏从榆次来到临县，担任临县第四区区长，区公署设在临县兔坂镇。

临县是个特别的地方，碛口古渡闻名世界，这里是晋

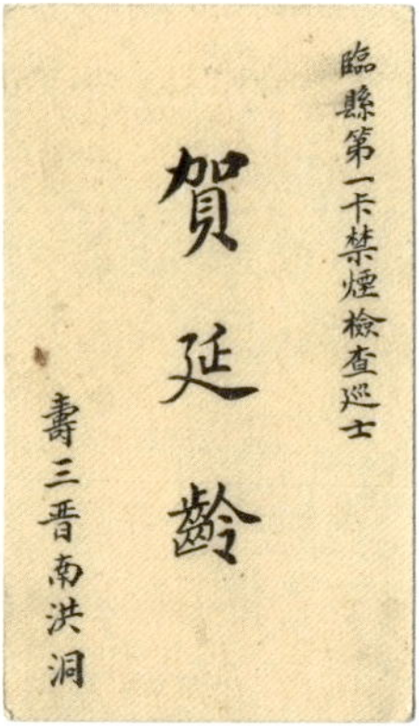
臨縣第一卡禁煙檢查巡士
賀延齡
壽三
晉南洪洞

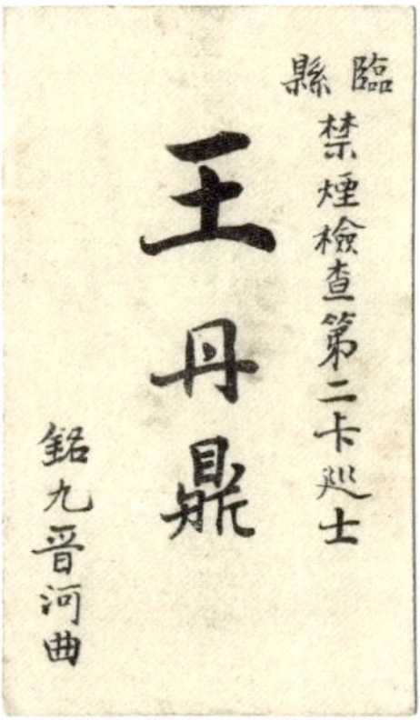
臨縣
禁煙檢查第二卡巡士
王丹鼎
銘九
晉河曲

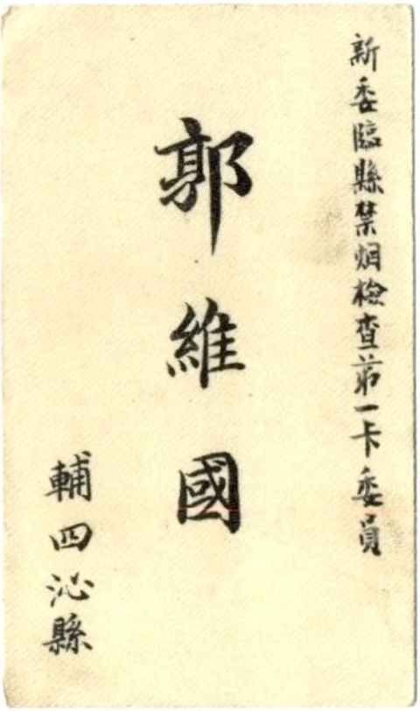
新委臨縣禁烟檢查第一卡委員
郭維國
輔四
沁縣

調委臨縣禁煙檢查第二卡委員
張青雲
梯升
山西沁縣

商兴盛时期的码头，外地货物到了碛口就要下船，许多货物也要通过碛口运到别的地方。其对面就是陕西。

在临县工作期间，与张振鹏交往者的名片中有：贺延龄，字寿三，山西洪洞人，担任临县第一卡禁烟检查巡士；王丹鼎，字铭九，山西河曲人，临县禁烟检查第二卡巡士；郭维国，字辅四，山西沁县人，新委临县禁烟检查第一卡委员；曹栋，字松岩，山西临汾人，曾获金色菊花奖章，担任山西临县禁烟检查第二卡郭家峪巡士；张青云，字梯升，山西沁县人，调委临县禁烟检查第二卡委员。

为什么临县设这么多的禁烟检查卡呢？当时山西百姓吸食鸦片，耗尽地方财力，已经严重影响社会经济的发展。阎锡山禁烟，从禁种、禁运、禁销三个方面入手。禁种方面，派军警前往深山沟坡仔细搜查，百姓即便在自家庭院栽种几株供观赏，也要处以重罚。至1918年，全省禁种工作告竣，但由于禁种，反导致了鸦片贩运更加猖獗。据统计，山西人以现金到陕西、绥远等地购买烟土，输出现金总计在一千万元之上，造成山西现金大量外流，省财政日益困难。所以，伴随禁种而来的便是禁运和禁销。

为堵塞外省鸦片运入山西，在鸦片贩运频繁的黄河沿岸及山西省境内各交通关卡设立稽查队，严禁毒品输入。并公开悬赏，捉拿售烟者，凡抓获烟土一两者，赏洋二十元。在官入役，随时酌赏。

临县西临黄河，与陕西佳县、吴堡县隔河相望，阎锡山为禁止从陕西贩运鸦片，便在这里设立重重路卡，检查贩运鸦片者。

贺延龄等担任临县禁烟检查巡士，检查来往晋秦人员。而且当时，前往陕西的人员，都得领取执照，方能通行。

结交乡党

张振鹏是离石人，交往的离石老乡不少。这不足为奇，山西人老乡观念特别强，一个人做生意发达了，就会带领自己亲朋好友一起做事。山西介休在天津干典当行的特别多，襄汾在北京开古玩店的特别多，都是乡亲观念所致。做生意如此，而在思想启蒙上也是如此。令我们感到奇特的是，张振鹏也结交了离石及附近县一批具有革命思想的人，比如早期共产党员张叔平、张叔平的同乡好友任定国，而张叔平的启蒙老师刘敬镌也是张振鹏的朋友，还有贺昌的父亲贺雨亭。受到毛泽东接见的党外乡绅樊沚如，以及太原成成中学首任校长萧澄，这些人在历史书上留下了传记。他们的名片称得上革命文物级别，弥足珍贵。

贺雨亭（1873–1947），字子云，号拙斋，柳林镇人，红军总政治部副主任贺昌之父。贺家为柳林望族，家学渊源，雨亭从小受其伯父贺丕显的教育，学识通达，诗文俱佳。民国九年（1920年），贺雨亭在山西省六政考核处任

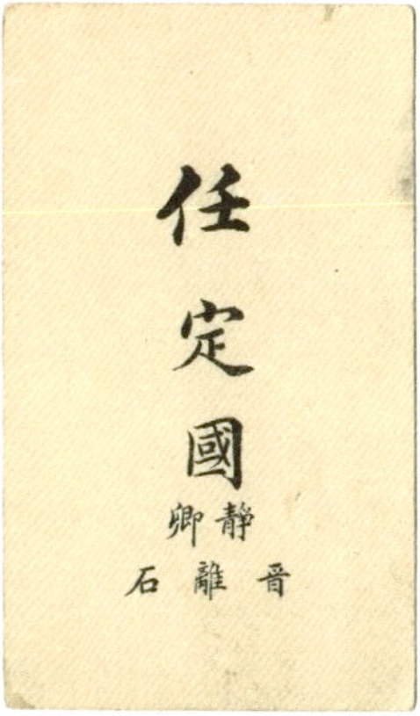
任定國
靜卿
晉離石

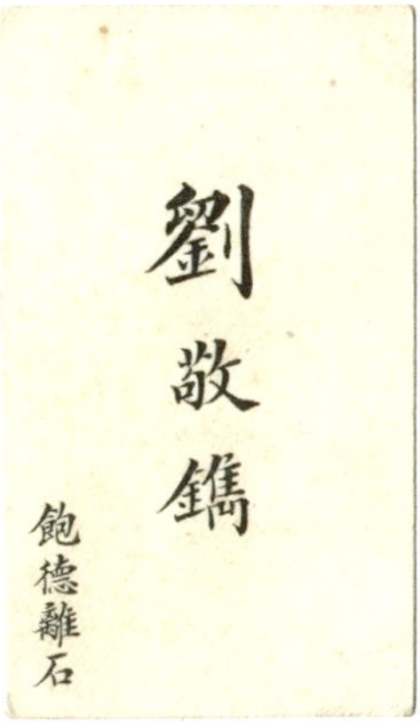
劉敬鑴
飽德離石

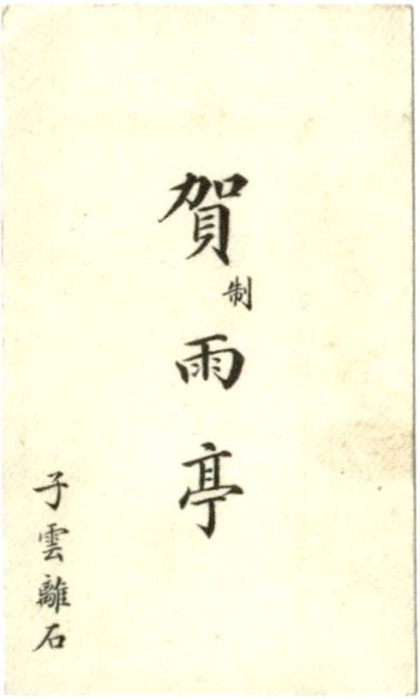
賀
制
雨亭
子雲離石

張秉銓
叔平山西離石

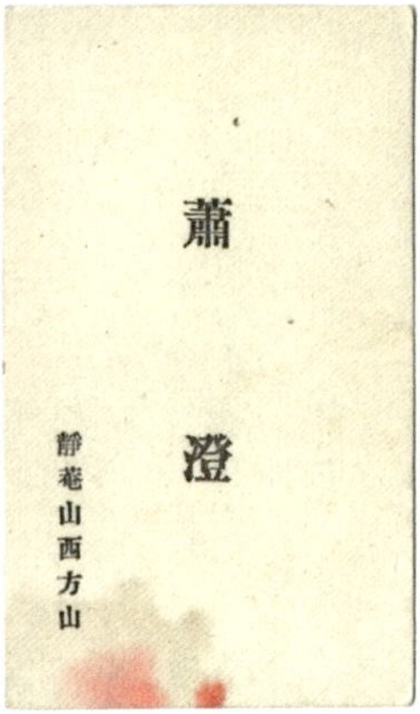

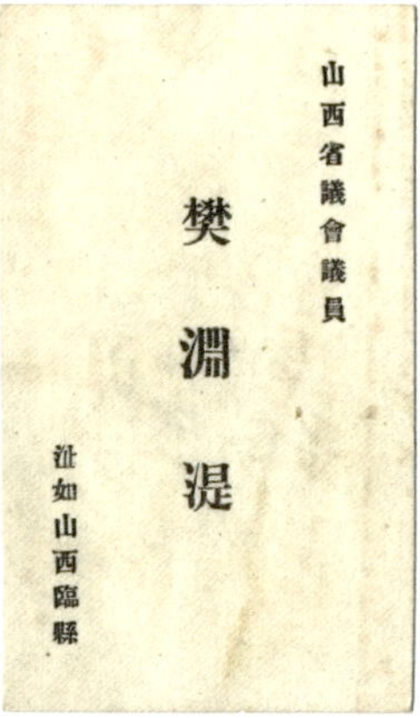

职期间，携子贺昌入并。贺昌就读于省立第一中学校，受高君宇的影响加入中国共产党。

刘敬镌（1885–1947），字饱德，山西离石城内人。出身纸扎世家，幼年聪颖好学，1911年考入山西大学第一期，专修英文、数学、格致等科，四年毕业，回乡倡导教育，被选为山西省政府议员，1915–1920年任离石城内高等小学校校长并开讲授课。这所学校陆续培养出张叔平、贺昌等一批革命志士。

张秉铨（1897–1928），字叔平，山西离石人，少年时就读于本村私塾及离石县立高等小学，1917年考入太原省立第一中学校，结识了高君宇、贺昌等进步同学，受到革命思想熏陶，投身于五四爱国运动，先后协助雷梦麟、任定国在太原、离石等地创办“觉民派报社”和“觉民书社”，经销进步书刊，传播革命思想。

任定国，字静卿，山西省方山县大武镇人，张叔平同乡好友。张叔平曾协助他在大武镇办起了方山县第一所高级小学，并协助他在离石等地创办“觉民书社”。

张振鹏结交的离石乡党，有史记载的名人还有太原成成中学的首任校长萧澄。

萧澄（1897—1982），字静庵，后改名肖晋安，山西方山人。曾任太原成成中学首任校长，编辑有《最新外国地志》等教材。民国五年（1916年）夏天考入北京师范大学，因受李大钊、陈独秀的影响，积极参加社会实践活动，曾在《晨报副刊》及《新青年》等进步报刊上发表文章，民国八年（1919年），他以山西旅京学生代表及师大学生名义，组织学生游行示威，积极参加五四运动。

民国十年（1921年）从北京师范大学毕业后，萧澄曾在山西省立第一师范和第一中学任教，深受学生欢迎。他在课余时间给学生讲时事，激发学生的爱国热情。民国十三年（1924年）秋，他和同仁创办了太原成成中学，并被推举为首任校长，因积极兴办教育事业，誉满晋阳。

樊渊湜（1892—1964），原名渊堤，字沚如，临县三交镇人，1911年在本县高等小学毕业，考入山西省法政专门学校法律科，民国四年（1915年）毕业，民国七年（1918年）任乡宁县承审员，后历任左云县承审员、山西省议会议员、司法厅科员、财政厅视察员、省高等法院主任书记员、省第四监狱（驻太谷）典狱长、省第三监狱（驻大同）典狱长。

抗日战争初期，他对共产党及其领导下的八路军、牺盟会、决死队有深刻印象。1940年1月临县解放时，他率领地方知名人士高伯仁等把新军迎进三交县，热情接待，给予多方支持。日军侵占三交县后，请他出来给维持会办事，他断然拒绝，并积极响应新政府提出的“空室清野”号召，对抗敌人。1942年4月，受抗日民主政府邀请，他赴延安参观学习，受毛泽东接见，并合影留念。解放后，先后担任山西省人民委员会委员、省监察委员会委员、省监察厅副厅长、省人事监察厅副厅长等职。

一方水土养一方人，独特的地理环境和人文环境，孕育独特的人才。吕梁这块神奇的土地上，出了这么多早期革命者，值得思考。同时，从一个人的朋友圈，也可以了解其为人处世。张振鹏结交了离石一批具有革命思想的人，多有红色印迹和革命背景，这些人成为他朋友圈里特殊的朋友，也让我们能够揣测出几分他本人的思想底色。

特别名片

在张振鹏的朋友圈中，还有几个是比较特别的。之所以特别，一方面是跟我这个解读人有关系，所以解读起来就有别样的情绪与体会，比如唯一一张我家乡人乔毓秀的名片，以及我所在扶贫县的名人麻席珍。还有一些是职业比较独特的名片，比如唯一一张新闻记者的名片、当时包工头的名片、公路段长的名片，还有植棉专家的名片。

乔毓秀，字抡丞，山西襄陵人，署理临县知事。

笔者的家乡是现在的山西省襄汾县襄陵镇，襄陵镇就是过去襄陵县治所在地。襄陵县因晋襄公陵墓所在地而得名，素有“金襄陵，银太平”之誉，1954年襄陵县和汾城县合并组成襄汾县，乔毓秀是襄陵县人，于我而言，比赏析其他县籍人的名片更多了一层亲切感。

关于乔毓秀，《襄汾县志》上介绍得非常简略，属民国时期国民党官员。1874年生，1955年去世，又名伦亚，上北梁村人，曾任第二战区长官部少将参议。

从名片上知得，他的字应为“抡丞”，曾担任过临县知事。时在民国十二年，即公元1923年。

笔者在山西浑源县扶贫两年半，浑源县有位名人，叫麻席珍，在县城还有他置办的麻家大院，现已成为旅游景点。不想张振鹏也结识麻席珍，他收藏的名片中有麻席珍的名片。

麻席珍，字聘庵，号国华，1872年生，1943年卒，享年七十一岁，山西省浑源县东城坊水磨町村人。清光绪二十八年（1902年）举人，出任河南旅汴中学堂监督，浑源中学教师、校长。宣统二年（1910年）考取法官，历任陕西长安初级审判厅推事，太原地方审判厅推事。民国七年（1918年），经荐任职，历任山西闻喜、晋城、沁水等县知事，其间曾获得六等嘉禾奖章、司法部二等金质奖章、山西省长教育奖章等，晚年辞职回乡，著有《雪鸿录》。

那么，张振鹏和麻席珍交往的因缘是什么？利用闲暇时间，我去麻席珍所在的村子调查了一番。

接待我的正是麻席珍的后人，他们早已编好一部麻氏家谱，在家谱中，关于麻席珍的介绍非常详细。

民国七年七月，麻席珍充任山西政治实察所所员，委赴岢岚、静乐等地考察政治。而张振鹏当时也在岢岚任职，这大概是两人交集的因缘吧。

张樾，字化龙，山西榆次人。从名片上看，属于建筑工程承包商，曾包办过京汉路开山桥工，正太路第六段土活票房车房桥工，同蒲路小河大桥梁，晋川旧马路，第一中学大讲堂，模范监狱工程。

把自己承包的工程都列在名片上，一是为宣传自己的实力，也是诚信的表现。同时为我们提供了当时的基础建设情况。

李盘桂，别号效静，山西榆次人，是民国时期的一位新闻记者，具体是哪家报纸的记者没有详明。抗日战争前太原的日报主要有《晋阳日报》《山西日报》《并州日报》《太原日报》《太原新民报》《民话报》《唐风报》

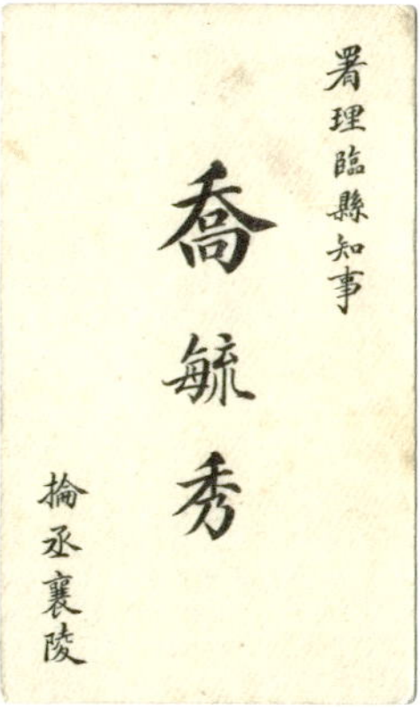
署理臨縣知事
喬龢秀
掄丞
襄陵

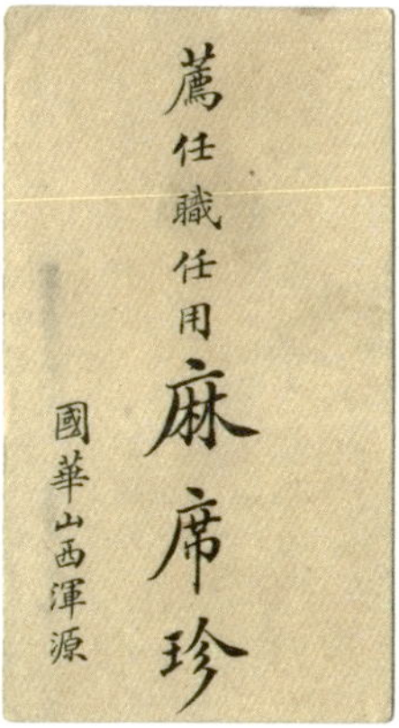
薦任職任用
麻席珍
國華
山西渾源

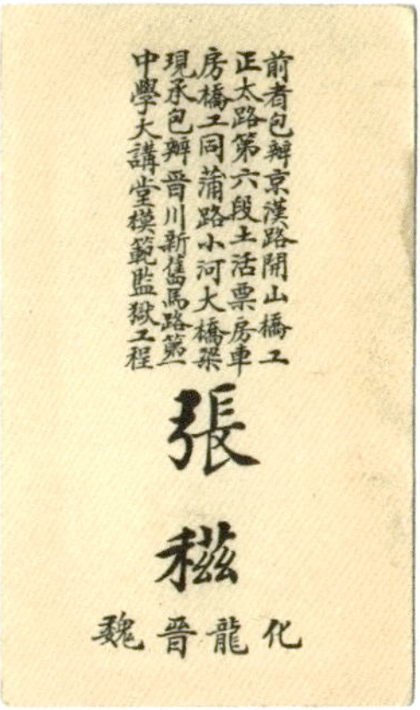
前者包辦京漢路開山橋工
正太路第六段土活票房車
房橋工同蒲路小河大橋梁
現承包辦晉川新舊馬路並
中學大講堂模範監獄工程
張鎡
化龍
晉魏

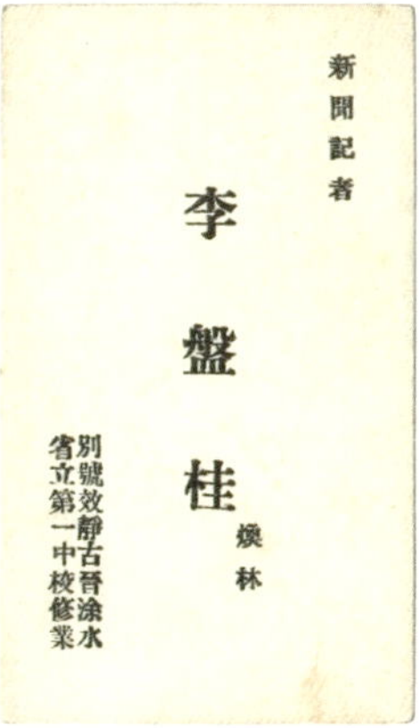
新聞記者
李盤桂
煥林
別號效靜古晉涂水
省立第一中校修業

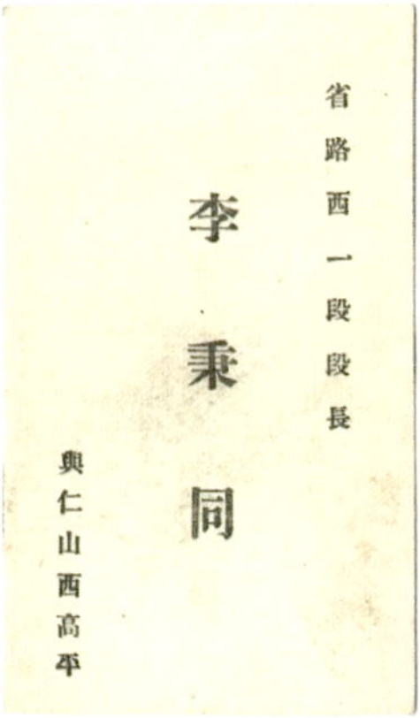

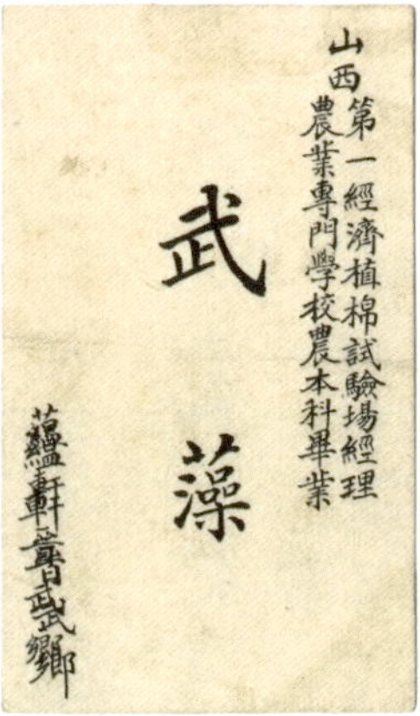

等，晚报主要有《太原晚报》《华闻晚报》。

李盘桂是省立第一中学校毕业，省立第一中学校是现今太原五中的前身。该校创建于清光绪三十二年（1906年），初名“山西公立中学堂”，为太原官办的第一所公立中学。宣统二年（1910年）易名“山西晋阳中学堂”，划属太原府管辖。民国元年（1912年）三月重新移归省管，更名为“山西省立模范中学堂”。民国二年（1913年）八月，山西军政府颁令，对全省官办公立的六所中学统一命名，统一拨给办学经费，于是始改名为“山西省立第一中学校”，简称省立一中。历经二十二年后，到民国二十四年（1935年），遵省教育厅令，对省立中学以所在地命名，遂改为“山西省立太原中学校”，后来又屡有变名，1953年改名为太原市第五中学校。

山西省立第一中学校，是山西共产主义启蒙运动和共产党（社）青团活动的基地，经过五四运动洗礼，成为山西传播马克思主义最早的基地之一，一批青年学生如高君宇、王振翼、贺昌、彭真等开始走上革命的道路，引领太原学生开始了轰轰烈烈的革命运动。

据不完全统计，省立第一中学校二十二年期间，共培养和输送初、高中毕业班六十三个，毕业生总数两千一百名。李盘桂是从省立第一中学校毕业的学生之一。

李秉同，字兴仁，山西高平人，省路西一段段长。

1922年7月，山西省长公署颁布《管理省路简章》九条，规定省设公路管理机构与地方管理相结合的公路管理体制。共设十二个公路管理段，对竣工通车的干、支线公路进行养护。并于当年开始对太原至汾阳、平遥至风陵渡、太原至大同公路牌行驶的汽车、新式马车、平轮货车、人力车征收路捐（养路费），李秉同是负责山西十二条公路段中西一段的段长。1923年3月30日颁布的《省路保护补修规则》，有关于山西公路维护、补修的细则及段长应尽的职责。

武藻，字蕴轩，1901年生，山西省武乡县段村人，育棉专家。1922年毕业于山西农业专门学校农本科，担任山西第一经济植棉试验场经理，试验场在太谷县，一共任职九年。

武藻所学专业与所从事的职业相一致，学有所用，同时也说明当时政府各个职能机构选聘人才，有要专业对口的严格要求，以此做到人尽其才。

武藻1932年调任临汾植棉试验场场长，抗战爆发后辗转南下，后赴西安植棉场工作。1949年春赴延安，任光华农场场长。新中国成立后，依旧从事棉花栽培研究和优种选育推广工作，历任山西省棉花改进所所长，农业厅副厅长，山西省第一届各界人民代表大会代表、第二届特邀代表，省政府、省政协委员、常委等职。撰有《山西棉花改进的前途》《山西棉花栽培技术》《山西棉花保桃技术》《山西棉花品种及选育》等著作。1976年因病去世，终年七十五岁。

阎锡山把种棉列为“三事”之首，采取政府强制手段，采取了多种措施，在全省范围内推广。制定《山西棉业逐年计划案》，组织编写了《种棉教科书》，分别在临汾、太谷、文水、高平、平定设置植棉试验场，培育早熟种子和改良品种。在他的大力倡导下，山西的棉业有了一定的发展。

阎锡山在推行“六政三事”中，成立棉业试验场等试验基地，说明他特别注重科学实验，崇尚科学，这种用试验的方法搞试点，在发展农村经济的过程中，是十分科学的举措。

名片风俗

名片的用途很多，比如用名片来贺年。

某年春节，张振鹏的朋友王建业、郭占彪、刘增光、刘传伟在自己的名片上写着“恭贺年禧”“恭贺新禧”的字样来拜年，每个名字下面还恭敬地写上“鞠躬”两字，见证了那个时代特征的礼节。尤其用红色的名片，更加增添新年的喜庆与喜祥。在中国，用名片拜年具有悠久的历史，以名片充当贺卡，用名片拜年，达到了拜年问候的目的，方便又经济，省时省力。

名片还可以巧妙地体现名片主人的生活状态。

张振鹏的朋友圈里，有的在名片上写有“制”字，或名片四周用黑框，这表明名片主人正处在“守制”之中，

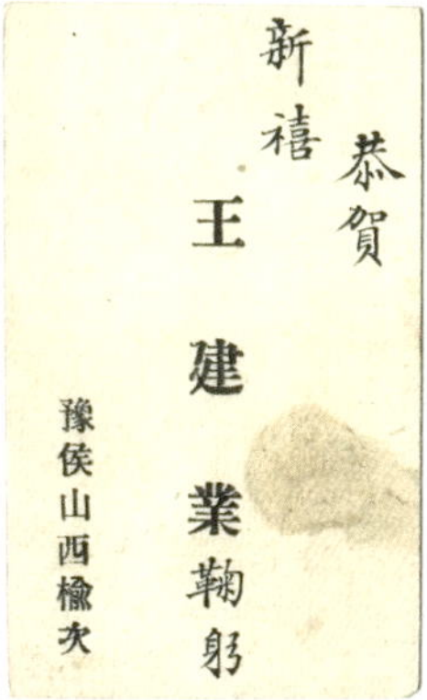

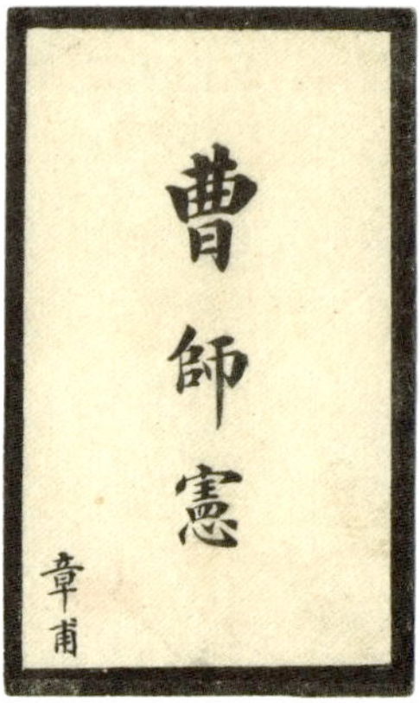
曹師憲
章甫

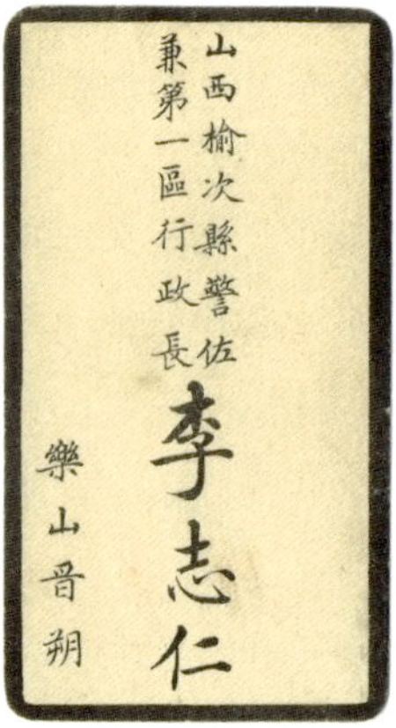
山西榆次縣警佐
兼第一區行政長
李志仁
樂山晉朔

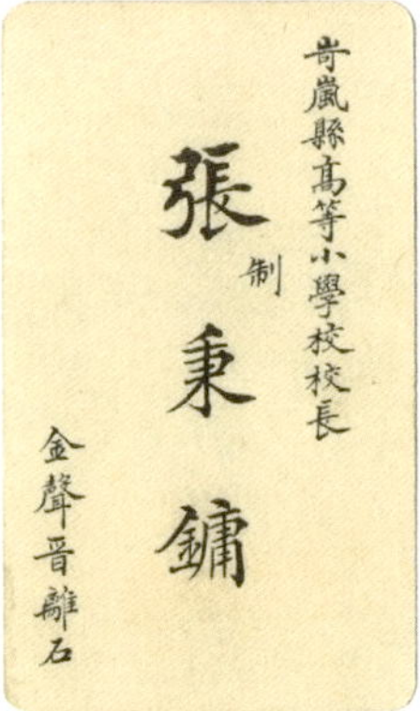
岢嵐縣高等小學校校長
張
制
秉鏞
金聲晉離石

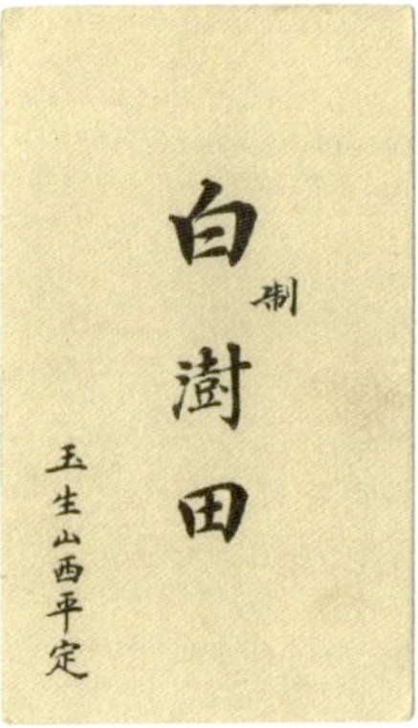
白
制
澍田
玉生山西平定

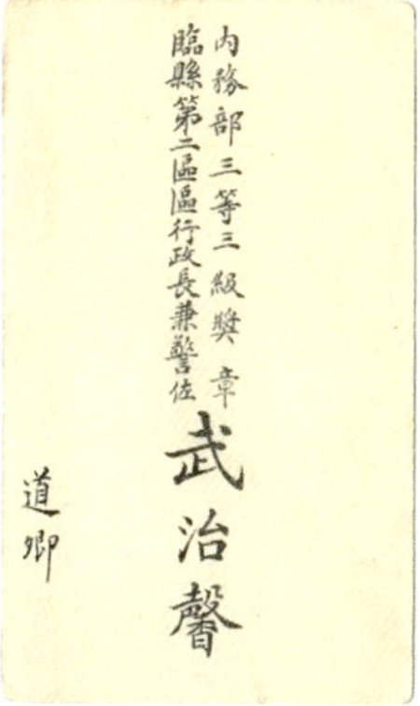
内務部三等三級獎章
臨縣第二區區行政長兼警佐
武治馨
道卿

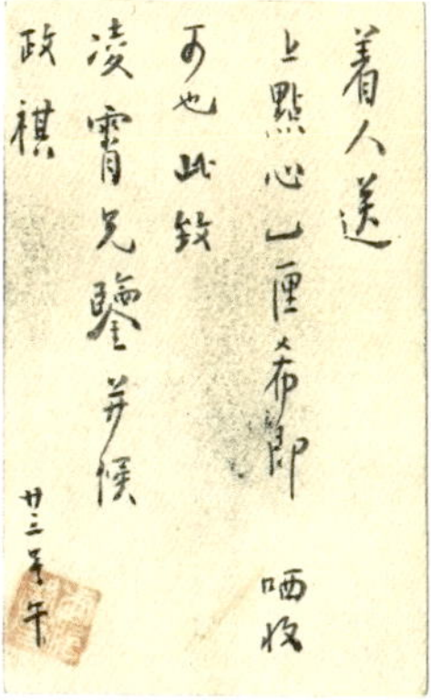
着人送
上點心一匣 希即 哂收
可也 此致
凌霄兄鑒 并候
政祺
廿三年 午

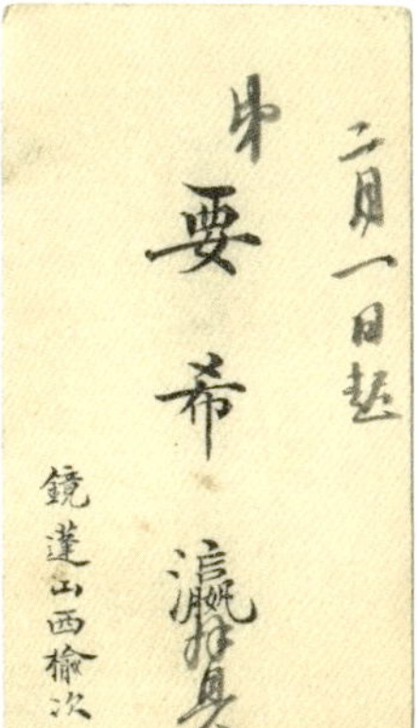
二月一日題
此 要希
瀛具
鏡蓮 山西榆次

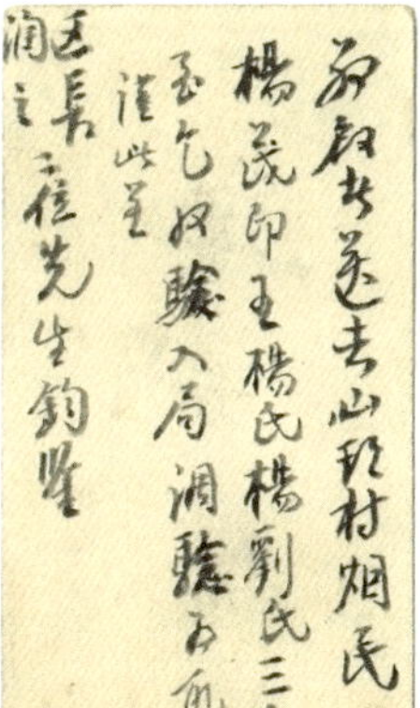
兹飭妥送去山頭村烟民
楊晟印王楊氏楊劉氏三名
至乞收驗入局調驗可也
謹此呈
區長 王佳先生鈞鑒
潤之

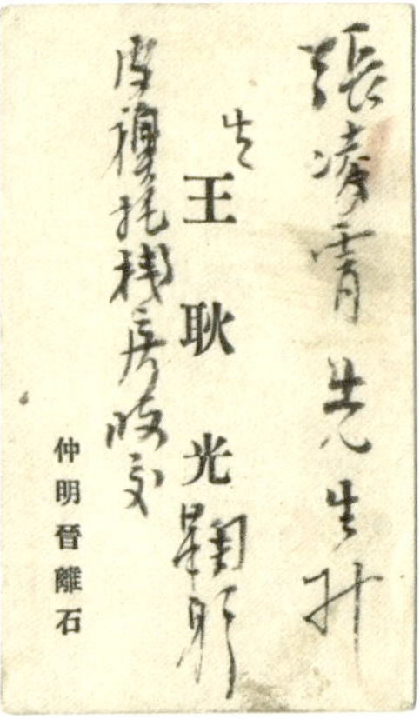
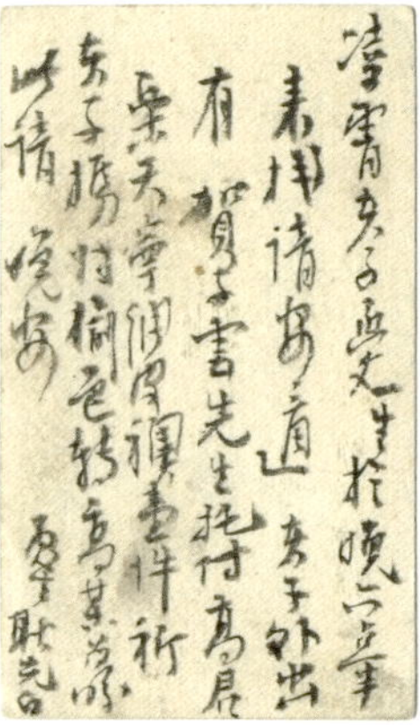
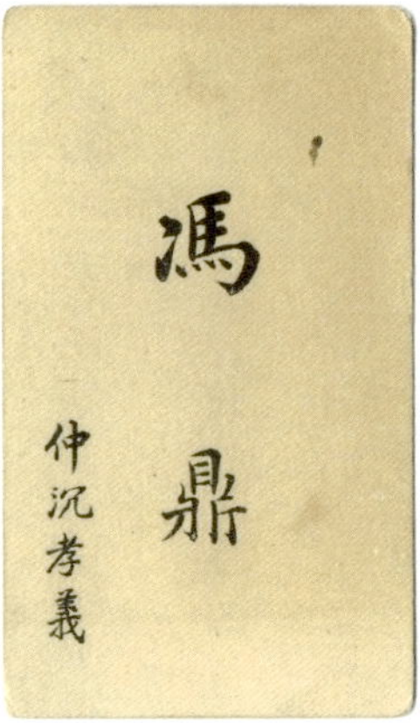
馮
鼎
仲沉孝義

王
積
禮
節
之
中
晉
陽

雒居豳
遷岐離石

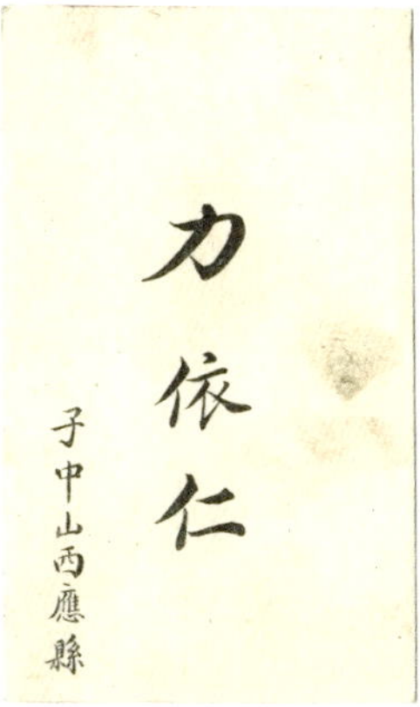
力依仁
子中山西應縣

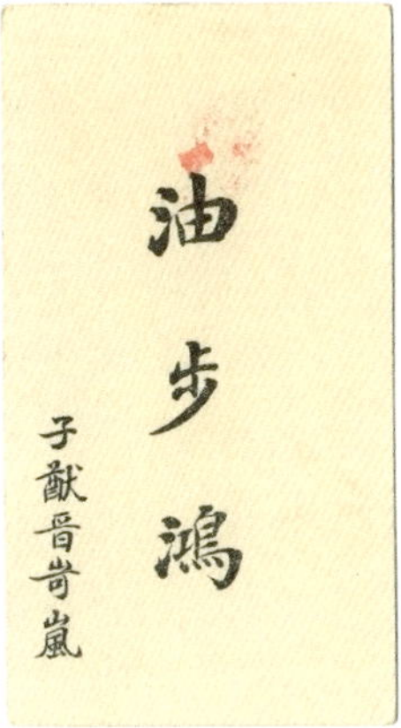
油步鴻
子猷晋岢嵐

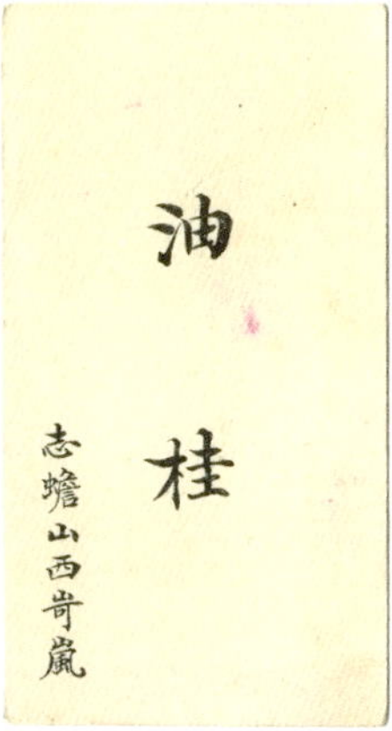
油桂
志蟾山西岢嵐

父母去世在家守孝称为“守制”。如果处在守制期间，当事人在人际交往的礼节中会有诸多规定，比如不任官、应考，不能谈婚嫁等。名片上明明白白写上“制”字，以便让对方知道自己处于特殊时期，那么别人在交往过程中自会注意相关的礼仪，不会做出格的事，不做也不谈论守制期间不允许的事情。守制期间交往的诸多不便，亲朋也会理解，而不至于造成误会。

比如《红楼梦》第一一四回：“那甄老爷即是甄宝玉之父，名叫甄应嘉，表字友忠，也是金陵人氏，功勋之后，原与贾府有亲，素来走动的。因前年挂误革了职，动了家产。今遇主上眷念功臣，赐还世职，行取来京陛见。知道贾母新丧，特备祭礼择日到寄灵的地方拜奠，所以先来拜望。贾政有服不能远接，在外书房门口等着。那位甄老爷一见，便悲喜交集，因在制中不便行礼，便拉着了手，叙了些阔别思念的话，然后分宾主坐下，献了茶，彼此又将别后事情的话说。”又如扬之水《问道录》：“比如有记者问梵澄先生为什么没有订下婚姻？先生说，抗战，留学，始终没有安定，后母丧，依礼守制三年，不可言婚事，再后又父丧，仍是三年，一拖再拖，也就拖了下来。”

有的名片还当便条使用。

张振鹏在岢岚工作期间，同事武治馨给张振鹏的名片背面写道：

着人送上点心一匣，希即哂收可也，此致。

凌霄兄鉴并候政祺

廿三号，午（名章）

王建业名片背面有一封写给助理员李先生的信，全文如下：

敬启者：今有范四恒在区署拘留，家中无人照管，殊觉不便。见片之后，可否将伊暂行释放，候区长归署再行议处，此上。助理员李先生鉴。

要希瀛，字镜蓬，山西榆次人。其名片背后写有给区长等人的一封信：

敬启者：送去心头村烟民杨茂印、王杨氏、杨刘氏三名，至乞收验入局调验为盼。谨此呈区长、润之二位先生钧鉴。

再比如王耿光致张振鹏的名片背后写道：

凌霄夫子函丈，生于晚六点半来栈请安，适夫子外出，有贺子云先生托付高君乐天宁绸皮袄壹件，祈夫子携至榆邑转高某为盼。

此请

晚安

愚生 耿光白

名片上留言，可谓袖珍信件。这些写在名片上的信，真实记录了民国初期山西地方基层的交往细节。

能在名片上写信，需要很多技能，首先是用毛笔书写，或楷或草，信笔写来，洋洋洒洒。其次，还要写信者有很强的语言表达能力，才能三言两语写好要表达的内容。用名片写信，一方面名片本身可以代表名片主人自己，以证明信的真实性；另一方面可以节省纸张，随手拿起，方便快捷。

小小一张名片信，感情真挚，礼节周到，内容明确，书仪规范，书法精美，笔迹遒劲，不啻一幅小型的书法作品，也体现了中国人的诗意典雅生活。

四百张名片中，有各县村长的名片，各学校校长、教员的名片，军队士兵的名片，省级官员的名片，各商号及铺长的名片，新闻记者及包工头的名片。这些名片一方面反映了主人张振鹏与他们之间工作上的交集，另一方面也展现了那个时期的社会众生相。

名片上内容三要素是姓名、表字及籍贯，这是每张名片都必备的内容，也是名片自产生就有的传统。比如1984年出土的汉代朱然名片，上面就有朱然的名与字及籍贯。此外有的名片还写有任职及所获的荣誉，体现了时代的风尚。而今的名片，已经没有了表字和籍贯，这是名片习俗在时代发展过程中的变异。表字和籍贯可以增加同名的区别度及诚信度。

古人姓、名、字三者结合，构成我国古代姓名的结构体系。《白虎通》曰“闻名即知其字，闻字即知其名”，古人的“名”与“字”是同一个人的不同代号。古人取

"字"是很讲究的。"字"是在"名"的基础上产生的，取的"字"与"名"意义相关联，有的是"名"的解释，有的是"名"的补充，有的是"名"的延伸。乔继堂《中国人生礼俗大全》一书认为名与字的关系有十一种之多。张振鹏三百五十个朋友的名片，一一探究名与字之间的关系，是一件有趣的事。而研究特定时间和特定地域人的名与字的关系，一方面体现出每个人志向追求及所在家族文化底蕴，同时也能体现特定时代的起名风尚。

比如这批名片的主人，叫张振鹏，字凌霄，名和字具有因果关系，因为"名"是张开翅膀的鹏鸟，所以能飞入云霄。

冯鼎，字仲沉，山西孝义人。字中"仲"可能取排行，过去有把老大、老二、老三、老四依次称为"伯、仲、叔、季"之说；"沉"是名中"鼎"的延伸，鼎是很重很沉的器物，过去人们就以"力能扛鼎"来形容一个人力气大。

王积礼，字节之，山西中阳人。其字是由名中的"礼"生发出"节"字，"之"为虚词。"礼"和"节"有意义上的关联，"礼节"就是一个联合词。

中国人起名与字，往往有深厚的文化历史底蕴，比如张振鹏离石老乡雒居豳，字迁岐。他的名与字就是周朝的发展史、迁移史。

周族的祖先后稷在夏朝时是掌管粮农的官，被封的领地是邰，在今天陕西省武功县。后稷的儿子不窋把父亲的官职弄丢，跑到边远部族戎狄去了。到后稷的曾孙公刘时，才修复了后稷的业绩，迁回邠（同豳），今陕西彬县东北定居下来。传到后稷的十二代孙古公亶父的时候，古公亶父又率领部族由邠迁到岐山下的周地，今天陕西岐山北部，开始奠定周朝的基业。

同时，还可以看见一些特定地域的罕见姓，这些姓氏的背后都有故事。

力依仁原姓“劣”，本是应县南上寨村大族，因其祖上在南北朝时触犯了朝廷，被赐姓“劣”，历代相传。力依仁感到不能再受这种屈辱，从1914年便倡导改姓，初遭到族中老人反对，二十世纪四十年代，经他反复陈说，族人终于同意全体改姓“力”。

力依仁虽为应县知名人士，又入缙绅之列，但不包揽词讼，不聚敛钱财，一生节俭，主张从俭办婚丧事，积极提倡应县应改良土壤，治理盐碱，发展经济，并说服族中大户试办手工业作坊，买织布机，织毛巾、袜子等。但因旧社会政治腐败，应县经济落后，资金、技术均十分缺乏，他的主张一直难以施行。

油桂，字志蟾，山西岢岚人，“油”姓是罕见姓。岢岚油氏一族，原为“尤”姓。传说，在明朝时有一尤姓人任总兵，曾镇守宁武关，后因犯法被治罪，满门抄斩时逃出兄弟二人，一人不知去向，一人跑至岢岚定居，便隐名改姓，将原“尤”姓改为现在的“油”姓。现油氏本族有八十九户，三百七十六人，此姓全国罕见。其家族油桂，民国时期曾担任浮山县县长。

名片风尚

一个物件有一个物件的时代印迹及时代特征。小小名片也是一样。作为人际交往的辅助手段，一百年前的名片标本，也展示着一百年前的时代气息和时代风尚。

名片古已有之，在没有印刷设备和技术的古代，人们的名刺是用毛笔书写。这样的传统一直保留到机器时代。后来虽然有了印刷设备，有时为方便，也有人在空白的纸上直接书写，每使用一张名片，就现场书写一张。手写毕竟是少数的，但手写与印刷之区别，不仅在于手工时代与机器时代之差别，有时更多是一种传统文化的回归，亲手书写包括更多的文化内涵与温情。

一百年前，国人习惯竖排书写，这些名片设计，均是竖排书写名字及籍贯，这是那个时代的特点。

而印刷又有石印与铅印。铅印的名片很少，还是以石印为主。

民国时期，印刷技术得到发展，受西方印刷技术的影响，各县及省城陆续引进石印技术。这批名片大都是使用石印技术印的。比如《中阳县志·大事记》1996年版记载："民国三年（1914年）改宁乡县为中阳县，民国十一年（1922年）县民刘忠购进第一台石印机；民国十四年（1925年）苗应荣在县城办石印局。"

山西其他县同中阳县一样，陆续引进石印机器。

下面是太原文蔚阁南纸印刷厂登的广告：

本厂特备完全国货，兼聘专门技师，供印刷界之所需。并置有铅印、石印，承印各样钞票、各县县志、文凭股票、五色画报、商标传单、华洋书籍、银行簿记、周刊杂志、铜版锌版、名片信笺，各样印刷，必期精益求精。自开办以来，已历有年，久蒙各界嘉许惠顾，诸君幸垂鉴焉。

本厂设在太原剪子巷中间路东。

从广告中可以看出，印刷方式分为铅印与石印，印制名片是其业务之一。

关于名片的尺寸，有三种常用的规格，分别为100×60mm、90×54mm、86×48mm。名片的大小与主人的官职、声望大小并无直接关系，因为有许多担任职务的人，既做大的名片，也做小尺寸的名片，名片大小似乎与个人的爱好有关。但一般商号及其经营者的名片普遍做得比较大，可以显示和证明商号的实力。

名片的颜色以白色为主，同时也有红色，红色名片多使用在吉庆日子里，比如过年或家有喜事的时候。

民国名片具有一定的收藏价值，越来越受到藏家们的关注。学者吴晓铃先生收藏了大量拜帖，其中有1900年八国联军侵华时，英、奥、俄、德、比、日几国公使的名帖。德国公使，即克林德，就是庚子事变时被清兵击毙的那个肇事者。也有曾参与庚子谈判的日本公使内田康哉的名帖。这些名帖都已成为历史的证物。

同样，张振鹏先生收藏友朋的名片，也成为山西民国历史的见证。这批名片在一定程度上能够反映民国早期山西基层组织的一些情况。同时，通过名片上内容要素的分析，可以再现名片的民俗意蕴和细腻的民众心理，通过对名片的制作与使用的还原来全面了解这种民俗事象，可为历史研究者、民俗学者及平面设计者提供参考借鉴，同时也为名片收藏爱好者提供实物标本，这也是这批民国名片公布出来的现实意义。

诗的奇迹

姜红伟

纪念《新诗潮诗集》编选者老木。

二十世纪八十年代，是百年新诗史上最具代表性的诗歌黄金时代。1980年至1989年十年间，全国各地印发了大量或公开发行或内部交流的综合性群体性诗选、诗集，其中有一套现代诗选集，因编印时间早、发行范围广、印刷版次多、作者阵容强、诗歌文本佳、社会影响久、出版价值大而风靡全国。

这套堪称“洛阳纸贵”的选集，就是《新诗潮诗集》。

《新诗潮诗集》首次集结了中国现代诗坛上最优秀的现代诗人群体，荟萃了中国现代诗三大流派群体——白洋淀诗群、朦胧诗群体、第三代诗人的优秀诗歌作品，首次呈现了中国现代诗的各种流派风貌，也创造了中国现代诗的辉煌历史。该书被广大诗歌读者和诗歌研究者一致公认为中国现代诗歌史上最重要、最权威、最经典的“中国现代诗歌第一选本”。

2020年11月27日，《新诗潮诗集》的编选者，与海子、骆一禾、西川并称“北大诗歌四剑客”之一的诗人老木（刘卫国）于江西萍乡家中猝然去世，享年五十七岁。

老木离世的消息震动诗坛，北岛、王家新、于坚、西川、柏桦、翟永明、伊沙等诗人纷纷撰写悼念诗文，向这位淡出诗坛三十余年的诗歌编选家表达哀思和追忆。

关于《新诗潮诗集》的编选和出版过程，2018年3月，通过诗歌评论家唐晓渡的帮助，我曾采访过老木，听他讲述编选《新诗潮诗集》的来龙去脉，留下了一段宝贵的诗歌史。

做一件大事

《新诗潮诗集》的出版，首先归功于北京大学五四文学社。

北京大学具有悠久的文学社团传统，从建校伊始到八十年代，涌现出无数大学生文学社团，其中的五四文学社成立于1956年，著名诗歌批评家谢冕、孙绍振等人是早期的重要成员。“文革”期间，五四文学社中断活动，1978年9月23日，召开恢复成立大会。

五四文学社下设评论、小说（散文）、戏剧（曲艺）、诗歌四个组，第一任社长张幼华，副社长邹士方、李志红、陈建功。后增补熊光炯、王友琴为副社长。早期成员有朴康平、朱苏力、熊光炯、王小平、查建英、李彤、黄子平、刘震云、张曼菱、梁左、黄蓓佳、吴稼祥等九十余人，后期成员有老木、骆一禾、西川、海翁、清平、郁文、西渡等。

1979年10月，该社创刊社团刊物《未名湖》问世，铅印十六开本，先后出版正刊四期和内部交流版四期。该刊在全国高校文学爱好者中具有十分广泛的影响。刘震云曾在该刊发表小说处女作《瓜棚之夜》，并从此走上文坛。

五四文学社始终具有与众不同的社团志向和非同凡响的文学野心：做一件在全国高校大学生文学社团中产生重要影响的大事。

1984年末，置身于诗歌热潮中的五四文学社社长吕林，和刚刚从北大中文系毕业、被分配到中共北京市委党校文史教研室担任现代汉语教员的刘卫国聚在一起，共商文学社的一项大计。

吕林，1961年8月12日出生于成都，1980年考入北京大学中文系，在校期间投入散文写作。由于他组织协调能力强，积极参加学生社团活动，曾先后担任北大五四文学社社长、北大燕园新闻社社长、广播台台长，堪称北大中文系社团的领袖人物。“1984年国庆节，北大学生在天安门游行队伍中打出了‘小平您好’的横幅，我和吕林意识到这是一个非常重要的新闻。在吕林的追踪下，我俩找到了打出这些标语的同学，并在当天夜里九点多钟，在团委办公室，通过电话向《人民日报》《光明日报》发稿。我清晰地记得吕林在电话中一字一句发稿的形象，心里对他这种形象充满了喜爱和仰慕。由徐小平、吕林、吴妙龄三人共同署名的这篇报道在《人民日报》《光明日报》发表，轰动了全国。这篇吕林与我合作诞生的独家报道，成为整个八十年代最温暖人心的一则政治新闻。”他的同学徐小平在《友谊的意义——怀念吕林》一文中讲述了这则故事。

刘卫国，1963年2月19日出生于江西省萍乡市，父亲在基层工作，担任公社书记职务，1970年调回城里，先后在安源区委组织部、宣传部和萍乡市广电局、市政协等单位工作，母亲在外贸系统做统计工作。1970年春天，刘卫国在乡下上小学，三年级转学到城里。1979年，他从萍乡二中毕业，以全市第一名、全省第二名的成绩考入北大中文系文学专业。

刚刚跨入北大校门，刘卫国就看到了张贴在布告栏的民间文学杂志《今天》，并被上面油印的北岛、芒克等人的诗作吸引，从此开始了自己的诗歌创作生涯。最初，刘卫国在宿舍崭露头角，和其他五名同学创办了一本油印的文学刊物《飞碟》，并在这本《飞碟》上发表了自己平生的第一首诗。这本刊物仅仅出版四期就停刊了。1980

年3月，他和同班同学依靠系里拨给的三百元钱，在北大三十二号楼四二九房间中文系学生会办公室，办出了中文系的第一份刊物《启明星》。

在大学期间，刘卫国的班主任是儿童文学作家曹文轩。刘卫国本人担任过多种职务，最小的是三十二号学生宿舍楼楼长，最大的是中文系学生会主席，还担任过校伙食管理委员会副主任等等。大二期间，因患急性肝炎，他休学一年，到了八〇级。

1983年，他受邀担任五四文学社副社长，和社长吕林一起共同承担起文学社发展的重任。1984年夏天，刘卫国毕业，被分配到中共北京市委党校工作。

此时尽管已经离开校园，但刘卫国还担任着五四文学社副社长。这两位掌门人聚到一起，要商量的是一件什么大事呢？

吕林来到市委党校宿舍找刘卫国，是和他商量，邀请他为五四文学社编选两本有关诗歌的书籍。“我开始没有答应，一来我已工作了，且单位有工作纪律，不可能有时间来编选这两本书；二来从何着手编选这两本书，实在让人心里没底。但禁不住吕林是在校期间的朋友这一情面，并且喝了几瓶啤酒，就答应了。我记得那天是1984年12月31日，我请的客，喝的是燕京啤酒。”时隔三十四年，回忆起当年答应吕林编选《新诗潮诗集》和《青年诗人谈诗》这两本书的情景，刘卫国记忆犹新。

为编选好《新诗潮诗集》，1985年1月，五四文学社专门成立了“未名湖丛书”编委会，主编由吕林担任，副主编刘卫国，编委会其他成员还有李玉龙、樊旭文、孙国勇和赵景春。

编选这套书的动因，《新诗潮诗集》扉页刊登的《“未名湖丛书”编辑说明》做了详细的阐述：

我们经常能感到一种期待。每当我们从四面八方回到学校——一所举世闻名的高等学府——时，这种信息更为集中，因此，我们觉得，我们有如此优越的条件，这项事业对于我们义不容辞。更何况，在今天，我们已经听到了文学繁荣的足音。

这是一套有关中外当代文学思潮研究的教学参考资料，供文学研究人员、大专院校文科师生和文学爱好者参考。

我们编选的原则：严肃、认真、客观、精选，尽可能资料翔实、有力、充分。

我们的目的：提供文学研究的信息，促进文学研究的交流。

但是，我们是凭着热情和勇气在业余编辑的，我们缺乏经验，也缺乏应有的才力。多亏我们热心的顾问老师们提供了许多有力的支持、帮助和指导。但如果有什么不足和缺陷，是我们的责任。

我们热切地盼望着广大读者提出宝贵意见，并给予我们更大的支持。

在当前较为活跃的气氛中，我们希望看到一种真正自由的文学创作和文学批评，以促进我们文学的发展，以争取她的世界地位。

我们期待着中国文学繁荣时期的早日到来！

而在书后刊登的刘卫国撰写于1985年1月31日的“后记”，更对这套书的来龙去脉进行了完整的叙述：

一本长达二万余行的诗选要由一个人在一个月内编选出来，这似乎有点神奇。然而它被完成了，这实在应该感谢北京和外地的朋友们，没有他们的帮助和支持，不用说差强人意了，就是达到眼前的规模也是不可想象的。

还是很早的时候，我和几个朋友就商议过编一本新诗潮选集，以供研究和参考需要。也正是出于这个目的，我编选此集所遵循的原则，一是看入选诗作在美学原则也就是思想观念上有无变化和发展，在艺术手法上有无创新和突破，具体到一首诗本身，则看它是否具有独特性。二是编选成集时，考虑到区域性诗人群或诗歌的风格流派（这一点，无论是区域性诗人群和诗歌风格流派本身，还是我的意见，就今天来说都只能是不成熟的）。顺便说一句，诗人的顺序当然包含了我个人的一些看法，但不全是如此，你可以深信，尤其是下集中，谁前谁后，很多都是客观的因素，也仅是一种偶然的巧合。三是上下集之间，实际上体现了一种历史感。更年轻的诗人们已经走得更远、更迅速，他们的歌声更加缤纷，更加清澈。他们已经对北岛们发出了挑战的呐喊。我认为不能否认的是，他们已有所发展。当然，令人瞩目的辉煌尚未到来。谈到历史观的体现，我还在集后附录了二十首中国新诗中具有现代倾向的诗歌，包括了从二十年代到七十年代大陆和台湾的诗人，以让我们更加清楚地明了新诗潮的源泉和它今后的勃勃生机。这个选目的编定，得到了我的老师孙玉石、谢冕副教授的热情指导。

入选诗作大多选自国内的报刊、书籍，一部分选自海外报刊、诗选和大学生文学刊物，以及为了供研究的需要，选了少量未发表过的而又被评论家提到的诗作。

由于时间匆促，篇幅狭窄，加上编选者视野和水平的局限，有许多极好的诗作未能入选，当然还包括了一些重要的诗人，如傅天琳、骆耕野，只能表示遗憾了。希望日后有机会加以修订；或者，有更好的选本问世。

但我们仍表示欣慰，为了这一工作，有很多人尽了各种努力，给了各种关心，最应该感谢的是谢冕副教授，在百忙中为这本《新诗潮诗集》写下了一篇热情洋溢的序言，他对新诗潮的支持也尽在其中了。

征稿

要编选一本中国新诗史上史无前例、容量巨大、质量极高的现代诗选集，谈何容易，并且要在一个月时间内完成。其中最难的，就是征集诗歌稿件。犹如沙里淘金，想精选出全国各地优秀诗人具有现代诗性质的佳作，对编选者是一次难度巨大的挑战。

刘卫国毅然接受了吕林交给他的编稿任务。

他征稿的方式是多种多样的。

第一种是登门拜访约稿。“1985年元旦，我只做了一件事，就是给诗人杨炼写了一封信，信中说明北京大学五四文学社要编选和内部印行一本新诗潮诗选和一本诗论，请他帮忙。我在北京大学上学期间，在谢冕先生（当时他只是副教授）家碰到过杨炼，讨论过诗歌。杨炼的回信于元月三日上午寄到，下午我就赶到了北京国际关系学院的某宿舍楼的117房间，杨炼因为父亲的关系暂住在那里。杨炼的热情至今让人难忘，我要在此向他致敬。杨炼给了我他的打印诗集，并提供了北岛和江河的地址和传呼电话号码。他称北岛为‘振开’，称江河为‘老余’，他告诉我他会和他们打招呼。在北岛家，北岛将一摞稿件给我，并声明他进行了修改，还给了我一本《太阳城札记》，要我用完之后还给他。他写了一封短信给芒克，要我持信去找芒克。我第一次知道芒克本名姜世伟。他并且和我一起下楼去给顾城打了一个电话。顾城很爽快地约好了和我见面的时间。芒克住在劲松小区四十三号楼，他仔细看了北岛的信，然后接待了我。他把他的两本打印诗集和几册民间诗刊给了我。芒克说他没有工作，既然没有稿费就算是交朋友了。去顾城家颇费周折。顾城和父母亲住在一起。顾城的父亲顾工是军中诗人，在中国人民解放军总后勤部工作，因此他的家是在总后大院里，门禁森然，需要电话通知顾城前来迎接客人。顾城的诗作可以说数以百计，堆了一个饭桌。在顾城家待了一个下午，顾城总是想让我多选他的诗，谢烨则在旁边沏茶。江河提供了他的诗作之后，向我介绍了多多。他说‘有个毛头（多多的外号叫毛头），他有很多诗，你可以找他一下’。在江河那里，我才知道《今天》还有一个诗人叫多多。多多是我见到的最古怪的诗人，他只给我一个小时的时间，即一个小时之内，必须在一堆诗稿中做出选择并抄写完毕。我那时年轻气盛，当即答应了并在一个小时内选择抄写完毕。江河住在北京的胡同里，是在白塔寺附近。每次想起江河，都会想起他的前妻蝌蚪……她在门外烧水，给我和江河沏茶。北岛是《今天》文学杂志的领袖，他还给严力、林莽、晓青打了电话。值得记住的是诗人林莽的热诚。他提供了他的作品之后，告诉我诗人贝岭处有很多民间诗刊、打印诗集和手稿复印件，并把贝岭的电话告诉了我。诗人贝岭，要记录下他为《新诗潮诗集》和《青年诗人谈诗》编选工作的帮助，他提供了许多民刊、打印诗集和诗作复印件。”

第二种是拍发电报催稿。1985年的中国，电报还是最先进、最快捷的通信方式。由于时间紧、任务重，刘卫国对于一些重要诗人和重要朋友便采取了拍发电报的方式约稿。1980年暑假，刘卫国十分巧合地和当时正在山东大学经济系读书的韩东在火车上相识。由于共同喜欢诗歌，俩人一见如故。他和韩东之间经常写信，并互相寄去诗稿请对方指教。在征集诗稿的时候，刘卫国第一个想到的就是约好友韩东的诗歌。“韩东是我大学时代的朋友，我用电报催来了他的《有关大雁塔》《我们的朋友》《你见过大海》等十首诗。我在电报里要他的十首诗，是因为我已经决定《新诗潮诗集》下册里的诗人最多只有十首诗的篇幅。”

第三种是油印诗集选稿。在编选诗集的过程中，青年诗人贝岭给予刘卫国很大帮助。正是由于贝岭的帮助，使刘卫国收集到了当时国内一批有实力的青年诗人的佳作。“翟永明是我读到了她的《女人》组诗的手稿复印件后，当即把她的组诗选入《新诗潮诗集》的。张枣的《镜中》，柏桦的《表达》，欧阳江河的《履历》等，是因为我读到了四川的一份诗报，才把它们选进了《新诗潮诗集》的。王小龙、王寅、陆忆敏是我在上海的一些油印刊物和油印诗集上发现的，同时我还发现了优秀的诗人陈东东、张真。他们如今都成了中国最优秀的诗人。比如吕德安，他的诗作《父亲和我》《沃角的夜和女人》，我在福建民刊《星期五》上读到时，深为感动，当即决定选他十首诗。”刘卫国如数家珍地向我讲述着当年的故事。

第四种是报纸杂志摘稿。由于吕林给刘卫国的征稿时间只有一个月，除约稿、选稿之外，他更多时候是利用业余时间到北京大学图书馆、北京图书馆等市内各大图书馆去翻阅各种有关诗歌的书报刊，从中挑选抄录优秀诗歌作品。

1985年1月末，经过一个月夜以继日的征稿、抄录、整理，刘卫国顺利完成了诗集和诗论的编选工作，向吕林、向五四文学社交上了一份满意的答卷。

顾问们

“未名湖丛书”编辑委员会为把这套诗集打造成一套优秀文本，专门聘请了北京大学的著名教授和学者季羡林、曹靖华、朱光潜、侯仁之、王瑶、陈贻焮、谢冕、孙玉石、袁行霈、乐黛云、刘煊、马振方、闵开德、汪景寿、张文定担任顾问。尤其是谢冕副教授，应刘卫国的邀请，欣然撰写了诗集的序言。

在这篇题为《新诗潮的检阅》序言中，谢冕写道：

当被称为“古怪诗”（这只是个别人带着明显偏执倾向的称呼，更普遍的场合则被称为“朦胧诗”）的怪影闯进了中国的诗坛，中国诗坛立即失去了平静。这些怪诗在曾经造成诗的沃野后来又严重沙化的诗的荒原上激荡，它引起一部分人的惶惑甚至恐惧，从而产生了深刻然而又是潜在的危机感，同时引起更多人的惊喜。他们在这些陌生的同时又是有鲜明的挑战意味的影子面前发现了新的生机。他们确认这是一次空前衰落之中的充满希望的崛起。于是展开了一次广泛的、持久的、同时又是激烈的诗歌论战。这一论战的一般形态表现为不同诗歌观念的深刻冲突，在某些时期也产生过变异。最严重的一次产生在1983年秋季至1984年春季，艺术上的分歧被试图解释为政治性的。

随心所欲的解释的消失，不等于新诗潮兴起的不曾存在。几乎所有的人都承认诗歌产生了值得注意的变化。这种变化绝不像有人所认为的那样，是某些人主观意愿所促成，恰恰相反，这正是诗歌对于时代召唤的敏锐感应的体现。一个不正常的时代结束了，历史把中国放置于大变动的关口。它最先恩惠于诗歌的是捐弃封闭而走向开放。对比社会生活的飞速发展，原有的诗歌格局就显得非常的不谐调。变革的时代呼唤变革的诗歌。尽管新诗潮在只能习惯所已经习惯的那些人面前具有某种刺激性，引起他们的不悦。但它无疑受到了开明政治的鼓舞。它是变革时代的合理产儿。

1978年底，有一批向着今天礼赞的诗人开始聚集，他们唱着新的歌，他们试图改变原有诗歌的凝滞状态。他们庆幸“历史终于给了我们机会”。他们以人们所不习惯的表现方式对当时诗歌艺术的刻板模式进行有力的冲击。当年那一个又一个陌生的名字的出现引起中国诗坛的骚动。

因他们的出现而带来的诗歌艺术的更新是明显的，他们使当代诗歌与五四诗歌的艺术多元化传统恢复了联系，他们同时也在观念上和实践上恢复了中国诗歌与世界诗歌的历史性关联。一批年青的中国诗人重新开始透过厚厚的墙向着世界开启了长期封闭的窗口。一旦把目光转向远远的地平线，艺术教条的统治即告解体，尽管有些人谴责他们“数典忘祖”。但是没有当时那种带着某种批判意识的对于传统观念的怀疑，也许我们的诗歌如今还会在昨天的噩梦中备受折磨。

原先的诗歌格局受到了严重的怀疑，中国开始获得和世界一致的新的观念。这就是多种选择的缪斯，而不再是单一的、无可选择的缪斯。多元的选择对于已经表现为充分统一的中国诗歌来说，其意义是革命性的。不论人们如何坚定地固守自己原有的观念，但坚冰无疑已在消融之中。也许更为令人振奋的是诗歌发展的现实：这就是人们已经不很理睬那些向着旧日的繁华寻找旧梦的人们的惜惘乃至愤怒，也不很理睬那些对诗歌的探索创新所持的偏执与攻讦。更加年青的人们已经超越了他们的前行者，他们已把当日的“今天”变成了“昨天”，他们创造着新的“今天”，而他们的目光都是更为热情地瞩望着把“今天”导向为“明天”的。许多人都在说，当年的新诗人已经变得“古老”了，当初带给诗坛以巨大冲击的新力仅在数年间就成为“古老”的象征。这对于凝重如同枯水季节的黄河的浊流那样的中国诗传统，无疑是最令人振奋的题目。一个社会的充满生命就在于它的不断的自我更新。诗也如此。我们正是从不断自我否定之中谛听到前进的足音的。令人感兴趣的是，对那些激荡于中国诗坛的怪影的惊呼与责难之声还不绝于耳的时候更多的、甚至是成群的怪影以更为新、奇、怪的面目出现在他们面前。这构成了一种善意的嘲谑。

生活是无情的，特别是处于大变动的中国社会生活。想想当初北岛和舒婷出现在人们的面前时，有多少人把他们视为异类。他们觉得诗竟能如此这般是不可思议的，但是当年蹀脚起哄的人，现在至少在舒婷那典雅的、带有淡淡伤感的诗情面前不再怒气冲冲了，更多的人则为之倾倒。这就是音乐创造适应它的耳朵的道理。

但是目前的事实是，诗歌生命的更新以出人意料的速度进行着，更多的后来人已在把北岛和舒婷看成历史和传统。尽管目前很难说那些人已经实行了这种对“历史”和“传统”的超越。但我们相信，这种观念本身便是十分动人的。“古老”，在另一个含义上体现为，诗对自身的变革性的超越。记得贵州一批新诗潮的弄潮儿开始写诗的时候，他们曾经不承认自己的使命在于今天。“过去的已经过去，未来尚且遥远，对于我们这代人来说，今天，只有今天。”他们已经用实践纠正了认识上的偏差。他们正为明天加入世界的诗歌而争取。这种争取已经初具规模。这就是，当他们冲破自我封闭而把目光投向着正在飞速发展的世界做横向的扫描，从而获得了开放意识。一时间内，对于东方传统的有意蔑视、甚而言之是一定程度的“背逆”，尽管曾因而招来众多的严责，但我们仍应正视它的受到时代启迪的合理性。他们从艾略特、奥登、聂鲁达、埃利蒂斯那里得到了丰富的启示，如今他们自觉地对此做了调整，他们开始纵向地探寻东方古大陆的历史奥秘。他们对从彩陶到青铜器、从莫高窟到《道德经》产生了浓厚的兴趣。东方的古老文明，中国文、史、哲各个领域，世代生我育我的这片黄色的大地江河，成为一个巨大的磁心。于是在我们面前，少年气盛的一群变得“古老”了，他们不再任凭“沸泉”四处流溢，他们甚至乐于沉淀这种热情，使之潜入地心，以内蓄的炽烈展示诗的性格和力量。

他们以横向的扫描和纵向的研讨造成纵横交错的繁富，人的内心世界的开掘与当代抒情史诗多层建构的建立，造成了绵长的时间与深幽的空间的深广融化。这种局面给人信心，使人确信艺术的现代表现与东方文化传统，以及民族心理结构的熔铸，终将使中国诗歌走向世界并受到世界的承认。当我们对新诗潮的出现及发展做这种概略的描写之后，我们更加坚定了如下的判断——新诗现阶段的探索不仅是开拓性的，而且用它的日趋成熟而证明是充满希望的。

谢冕的序言是一篇具有极高诗学价值的文论，对于《新诗潮诗集》的出版起到了十分重要的推波助澜作用。

谈起当年约请谢冕老师写序的往事，刘卫国说道："谢冕先生给我们上过当代文学的课程，所以约请他写序就比较容易了。当《新诗潮诗集》三校清样出来之后，他在两天内就行云流水一样把《新诗潮诗集》的序写完了。"

文本档案

1985年4月，历经征稿、校对、印刷，由五四文学社"未名湖丛书"编委会组织、吕林策划、刘卫国选编、北京大学团委所属三三公司出资印刷和负责销售的《新诗潮诗集》上下册和《青年诗人谈诗》出版发行。

刘卫国讲了两件趣事：

一件是书名。"最令人难忘的是我和吕林的争执，诗集是叫'朦胧诗选'还是叫'新诗潮诗集'。吕林主张前者，谢冕先生则站在我的一边，主张叫'新诗潮诗集'。"至于为什么起名为"新诗潮诗集"而不是其他，原因则是"最初吕林到中共北京市委党校找我时，只是约请编两本书，一本是诗选，一本是诗论，并没有定书名。到我交稿时，定书名为《新诗潮诗集》《新诗潮诗论》，这是因为我编选的范围已超出了朦胧诗（《今天》派诗歌），因此只能以新的诗潮概括和定名"。

另一件是署名。“当时我写诗的笔名是‘白马’。因为吕林不同意我使用‘白马’这个笔名作为编选者，只好临时起了‘老木’这个笔名。”

《新诗潮诗集》，定价五元，小三十二开本，分为上下册，正文共计八百一十三页。其中，上集四百七十四页，下集三百三十九页，收入八十七位青年诗人创作的四百六十九首（组）诗作。

《新诗潮诗集》上集收入了如下诗人诗作：

北岛的《回答》《日子》《走吧》《一束》《雨夜》《船票》《睡吧，山谷》《红帆船》《习惯》《宣告》《结局或开始》《和弦》《迷途》《界限》《枫叶和七颗星星》《古寺》《明天，不》《彗星》《走向冬天》《黄昏：丁家滩》《你在雨中等待着我》《履历》《同谋》《随想》《主人》《很多年》《峭壁上的窗户》《雨中纪事》《关于传统》《八月的梦游者》《无题》《这一步》《另一种传说》《孤儿》《地铁车站》《空白》《挽歌》《诗艺》《可疑之处》《自昨天起》《寓言》《在黎明的铜镜中》《触电》《期待》《语言》《呼救信号》《守灵之夜》《空间》。

舒婷的《致大海》《海滨晨曲》《船》《呵，母亲》《致橡树》《日光岩下的三角梅》《双桅船》《流水线》《落叶》《寄杭城》《秋夜送友》《赠》《春夜》《当你从我的窗下走过》《中秋夜》《心愿》《自画像》《四月的黄昏》《思念》《往事二三》《路遇》《小窗之歌》《也许》《馈赠》《赠别》《童话诗人》《无题》《这也是一切》《土地情诗》《雨别》《还乡》《“？。！”》《惠安女子》《赠穿红衣裳的少女》《黄昏星》《远方》《诗与诗人》。

江河的《祖国啊，祖国》《纪念碑》《遗嘱》《葬礼》《没有写完的诗》《星》《星星变奏曲》《向日葵》《假如》《杯子和笑声》《风在吹》《静静的椅子》《帆》《雪》《嘉峪关》《从这里开始》《让我们一块儿走吧》《从这天起》《太阳和他的反光（十二首）》。

芒克的《天空》《路上的月亮》《秋天》《十月的献诗（十八首）》《街》《心事》《葡萄园》《昨天与今天》《阳光》《雪地上的夜》《一棵倒下的树》《四月》《春天》《爱人》《阳光中的向日葵》《一个死去的白天》《一夜之后》《如今的日子》《灯》《雷雨之前》《清晨刚下过雨》《来自水面上的风》《邻居》《晚年》。

顾城的《生命幻想曲》《永别了，墓地》《我是一个任性的孩子》《白夜》《小春天的谣曲》《迭影》《那是冬天的黄土路》《不是再见》《分别的海》《给我逝去的老祖母》《我会疲倦》《来临》《在这宽大明亮的世界上》《逝者》《有时，我真想》《早晨的花》《穷，有一个凉凉的鼻尖》《铁铃》《暮年》《海的图案》《我会像青草一样呼吸》《净土》《季节·保存黄昏和早晨》《静静的落马者》《提示》《求画》《懂事年龄》《应世》《内画》《方舟》《如期而来的不幸》《狼群》《从犯》《叙事》《车辆》《空袭过后》《空隙》《年夜》《古代战争》《黑电视》《河口》《自然》《颂歌世界》《周末》《在陌生的街上》《硬币中的女王》《门前》。

杨炼的《大雁塔》《乌篷船》《半坡（组诗）》《敦煌（组诗）》《诺日朗》《〈易经〉，你及其他》《墓园》《休眠火山》《地下森林》《溪石》《吊水楼瀑布》《玄武岩台地》《西藏（组诗）》《逝者（组诗）》。

食指的《愤怒》。

多多的《啊，太阳》《陈述（组诗）》《致太阳》《手艺》《黄昏》《乌鸦》《玛格丽和我的旅行》《我记得》《教诲》《当春天的灵车穿过开采硫磺的流放地》《北方闲置的田野有一张犁让我疼痛》《给乐观者的女儿》《乐观者女儿的回答》《画廊》《感情的时间（组诗）》《登高》《蚕：织物》《造物》《从死亡的时间看》《马》《黎明的枪口余烟袅袅》《歌声》《醒来》《爱好哭泣的窗户》《噢怕，我怕》《语言的制作来自厨房》《喂！听说我》。

方含的《谣曲》《印象》。

严力的《转移阵地》《以人类的名义生存》《风气》《根》《不是歌颂被爱者的爱情诗》《无题》。

林莽的《海明威，我的海明威》《生命的对话》《湖上灯火》《关于诗，诗人和一些必要的解释》《石阶》《无法驱散》《宁静的阳光》《正午，穿过树林》《黄昏，我听到过神秘的声音》《空白的诗页》《湖边晚归》。

晓青的《时间》《失去的地平线》《命运》《天堂的语言》《季节的传说》《伟大的闲暇（组诗节选）》。

肖驰的《诗人 · 历史 · 传说》《夏天，我心里充满了一首诗》。

在下集中，有如下诗人诗作：

梁小斌的《雪白的墙》《中国，我的钥匙丢了》《练习曲猜想》《大街，像自由的抒情诗一样流畅》《少女军鼓队》《我认得出》《玫瑰花盛开》《一个少年在呼唤他喂养的鸽子》《树的宣言》《一颗螺丝钉的故事》。

牛波的《一个主题的四重奏》《河（组诗）》。

王小妮的《印象二首》《孩子们》《碾盘》《生日的晚上》《一个年轻的工人》《假日 · 湖畔 · 随想》《假日，在北戴河》《碾子沟里，蹲着一个石匠》《有这样一个小村》。

吕贵品的《晾衣绳》《女人的世界（二首）》。

徐敬亚的《在一种节奏里，我走向你》。

李钢的《山中（四首）》《在秋天》《采石者》《圈蚂蚁》《蓝水兵》《东方之月》《古国的春天》。

许德民的《紫色的海星星》《旅途》。

孙晓刚的《蓝天》。

杨榴红的《白沙岛》。

姚村的《城市与姑娘》。

韩东的《山民》《我不认识的女人》《老渔夫》《有关大雁塔》《我们的朋友》《一个孩子的消息》《水手》《给病中的哥哥》《半坡的雨季》《你见过大海》。

小君的《平静的日子》《我要这样》《给流浪诗人》《马兰花》。

吴滨的《红泉水》。

杨争光的《夏天》。

吕德安的《沃角的夜和女人》《我的情人》《纸蛇》《外乡人》《寄给父亲》《告诉你一位好姑娘》《村庄》《旧时的情人或船坞谣曲》《父亲和我》《吉他曲》。

楚茨的《他和表》《锯木声声》。

林居的《秘密》。

阿奈的《在公共场所》。

边城的《石笛》。

张枣的《镜中》《何人斯？》。

王家新的《星空》《献给一个人》《中国画（组诗）》《从石头开始》《献给太阳》《草原》。

孙武军的《嫦娥》《在这块土地上》《枫树》《五色潮水》《春》。

崔桓的《原野（二首）》。

骆一禾的《钟声》《突破风雪》《先锋》《春之祭》

《黄昏》《美丽》。

白马（刘卫国）的《红土壤》《感情的时间》。

西川的《秋声》《烛光》。

纪泊的《安魂曲（节选）》。

故筝的《上邪》。

白玄的《大水》。

王小龙的《心，还是那一颗》《外科病房》《远方》《致诗人》《出租汽车总在绝望时开来》《纪念》。

蓝色的《轧带》《中国人的背影》《岁月》《圣诞节》。

鲁子的《这个秋天的流水账》《无烟的愤怒》。

野云的《都怪秋天》。

可可的《骑士1984》。

王寅的《上海的风》《想起了一部捷克电影想不起片名》《非洲》。

陆忆敏的《美国妇女杂志》《超神秘主义》。

张真的《椰风》。

贝岭的《三月的漂泊》《老人》。

陈东东的《歌手（节选）》。

封新城的《过程》。

景敏的《城市答问》。

余刚的《海滨》。

马丽华的《西部汉子》《九月雪》。

陆高的《两个男人》。

金伟的《中秋节和一个杜撰的故事》。

魏志远的《二月》《假面舞会》。

阿曲强巴的《写在直孔提寺废墟》。

摩萨的《白玛草塘（组诗节选）》。

翟永明的《女人（组诗）》。

欧阳江河的《白色之恋》《履历》《背影里的一夜》。

柏桦的《表达》《春天》《或别的东西》《震颤》《悬崖》。

车前子的《城市雕塑》《三原色》《井圈》。

小海的《梦》《咖啡馆》。

谢烨的《要求》《我终于转过身去》。

张小川的《从那以后》。

一平的《病马》《女人》。

雪迪的《天鹅》。

李路的《虚无》。

黑大春的《东方美妇人》。

马高明的《失约》。

廖亦武的《越过这片神奇的土地》。

宋渠、宋炜的《大佛》。

潞潞的《肩的雕塑》。

石光华的《泼水节古歌》《年青的太阳鸟》。

海子的《女孩子》。

于坚的《山里人的歌》。

张毅伟的《画意》《风，一次次吹来》。

菲野的《秋天奏鸣曲》《香山夕阳》。

岛子的《疯人病院》《画室》。

蓝石的《抒情十四行》。

林贤治的《窗口》。

刘扬的《致拳王阿里》。

谢颐城的《迷醉的瞬间》。

另外附录了中国现代诗二十首，其中有李金发的《里昂车中》、朱湘的《雨景》、戴望舒的《雨巷》、卞之琳的《断章》、穆旦的《春》、艾青的《树》、郑敏的《金黄的稻束》、废名的《十二月十九夜》、陈敬容的《律动》、杭约赫的《六行》、唐祈的《游牧人》、纪弦的《你的名字》、辛笛的《尼亚加拉瀑布》、袁可嘉的《上海》、唐湜的《巴尔扎克》、郑愁予的《错误》、洛夫的《汤姆之歌》、余光中的《飞将军》、杜运燮的《秋》、蔡其矫的《小泽征尔指挥》。

作为编选者，老木仅获得三百五十套书抵作编选报酬。慷慨大方的他在一两个月内几乎全部送给了朋友，自己仅留了两套作为纪念。

2018 年 3 月，老木在北京街头。胡敏 摄

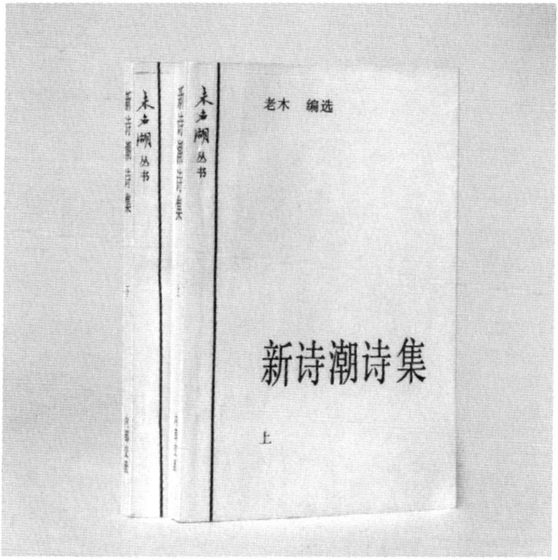

《新诗潮诗集》书影。

《青年诗人谈诗》书影。

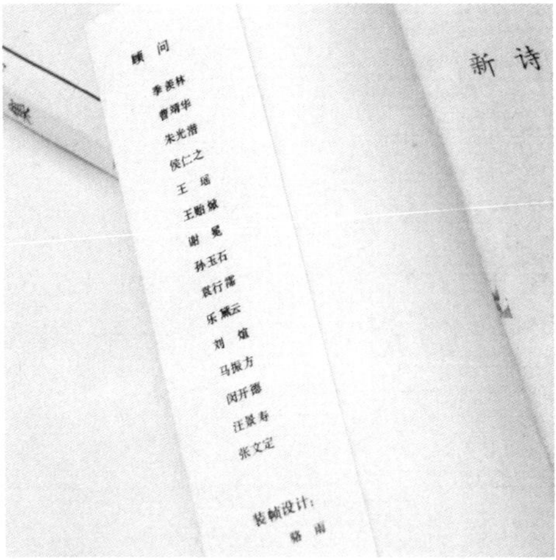

《新诗潮诗集》前勒口处的顾问名单（“陈贻焮”误为“王贻焮”）。

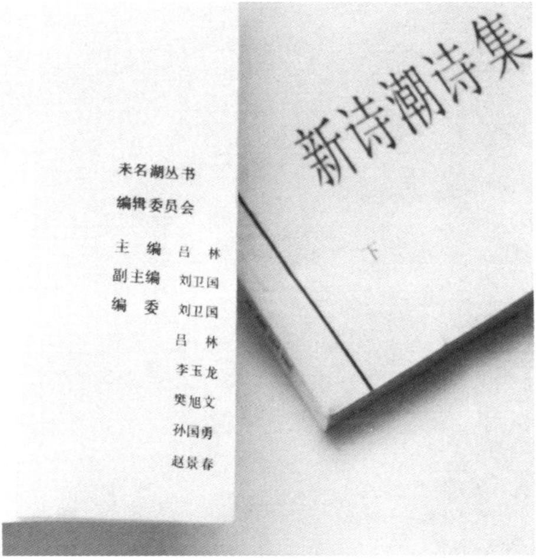

《新诗潮诗集》后勒口处的编委会名单。

《青年诗人谈诗》扉页。

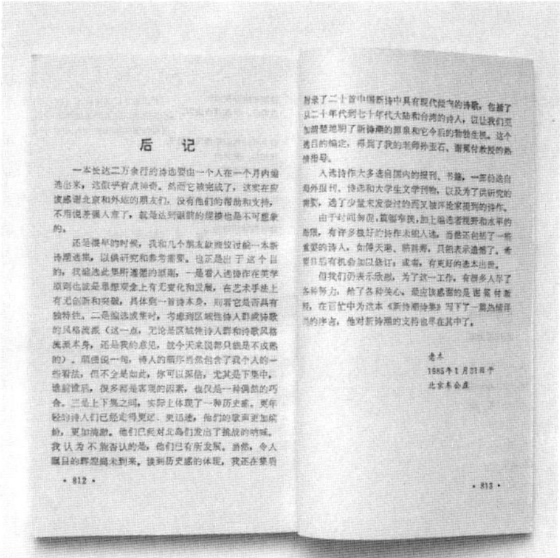

老木撰写的《新诗潮诗集》后记。

副本别册

和《新诗潮诗集》一起出版的，还有同为刘卫国（同样署名“老木”）编选的《青年诗人谈诗》。对于这本书的编选初衷，他在《序》中写道：“这本书是不必要的。诗论应由评论家来做，诗人所做的，只是写诗。他的作品代表了他要说的一切。但我编选了这本集子，是着眼于诗人从评论家的角度来看待诗歌，看待他们的作品；或者，仅仅是感受。”

《青年诗人谈诗》还有个副题：教学参考资料，小三十二开本，一百八十页，收入二十八位青年诗人的诗论文章五十二篇。其中有：北岛的《谈诗》；舒婷的《生活、书籍与诗》《以忧伤的明亮透彻沉默》《人啊，请理解我吧》；江河的《随笔》《小序》《体会》；顾城的《请听我们的声音》《学诗笔记》《“朦胧诗”问答》《少年时代的阳光》《剪接的自传（上）》《诗话散页（一）》《诗话散页（二）》《关于诗的现代技巧》《诗话录》；杨炼的《传统与我们》《谈诗》《智力的空间》；严力的《谈诗》；林莽的《〈宁静的阳光〉序》《〈我流过这片土地〉序》《〈岁月·回声〉序》《〈无法驱散〉序》《这仅仅是一个开始》；田晓青的《诗·语言》；肖驰的《谈诗》；梁小斌的《我的看法》；王小妮的《我要说的话》；徐敬亚的《空间·跳跃·线条·表面层》；王小龙的《远帆》

《自我谈话录：关于实验精神》；崔桓的《聚集在沙滩上的人（提纲）》；牛波的《试比较诗歌、音乐、绘画在形式上的关联》《略论青年诗人的“古老”以及关于正常生长的一般性看法》；韩东的《关于诗的两段信》；一平的《谈诗》；王家新的《沉思》《关于诗的一封信》《谈诗》；孙武军的《谈诗》《诗论一则》；柏桦的《我的诗观》；翟永明的《谈谈我的诗观》；贝岭的《谈诗》；骆一禾的《春天》；岛子的《与新诗探索者印证》；张小川的《为什么要写诗》；石光华的《摘自给友人的一封信》；海子的《谈诗》；宋渠、宋炜的《这是一个需要史诗的年代》。

对于编选这本书的缘起，老木回忆说：“五四文学社为此成立了‘未名湖丛书’编委会，当然就要有几本书才能叫‘丛书’。吕林跟我说过，有北大诗选、北大散文选、北大小说选等等，但为什么把《新诗潮诗论》改为《青年诗人谈诗》，我记得他做过解释，不要搞得目标太大。”“编选《新诗潮诗论》（《青年诗人谈诗》）的想法，就是觉得既然谢冕先生写了《在新的崛起面前》，有诗歌的崛起，也有诗论的崛起。这本书也没有征稿，全是从杂志上、诗人处和民刊、打印诗集、学生文学刊物、报纸等各方面搜寻来的。”

《青年诗人谈诗》出版后，同样引起了较大的反响，以至于时隔三十多年之后，著名诗人徐江依然给予极高评价："而对于诗界，具象的激励与提示则来自那本随《新诗潮诗集》在先锋诗歌圈以及高校文学爱好者间悄悄出售的《青年诗人谈诗》。这薄薄的册子，原是编者作为《新诗潮诗集》的一个连带性读本编选的，但成书后的价值，却远远超出了'为读者解读作品提供背景资料'这一朴素的初衷，客观上起到了为更新一代读者（尤其是现代诗美学的追求者）指引现代诗精神谱系的作用。庞德、艾略特、埃利蒂斯、洛尔迦、九叶派的名字，正是通过北岛、顾城等人，才为更年轻一代的文艺青年们所吸纳，从此也开启了之后几代诗人，向域外诗歌寻求'武功秘籍'、确认自我，乃至汉语诗歌坐标的历程。"

著名诗歌批评家冷霜在《九十年代"诗人批评"：内涵与特征》一文中写道："1985年，北京大学五四文学社选编了一本薄薄的小册子，《青年诗人谈诗》，将北岛、舒婷、江河、顾城、杨炼等朦胧诗代表诗人和一些'新生代'诗人的论诗文字收集在一起。现在看来，这本第一次集中展示了当代诗人对诗歌、对自我的写作的各方面看法的小册子不仅不是'不必要'的，相反，它和同属'未名湖丛书'的另一部选集《新诗潮诗集》均已成为八十年代诗歌的'经典文献'，有着不可多得的重要性。"

2018年3月15日，在旧书网站上，我发现了一本由诗人海子亲笔签名的《青年诗人谈诗》在出售，售价一千四百元。

《新诗潮诗集》出版后，在高校和社会上引起抢购热潮，以至于出现了盗印版本。

2013年11月13日，我在旧书网站上搜书，结果在一家书店看见一本让我当场震惊的书——《朦胧诗新诗潮诗集精选》，油印本，三十二开本，北京大学文学社编印，八十年代的。作为一位专门收藏八十年代各种新诗资料的收藏家和八十年代诗歌纪念馆馆长，我应该是有一定见识的，但对这本书，我竟然闻所未闻，在诗歌版本收藏家刘福春编著的各种诗歌资料中，也从来没有出现过。我判断这是老木编辑《新诗潮诗集》之前的一个选本，也就是《新诗潮诗集》的母本，估计也应该是孤本了。这本书标价八百元，我给店主打电话，最后五百元包邮成交。

九天后，终于收到书，打开一看，我惊呆了：真是那本老木主编的《新诗潮诗集》的母本啊！

诗集原名《朦胧诗新诗潮诗集精选》，由北京大学文学社编印，小三十二开，打印本，一百九十页。勒口处印有顾问名单：季羡林、曹靖华、朱光潜、侯仁之、王瑶、陈贻焮、谢冕、孙玉石、袁行霈、乐黛云、刘煊、马振方、闵开德、汪景寿、张文定。谢冕撰写序言《新诗潮的检阅》，书中共计刊发了三十四位诗人的诗歌作品七十首（组）。

抱着“《新诗潮诗集》油印母本”的想法，我专门写文章介绍了这本书。后来和老木联系上，为向他“炫耀”这本“镇馆之宝”，我将有关文字和图片发给他。他给我的回信让我大失所望：“我从未见过《朦胧诗新诗潮诗集精选》这本书以及其编选稿。你在微信上称《新诗潮诗集》母本，是否指此书？我确实一无所知，三十多年过去，第一次从你处获知此事。我从未知《朦胧诗新诗潮诗集精选》，也未见过编选稿，所以就谈不上什么母本子本了。”我又将这本书的图文发给毕业于北京大学的诗歌批评家于慈江，他的看法更令我失望：“据我的判断，这是一本盗印本。换言之，这是一本伪书，这是后来人炮制的。我是北大出身，在北大读书读了七年，从来就没有什么北大文学社一说。只有北大五四文学社。”

影响

《新诗潮诗集》首印一万套。在短短几个月时间，通过全国邮购、高校卖书等方式，受到各地高校学生和社会上诗歌爱好者的追捧和抢购，很快销售一空。五四文学社又印刷了一万套，继续畅销。

《新诗潮诗集》的出版，影响了一代诗歌爱好者走上创作道路。

1985年9月，诗人伊沙考入北京师范大学中文系。据他回忆，自己在大学期间买的第一套书就是《新诗潮诗集》

（上下册）和《青年诗人谈诗》。在他的诗歌创作生涯中，这套书成为“我心中的经典”，并引领他走上诗人之路。

和伊沙一样受到这套书影响的，还有诗歌批评家、清华大学教授西渡。在《北大诗歌：传奇的开篇》一文中，西渡回忆道：“我刚进北大不久，就在学三食堂门前买到一套影响我很长时间的《新诗潮诗集》，包括诗选上下册和诗论一册。这套书的编者是中文系1980级的诗人老木，本名刘卫国。我个人认为，这套书迄今仍然是‘朦胧诗’的历史成绩最好的检阅和总结。在我们这个一向忽视历史资料积累的国家，这套完全由学生编选（老木其时刚从北大毕业），并由学生社团主持出版的（该书为北大五四文学社‘未名湖丛书’的一种，但未见这套丛书有其他图书出版）、总篇幅达一千页的诗集就显得特别可贵。可以说，北大1985年以后的文学氛围是和这套书有密切关系的。同时，它也影响到那个时期全国范围的大学校园诗歌。这套书我买过不下五套，多是为其他大学的同学代购。这套书不仅显示了编者成熟、敏锐的艺术鉴赏力，尤其凸显出一种前瞻的眼光。诗选上集自多多以下方含、严力、林莽、晓青、肖驰等都是当时被忽略的诗人，尤其是以大篇幅选录多多的作品，第一次把这位朦胧诗中技艺最出色的诗人推到了前台。下集突出展示的梁小斌、王小妮、李钢、韩东、吕德安、王家新、骆一禾、翟永明、柏桦、王寅、张枣等，在以后的日子里都证明了自己出众的才华。这就是一个刚刚大学毕业的学生所做的工作，这一工作被证明为比许多资深学者做得更出色。成为八十年代中期中国诗歌新生力量的第一次大规模汇聚，是比1986年《深圳青年报》《诗歌报》联合举办的‘1986中国现代诗群体大展’更早的一次大检阅，至今仍颇具史料价值。”

陈鸣华，八十年代初期华东师范大学夏雨诗社社长，现任香港联合出版集团联合电子出版有限公司董事、总经理。谈到这套诗集的价值和当年对他的影响，他说：“从朦胧诗到新诗潮，一是名称、概念的变化，涵盖更广、边界更宽、定义更开放；二是从油印到铅印，虽是内部发行，与正式出版物已不相上下，表明新诗探索正由民间向主流、上游的地位过渡、争取，主观追求、客观环境及各方认受，进入宽容、欣赏和接受的阶段。编者有心，对新诗的上扬起到了积极作用，至今仍有阅读的价值。好像是诗友间传阅的，对比油印诗册，感觉好精致。虽然很多诗社都有铅印甚至争取书号出版的诗集，但这部视野较开阔，体系开放，上下册，较有规模。在阅读和编选作品方面，眼界上应该是受到过些影响吧！”

毕业于北京大学的诗歌评论家、吕林和老木的同学、现为新东方教育科技集团人文教育研究院院长的于慈江，向我谈了他所了解的这套诗集出版的情况：“老木以北大五四文学社名义编的《新诗潮诗集》，作为特定历史时期的产物是有其历史功绩的。它不仅是阎月君等编选的《朦胧诗选》的必要补充和突破，也是一次集大成式展示——汇聚的不仅仅是朦胧诗人群，也包括了校园诗群，包括了所谓第三代诗人群。这部诗选因此不仅成了汇聚二十世纪八十年代各方诗歌力量的一面旗帜，也成了新诗研究方面的一个重要版本，尤其是对于海外汉学家来说。特别是，由于这部诗集是内部读物，无论是在选人还是选诗的尺度上都比较宽容，起到了鼓舞士气、激励新人的作用。说起来，这套《新诗潮诗集》主要是吕林为首的班子发起组织的。我当时手上的十套诗集也都是吕林给我的。他当时是燕新社的社长和五四文学社的社长。可以这么说，吕林的功绩很大，这套书的出现跟他有莫大的关系。吕林很正派，活动能力极强，很有人缘，主要是一个活动家。在北大那么多年，我看到的，并且欣赏的最有组织能力的人就是他。”

毕业于北京大学的流行音乐歌词作家、吟游诗人洛兵谈到这套书的印象，记忆犹新：“当年我在北大读书，然后有人在卖这套印刷出来的书，上下两册五块钱。我觉得，这是迄今为止最纯正的，也是最有意义的一部新诗集，在我看到的诗集里面。这套书对我影响很大，在我面前揭开了一个全新的世界。”

旅美诗人、入选《新时潮诗集》的作者严力对此的评价是：“老木当年做的这件事是值得敬佩的，现在看更是如此。”

诗人、《诗探索》主编林莽说："《新诗潮诗集》分上下册和一本《青年诗人谈诗》同时出版，是最早的一套反映'文革'后诗歌新潮涌动的诗歌选本，是二十世纪七八十年代最主要的青年诗人的合集，对新诗的发展与展示起到了很重要的作用。尽管因时间匆忙，存在一些编辑上的瑕疵，但不妨碍它的重要性，它是一套应该进入文学史的诗歌选本。"

诗歌批评家唐晓渡说："《新诗潮诗集》及时汇聚了所谓'朦胧诗'及其影响下继起的一代诗人的代表性作品，最早呈现了一直被压制、被遮蔽的诗歌民间的巨大活力和潜能，其传播和影响方式也完全与之匹配，其贡献无可替代，是当代诗歌复兴最重要的节点或标识之一。"

是的，《新诗潮诗集》的出版，堪称八十年代中国诗坛的一件大事。

一、它囊括了中国现代诗的所有重要群体。由于编选者熟知诗坛流派现状，思想解放，视野开阔，眼界高远，所以，在这套诗集中，既容纳了名气最大的朦胧诗群体，又收录了影响甚微的白洋淀诗群，也收入了初露头角的第三代诗人，同时，更入选了粗具城市诗、口语诗、他们派、北大诗群、整体主义、四川五君、西藏雪野诗雏形的其他各种风格流派，可以说，几乎将中国现代诗的主要力量"一网打尽"，堪称中国现代诗重要群体的一次大集结，大展览，大聚会，大汇演。其中，尤其值得一提的是，这套诗集的出版，为第三代诗人闪亮登场提供了最早的舞台。他们借助《新诗潮诗集》的出版，迅速集结力量，由一盘散沙粒变成一块混凝土，冲出民间诗歌江湖，掀起了高潮迭起的第三代诗歌运动。

二、它精选了最具经典性的诗歌作品。由于编选者具有较高的诗歌鉴赏水平和独到的诗歌编选眼光，因此能够凭借精准的判断能力，在浩如烟海的诗歌沙漠中淘到金光灿烂的金子。在时隔三十余年之后，回过头来，重新检索《新诗潮诗集》中的诗歌作品，我们会叹为观止，已经被公认为中国现代诗的经典作品，都曾经入选或首发于《新诗潮诗集》。

三、它推举了中国现代诗的杰出诗人。这套诗集发现并推举出几位杰出诗人，并利用这套诗集为他们搭建了施展才华的平台。在《新诗潮诗集》出版之前，多多的名字在诗坛默默无闻，但是由于编选者充分认识到多多诗歌的艺术价值，因此打破惯例，一次性精选了这位无名诗人的诗作达二十六首，数量仅次于北岛、顾城、舒婷、芒克等成名诗人，待遇之高，实属罕见，以至于其诗作收入《新诗潮诗集》之后，多多一举成名。海子是老木的好友，当时仅仅是一位普普通通的诗歌爱好者，只在《滇池》文学杂志和中国政法大学的油印诗集《青铜浮雕 · 狂欢节 · 我》《草绿色的节日》以及油印刊物《星尘》《蓝天与宝剑》上发表过一些诗作，但是老木对海子的诗歌才华却十分欣赏，将他一首新颖别致的抒情短诗《女孩子》选入了《新诗潮诗集》，从此激励海子写出了一系列脍炙人口的诗歌杰作。《新诗潮诗集》出版之前，西川仅仅在油印刊物上发表过零星的几首诗作，老木将其两首诗作《秋声》《烛光》选入，使这两首诗作成为西川严格意义上变成铅字的“诗歌处女作”。欧阳江河此前一直以自己的原名“江河”发表作品，他正式启用“欧阳江河”这个笔名，则是从《新诗潮诗集》入选《履历》《白色之恋》《背影里的一夜》三首诗之后。借助《新诗潮诗集》的出版，在中国诗坛成名成家的诗人还有翟永明、柏桦、王寅、陆忆敏、骆一禾等人，应该说，《新诗潮诗集》为中国诗坛输入中坚力量立下了汗马功劳。

四、这本书也催生了一批优秀诗歌选集的问世。《新诗潮诗集》在中国出版界也产生了重要影响，影响和带动全国各地出版单位先后出版一批优秀现代诗集：上海文艺出版社的《探索诗集》、漓江出版社的《北京青年现代诗十六家》、作家出版社的《五人诗选》、春风文艺出版社《中国当代实验诗选》、南开大学出版社的《朦胧诗·新生代诗百首点评》、同济大学出版社的《中国现代主义诗群大观1986—1988》、花山文艺出版社的《骚动的诗神——新潮诗歌选评》、中国文联出版社的《第三代诗人探索诗选》、人民文学出版社的《情绪与感觉——新生代诗选》、河海大学出版社的《当代青年诗人自荐代表作选》、南开大学出版社的《朦胧诗后——中国先锋诗选》、花城出版社的《朦胧诗300首》、上海文艺出版社的《八十年代诗选》。这些现代诗选集的出版，形成了蔚为壮观的现代诗出版热潮。

五、《新诗潮诗集》为“两报大展”提供了蓝本。纵观安徽《诗歌报》和广东《深圳青年报》联合举办的1986年中国现代诗群体大展的参赛诗人主要流派，多数都曾经入选过《新诗潮诗集》。如跨省“朦胧诗人”的北岛、顾城、梁小斌、舒婷、杨炼、车前子、江河、芒克、多多、晓青、王小妮、王家新、孙武军、徐敬亚；南京“他们”的韩东、吕德安、于坚、小海、小君；北京“西川体”的西川；上海“海上诗群”的陈东东、陆忆敏、王寅；四川“新传统主义”的廖亦武、欧阳江河；四川“非非主义”的余刚；西藏“雪海诗”的摩萨、马丽华；陕西“太极诗”的岛子；昆明“黄昏主义”的刘扬；四川“四川五君”的翟永明、柏桦；四川“整体主义”的宋渠、宋炜、石光华；深圳“游离主义者”的贝岭、马高明；浙江“极端主义”的余刚；深圳的吕贵品以及身在海外的现代诗人严力、张真、张枣。《新诗潮诗集》堪称1986年中国现代诗群体大展的一次成功预演。

大业

张宏杰

“好内远礼曰炀，去礼远众曰炀，逆天虐民曰炀。”

被津津乐道的恶人

书案左首，架着一面名贵的古铜镜。每当读书倦了，杨广就揽起来，和镜中人对视。一股压抑不住的英气破镜而出，照亮了他的双眸：从俊朗的眉毛到挺拔的鼻梁，从光滑的皮肤到鲜润的双唇，每一根线条都千斟万酌，每一个细节都经得住推敲。他百看不厌。（《隋书·炀帝纪》：“上美姿仪，少敏慧。”）

在内心深处，杨广一直觉得自己有两个父亲：一个是人间的杨坚，另一个是天上的上帝。

天上的父亲给了他几乎想要的一切：

他被安排衔着金汤匙出生，并且投生在北周重臣隋国公杨坚的府第。还没出生，府里已经给他千挑万选出数十名奶妈和仆妇，准备了成百上千的玩具、童衣和饰物。从懂事起，他的身边就跟随着庞大的仆从队伍，随时准备满足他每一个小小的需要。他的一颦一笑牵动着无数人的心。

除了俊秀的外表，上天还赐予他超乎常人的聪颖。七岁那年，他写出了平生第一首诗歌，歌咏长安灞河两岸的旖旎风光。这首诗从老师手中流传到文人学士圈中，立刻为他赢得了“神童”的美誉。后来他成为到他为止的历代皇帝中最博学、最富才华的一个，隋代文学史上留下了他许多优美的诗篇。

人间的父亲当然对他更加疼爱。保姆怀中那个粉红色的小脸上灿烂的笑容，似乎有一种天生的魔力，在第一瞬间扯“偏”了父亲杨坚的心。越长大，这个孩子的聪明、懂事、可爱就越让杨坚感觉到父亲的骄傲。作为一个很少承认错误的人，杨坚却不能否认自己对这个孩子“于诸子中特所钟爱”（《隋书·炀帝纪》）。做隋国公时，杨坚为这个孩子重金聘请了国内最博学的老师。做了皇帝后，他干脆把原来打算用为丞相的王韶任命为杨广的师傅。从杨广自少年起接受的一系列任命中，我们可以一目了然地读出杨坚对此子的特殊器重和苦心培养。

开皇元年（581年）二月二十六日，在杨坚开国称帝仅十二天之后，十三岁的杨广就被封为晋王，并被任命为并州总管，授武卫大将军称号。并州为当时防备帝国最危险的敌人突厥的战略要地，封杨广于如此要冲，当然是为了让他尽快成长为帝国的藩屏。十八岁那年，晋王在并州表现出的才能被皇帝认可，于是召他回朝中，实习宰相之职。从此之后，帝国内最重要或者最关键的职务，几乎都是属于这个儿子的。当突厥欲图南下时，杨广被立刻调回并州，继续屏当突厥。由于南方全部反叛，杨广又迅速从并州总管调为扬州总管。虽然任命皇子担当要职是隋文帝的整体政治筹划，虽然这些职务实习性成分居多，然而在五个儿子当中，杨广获得的屡次任命无疑是最风光的。

从懂事开始，杨广就认为自己是独一无二的上天的宠儿。在他眼里，这个世界几乎是专为他而创造的。他来到人间，就是为了玩一场叫作“人生”的快乐游戏，为了像父亲那样收获万众的崇拜，尽享人生的每一点滴美好。他有充分的理由这样认为，因为很少有哪个生命乐章的序曲这样灿烂。

然而，天心永远不可能彻底被凡人所了解，命运的安排往往是让人费解的，它给了杨广一切，却唯独忘掉了最关键的一样：恰当的出生顺位。在他前景辉煌的命运之路上，横亘着一个巨大的阴影：兄长杨勇。

自西周时起，中国政治权力的传递就一直遵循着一个明确的原则——“立嫡以长”。大隋天下的未来主角，应该由他的长兄杨勇扮演。

“嫡长制”最有效地保证了皇族内部权力延续的有序，杜绝了皇族间的竞争，所以被圣人称为“百王不易之制”。然而，这个制度的合理性是那么禁不起推敲，谁都知道，出生顺位与治国才能没有什么逻辑上的联系。正是这个制度导致历史上幼童、智障、昏庸之徒不断登基。为什么要把帝国的前途囚禁在这样一个规定里呢？

相信在一千四百年前，杨广和他的兄弟们都是这样想的。

降生在政治旋涡中的杨广兄弟，对政治的兴趣几乎是天生的。在过去的几千年里，政治几乎是一个中国男人实现自我的唯一途径，在他们的视野里，只有政治，才能体现一个人的生命价值；只有权力，才能赋予男人非同寻常的力量和尊严。混合了鲜卑族和汉族血液的杨氏家族的男人，生命力都非常强健，“盖世英豪，儿郎虎豹”这句唱词，用在杨坚家里异常贴切。杨坚其余的四个儿子，都像饿狼渴望鲜肉一样，对皇位垂涎三尺。虽然文笔出色，杨广可从来没想到要当什么文学家，那样的前途对一个皇子来说几乎是一种耻辱。

杨坚称帝、五兄弟同日封王之后，杨广就感觉到兄弟之间的关系发生了微妙的变化，这些从小在一起嬉戏打闹着长大的兄弟看对方的眼神里都多了一丝阴冷和提防——南北朝时期的政治，是中国历史上最富阴谋和血腥色彩的时段之一，为争夺皇位，政治上层一直在钩心斗角、相互杀戮，而皇族间的兄弟相残是高层政治中最常上演的剧目之一。

从那一刻开始，杨氏兄弟倏然惊觉：生在帝王之家，就是活在狼群之中，也许有一天，不是自己杀掉其他兄弟，就是其他兄弟杀掉自己。

既然生活在狼群之中，强壮、敏捷、狡猾就是竞争的资本，杨广坚信自己具备这样的天赋。虽然一个个野心勃勃，但其他兄弟都是碌碌之徒，只有杨广从杨坚身上继承了一个政治家所必需的基本素质：城府、机敏和悟性。

一般来说，豪门子弟都免不了一些共同的毛病：骄纵狂傲、眼高手低，以及缺乏自制能力。可杨广似乎是个异数。

也许是因为师傅教育的成功，也许是因为杨广过人的悟性，他从小就表现出非同寻常的自制力，举止端凝，“深沉严重”。其他兄弟多是典型的纨绔，为一时之欲，多违父母之意：长兄杨勇缺乏心机，行事放纵；老三杨俊性格软弱，奢侈无度；老四杨秀则性情暴烈，甚至“生剖死囚，取胆为乐”（《北史·列传第六十三》），只有他对父母之命奉之唯谨。父亲提倡节俭，他便衣着朴素，用度有节。母亲性奇妒，最看不得男人好色，他则与正妃萧氏举案齐眉，恩爱有加。

从很早开始，杨广就已经学会设计自己，虽然出身天潢贵胄，他却善待下人，从无骄纵之色。“大臣用事者，皆倾心与交”，“敬接朝士，礼极卑屈，由是声名籍甚，冠于诸王”。父亲杨坚印象最深刻的是这样一个细节：史万岁是国之名将，开皇十七年（597年）远征云南回朝时，分别路过秦王杨俊所在的成都和晋王杨广所在的江都，两个王爷对史万岁的到来都很重视，亲自接见。不过秦王关心的是向史万岁索要征战中掳获的奇珍异宝，而晋王却“虚衿敬之，待以交友之礼”，与他探讨军国大事。杨坚见二人情好，乃命史万岁干脆留在晋王身边，督晋王府军事。（《隋书·炀帝纪》）

开皇九年（589年），在隋帝国最重要的一次战争——为统一南方而进行的平陈战争中，年仅二十岁的杨广被任命为五十万大军的最高统帅，引起举国瞩目。这次战争是他正式登上帝国政治舞台的亮相之作，杨广深知这是树立自己形象的千载难逢的机会。事实上，他的全国性声誉也正是在此刻建立起来的。腐败的南朝不堪一击，平陈战争胜得轻松愉快。攻灭南朝之后，杨广首先命属下收取陈朝政治档案和典章文物，“封存府库，金银资财一无所取”，“秋毫无所犯，称为清白”。由此“天下皆称广以为贤”，“昆弟之中，声誉独著”。（《隋书·炀帝纪》）

二十出头的他成了隋帝国风头最强劲的政治明星，这个皇子的贤能实为历代少见。在杨广刻意表现自己的背后，隐藏着谁都读得懂的动机：虽然嫡长制原则横亘在面前，但熟读历史的杨广知道，换太子这样“大不韪”的事，在历史上并非没有发生过。

某种程度上，中国历史不是一部人的历史，而是神或者鬼的历史。构成前者系列的是文武周召、孔孟程朱和诸葛亮、文天祥这些天纵神圣，料事如神、顶天立地、完美无瑕的形象；构成后者系列的是夏桀、商纣、秦始皇、曹孟德、秦桧这些穷凶极恶、无恶不作的角色。中国历史中的人，其身上往往充斥着“神性”或者“兽性”，唯独缺少“人性”。而在这些“鬼”当中，隋炀帝杨广是面目最丑恶的一个。

在老百姓的传说中，杨广原本是终南山间一只巨鼠转世，所以淫猥贪婪，无恶不作。这个古今恶人排行榜中的TOP1，几乎集中了人类所能有的全部邪恶品种：淫荡、贪婪、狡诈、阴险、自私、冷血、残暴、血腥、昏乱……他犯下了人类能犯下的几乎所有罪行：“谋兄”“淫母”“弑父”“幽弟”“逆天”“虐民”……

之所以被泼上这么多层污垢，一切都起源于杨广犯的第一个“错误”：“夺嫡”。

在今人看来，对皇位的渴望并不能被认为是一个错误。作为受到器重的皇子，杨广对皇位的“非分之想”，其实属于一个人的正常欲望范围。从能力、才华及素质看，杨广确实比他的兄弟们更适合当这个皇帝。在所谓的“夺嫡”过程中，杨广所做的主要是竭力表现自己的能力而已，用今天的话来说，这是一种良性竞争。

然而，在古人看来，对皇位动念，本身就是杨广的大罪。换句话说，问题不在于杨广进行的竞争是不是良性，而是他根本不应该参与竞争。

在传统中国，每一个人生下来，身上都系着一个无形的标签，叫作“名分”。遵守名分，是人生守则中的第一条款。用李斯的那个著名寓言来比方，生在仓里的老鼠注定会一生吃白米，而生在厕所里的老鼠注定一生吃手纸。不守“名分”，是一个人所犯错误中最危险的一个，因为“名分”关乎社会稳定。商子说：一只兔子在野地里奔走而百人逐之，并非兔子可以够这百人来分，而是由于名分未定，谁都可以来争。卖兔者满市，却没有人敢不给钱就拿，是由于兔子有主，名分已定。所以定名分，才能天下大治，名分不定，必将天下大乱。

中国文化推崇的最高价值是稳定。江山永固，万世不变，是统治者最大的利益关切，这就注定了它是一种反竞争的文化，因为竞争往往带来混乱和动荡。雄心、进取，这些我们今天看来褒义、英武的词语，在过去却是非常错误和不祥的。圣人说，如果大家都“各安其分”，那么社会就不会起冲突，天下就会永远太平祥和。通过这种方式实现的稳定，肯定是压抑和缺乏活力的，然而过去的中国人却乐于忍受。由于对竞争的恐惧，他们宁可要“嫡长制”的草，也不要自由竞争的苗。如果哪位皇帝或者皇子胆敢挑战“立嫡以长”的原则，不但在当时要受到大臣们的强烈反对，死后也必将成为人们全力攻击的对象。

由于以勤俭著称的隋文帝被传统史学立为“基本正确”“主流是好的”好皇帝，所以攻击的矛头就集中对准了杨广。他们以杨广为主角，编造了一个又一个匪夷所思的故事，以证明杨坚选择杨广是多么错误。

出现在《隋书·炀帝纪》中杨广所做的第一件事，就是在平陈战争胜利后进入陈宫，寻找陈叔宝那个著名的宠妃张丽华。据说相见之后，杨广色心大动，“欲纳为妃”。幸亏老臣高颎杀掉张丽华，才避免了这个“狐狸精”祸乱大隋。

编造这个故事的动机，当然是为了证明杨广本性好色，然而这个说法根本禁不住推敲。传统史家也承认，杨广是一个善于蛰伏、处心积虑的人，平陈战争对他来讲是树立自己形象千载难逢的机会，他必然会注意自己的一举一动。张丽华并非一般的女人，这个妓女出身的女人在那时以淫荡、邪恶、奸诈为全国所知，并被认为是陈朝灭亡的罪魁祸首之一，她的结局是战争胜利后举国关注的一个焦点。在这种背景下，即使二十岁的杨广有性错位（在史书中并没有见到其他例证），喜欢一个其子已经十五岁（张丽华所生的被立为太子的陈深时年十五）的半老徐娘，也不至于做出如此骇人听闻的事来——那岂不是自绝政治生命？

与《隋书》记载不同，同样于唐初修订的《陈书》和《南史》，都明确记载杀张丽华的命令发布自杨广而不是高颎。《陈书》记载：“晋王广命斩贵妃，榜于青溪中桥。”而《南史》则说：“晋王广命斩之于青溪。”

虽然取代杨勇在理论上几乎是不可能的，杨广却一直有一种直觉：自己会成为大隋朝新的主角。

理由只有一个：从小到大，他一直是那么幸运。只要有百分之一的机会，他就会做出百分之百的努力，天赋的聪明让他很清楚怎样能达到目的，那就是像一只老狼一样蛰伏，然后在恰当的时候迅猛出击。他对自己的毅力、耐心和敏捷有信心，就像对长兄杨勇的愚蠢有信心一样。

作为具有鲜卑血统的杨氏家族的长子，“普六茹 · 睍地伐”（杨勇的鲜卑名字）最鲜明地继承了胡人的天性。史称这个比杨广大两岁的王子“性宽厚”，才智尚可，品质不恶，然而却毫无政治敏感和政治才华。他“率意任情，无矫饰之行”，父亲崇尚节俭，他却大手大脚，不惜代价四处淘弄国内最好的猎鹰、宝石和马鞍；父母都是极重门第之人，母亲独孤氏尤其对“生活作风问题”看得很重，他却正眼也不看父母为他娶的正妻，跑出去和那个妖媚的工匠之女云氏野合生子；父亲敏感多疑，他却公然和社会上的豪侠流氓来往，甚至允许他们身带刀剑出入宫廷……（《隋书 · 炀帝纪》）每当听到太子的什么“丑闻”，杨坚都会下意识地想起远在江都的次子：太子如果能赶上老二一半，他也就放心了。

平心而论，除了这些不谨之处，杨勇并无什么显著的过失。然而从这些小过，可以看出此人心智粗疏，以至于他找卜者算父亲死日的事都能传到文帝耳中。如果登基，此人也必是昏庸之主。

杨广早就知道，杨勇很难把这个太子做得一帆风顺。储君这一职位，其实乃天下至难居之地。在太子达到可以接班的年龄之后，皇帝的长寿就是对太子利益的损害，储权与皇权的矛盾不可避免地在皇帝和太子之间形成一种微妙的心理影响，这就是古往今来接班人没几个有好下场的原因。杨广深知这种心理影响对父亲的作用，这头老狮子是在一系列的阴谋中登上皇位的，他不但具有普通人所不具有的铁腕、果断，更具有寻常政治人物所没有的对阴谋的敏感，“猜忌苛察，乃至子弟，皆如仇敌”（《资治通鉴》卷一百八十）。在这样的人面前当太子，没有特殊的天分一定会翻船。

果然，在太子二十岁左右时，发生了这样一件意味深长的事。

那一年冬至，大臣照例要给皇帝行礼。考虑到与日渐年长的皇太子搞好关系的必要，许多大臣从皇宫出来又纷纷赶到太子东宫，于是形成了不约而同百官毕集的场面。

正在休息的杨坚突然听到东宫隐隐传来朝乐之声，不禁十分奇怪，立刻命人去问是怎么回事。

太监回报：太子见百官毕集，就令左右盛张乐舞，接受朝贺。

本来喜气洋洋的杨坚立刻面如冰霜：这是礼法所不允许的。他那颗对权力异常敏感的心立刻紧缩起来，脑海里马上浮现出一系列不祥的词语："勾结""攀附""政变""逼宫"。他知道，即使太子没有不臣之心，然而难保没有小人，如同当初劝他夺北周帝位一样觊觎皇帝的宝座。

史书说，由此之后，皇帝对太子"恩宠渐衰"，对太子的不满屡屡现于辞色。皇帝召集身边的重臣，与他们探讨更换太子的可能性。虽然这一想法被大臣们劝阻，但皇帝的内心已经被帝国高层悉知。（《隋书·列传第十》）

消息很快传到晋王府，杨广知道在这种形势下他要做的是什么，一个是一如既往地用出色的表现来做老大的反衬；另一个是看准时机，对杨勇这块摇摇欲坠的石头轻轻加上一把力。

这两方面他都做得很成功。在统一江南之后，杨广就任江南总管。他以极大的热情投入工作中，整整十年间没有好好休息过。他的统治手腕也非常高明。他放弃了歧视南人的高压统治，从尊重南方文化、尊重和延揽南方精英人物入手，稳定江南人心。在他不遗余力地"广搜英异"之下，南朝几乎所有知名人物都成了晋王府的常客。他主动学习南方方言，尽力资助文化事业，很快赢得了江南上层的人心。在他治理的十年中间，占帝国半壁江山的南方经济迅速复苏，社会安定，百姓安居，一次叛乱也没有发生。南方士人这样称赞他："允文允武，多才多艺。戎衣

而笼关塞，朝服而扫江湖……继稷下之绝轨，弘泗上之沦风。”（《隋书·炀帝纪》）

晋王的个人生活也十分检饬，他的节俭在诸王之间是出了名的。人们来到晋王府，见不到古物珍玩，见不到鲜姬美妾，上上下下衣服都很朴素。因为无暇留心丝竹，王府里的乐器都蒙了一层厚厚的灰尘。

史书所载，皇上及皇后每次派遣太监宫女到杨广府中办事，无论地位高低，杨广必与萧妃在门口迎接，为设美馔，申以厚礼，所以这些婢仆无不称其仁孝（《资治通鉴》卷一百七十九）。这种连今天每个科级小官僚都精通的政治技巧，杨广夫妇当然会滴水不漏。他虽然远在江南，却借不多的进京机会，用人际能力和金钱在朝臣中构筑了牢固而秘密的人际关系网。通过这个网络，他在南方所受到的称颂声传达到杨坚耳朵里时被放大了数倍。在帝国政治高层，越来越多的人开始认为，像杨广这样条件出色的皇子历史上少见。如果是这个皇子接杨坚的班，大隋天下会更有保障。

在南方不断传来对杨广的赞颂之声的同时，杨坚与杨勇的父子关系却形成了恶性循环。因为感觉到自己的失宠，杨勇情急之下错招频出，他不断派人去打探父亲的消息，窥测父亲的行止，然而由于行事不谨，探子居然被隋文帝抓住。文帝气愤地说：“朕在仁寿宫居住，与东宫相隔甚远，然而我身边发生纤介小事，东宫必知，疾于驿马，我怪之甚久，今天才知道是怎么回事！”由于提防太子篡位，皇帝增加了数倍警卫，晚上睡觉怕不安全，居然从后殿移到了前殿（《隋书 · 列传第十》）。事情发展到这个程度，许多大臣都预感到，杨勇确实没有什么希望了。

得知这个消息，杨广知道自己的机会来了。

他找了个借口进京面圣，和母亲独孤氏进行了一次密谈。在密谈中，他说，长兄杨勇不知何故，近来频频挑他的错，甚至屡次扬言要除掉他。前一段，晋王府潜进一个刺客，刚刚跳入王府就被抓住了，虽然百般拷打也不吐口，但他猜测可能是太子派来的。

杨广知道自己的这番话会起什么作用。独孤后当晚就把杨广的话告诉了杨坚，并且指出，杨勇与云氏野合所生的孩子很有可能不是杨家的骨血，如果杨勇继了位，杨家的基业最后就要传给这个不明不白的孩子……（《隋书 · 列传第十》）

杨坚是中国历史上少有的怕老婆的皇帝，皇后的枕头风对帝国政治来讲，常常是一场台风。在野史传说中，还有另一个广为流传的故事。它被创作出来，主要是为了表现杨广的心机有多深，同时又冷漠无情。

《资治通鉴》记载，在被立为太子之后的第三年，皇后独孤氏驾崩。太子杨广在皇帝及宫人面前悲痛欲绝，好像活不下去的样子，背地里却饮食言笑如常。每天他表面上只吃素米，实际上却偷偷命人取鲜肉肥鱼放在竹筒中，以蜡封口，裹在衣服里送进来。

确实，为了皇位，杨广是老谋深算的。一定程度的“矫饰”，是政治家必备的素质之一，然而，“母死不悲”的传闻无论如何都不合常理。从现存资料及传世诗文看，杨广是一个非常重感情的人，他在文字中表现出的对朋友对亲人的缱绻深情相当动人。更何况，他又是独孤后最喜欢的孩子，母子感情非常融洽，从未有失和的记载。杨广被立为太子，独孤后的枕头风起的作用是相当关键的。杨坚晚年，猜忌心日益朝变态的方向发展，在如履薄冰的太子位上，母后是比父皇还要坚固的保护伞。以人子常理推之，杨广此时不可能不哀痛于心，从小锦衣玉食的他，何至于在此时突然馋起大鱼大肉来?

其实，查遍《隋书》《北史》及《陈书》等正史史料，均未见此记载，以严谨著称的《资治通鉴》的这一记载竟然采自野史小说。正统史家对杨广不遗余力地丑化，到了不惜牺牲自己著作学术水平的程度。

开皇二十年（600年）十月初九，大隋长乐宫文华殿里，群臣毕集，气氛严肃。皇帝杨坚面色沉郁地端坐在龙椅上，左首跪着长子杨勇，右首跪着次子杨广，他们身后是黑压压的大臣的头。杨坚沉默良久，说了声：“宣！”于是，站在他身边的内史侍郎薛道衡高声朗读起手中的诏书：自古太子，常有怙恶不悛的不才之人，皇帝往往不忍心罢免，以至于宗社倾亡，苍生涂地。由此看，天下安危，系于储位之贤否，大业传事，岂不重哉！皇太子勇，品性庸暗，仁孝无闻，亲近小人，任用奸邪，所做的错事，难以具述。百姓者，天下之百姓也。我虽然爱自己的孩子，也不敢以一己之爱伤害天下百姓的福祉，听任勇将来变乱天下。勇着即废为庶人，以次子广继之！（《隋书·列传第十》）

群臣个个把头匍匐得很低，他们知道，废掉培养了二十多年的太子，皇帝的心中一定不能平静。不过，在内心深处，多数的大臣认为这一天对大隋王朝来说也许不是灾难性的日子，而是一个幸运的时刻。

头低得最深的是新太子杨广。虽然对自己的幸运一直有信心，但他在江南的十年间心里一直是忐忑的，毕竟，挑战嫡长制原则是中国政治传统中最大不韪的事。不管他将来统治能否成功，他们父子都会因在无“大过”的情况下“易储”和“夺嫡”而受到历史永远的指责。父亲不到万不得已不会走这步棋。事实上，有一段时间里，特别是在杨勇为杨坚生了一个健康的长孙之后，杨广几乎放弃了竞争储位的希望，他已经开始安排自己的后路，一度做好了以一个恭顺亲王了此一生的打算。

像其他几次奇妙的体验一样，这个特殊的时刻，他心里再一次充满了对命运的感激，这次非同寻常的心想事成，再次让他感觉到自己与上天的神秘联系。在向父亲谢恩叩头时，他其实也是在向上天行此大礼。虽然已经做了足够的心理准备，杨广还是没有想到自己会如此激动。

然而，内心的激荡从来没有出现在他的脸上，人们看到杨广成为太子后，变得比以前更加谦恭、和气了。新太子与前太子在东宫中的所作所为，形成鲜明的对比。

进入东宫前，博览经史的杨广已经总结出做太子的秘诀：储权是世界上最不稳定的权力，一个明智的太子，应当主动把自己当成老皇帝意志的囚徒。他不应该沾染任何可能危及皇权的事，不结交外臣，不干预国政，没有任何引人注目令人窃窃私语的举动。只有极度的小心、恭谨、谦退，乃至一定程度的违心、作伪、装聋作哑作为储权与皇权间的润滑，才能使冲突不至于伤害到自己。

在册立太子的大典上，为表示自己的节俭和谦退，他请求免穿与皇帝礼服相近的太子礼服，并且请求以后东宫的官员对太子不自称臣。杨坚欣然接受。

成为储君之后，他闲居东宫，以读书、写诗、礼佛为务，处处事事看父皇脸色行事，不越藩篱一步。原来那个热心政事、精力充沛、一天也不闲着的江南总管，如今突然变成了闲云野鹤，优哉游哉。他本是非常虔诚的佛教徒，对佛理佛法深有研究，此时既有闲暇无处打发，干脆静下心来编撰了二十卷《法华玄宗》。那个因到晚年变得更加多疑乖戾的父皇正忙着大开杀戒，屠杀、废黜、关押了一大批不放心的权臣，其中甚至还有四子蜀王杨秀，却从来没有把怀疑的目光投到这个息心佛域、参玄悟道的太子身上。

古往今来的太子，没有几个能比杨广做得还成功。从懂事起，他就习惯了紧张的满负荷的生活节奏，东宫岁月表面上看起来悠然自得，实际上这种生活对他来讲是最大的折磨。在写给最好的朋友、正在北部边疆备战的将军史祥的一封信里，他不经意间流露了自己的一丝落寞：

近者陪随銮驾……备位少阳，战战兢兢，如临冰谷……监国多暇，养疾闲宫，厌北阁之端居，罢南皮之驰射……亲朋远矣，琴书寂然，想望吾贤，疹如疾首。（《隋书·列传第二十八》）

不过，他只是把这丝寂寞寄托在文字中，在老皇帝面前，他的表情从来都是安详凝重的。杨广深知，他所有的任务只有一个，就是等待。

像以往一样，对杨广关爱有加的命运并没有让他等太长时间。

在杨广成为太子后的第三年，大隋仁寿四年（604年）六月，一个隐秘的消息溜出仁寿宫那厚厚的宫门，迅速在隋帝国蔓延：六十四岁的当今皇帝杨坚病了。

皇帝的病情属国家最高机密。当这个机密成为普通百姓悄悄谈论的话题时，每个人都知道这意味着什么。

迹象越来越明显。七月初七，老皇帝的病已经被证明不治，他召百官入宫“诀别”，与百官“握手歔欷”。

《隋书·何稠传》记载文帝临终前的细节说，文帝把杨广叫到床前，用手摩挲着杨广的脖子嘱咐说："何稠用心，我付以后事，动静当共平章。"

这个细节流露出这对天家父子少见的天伦之情。

杨坚得病、病重直到死亡的过程，史书都有明确记载。从这些史料看，老皇帝的死是从容、安详的。一直到死，杨坚都确信他的帝国所托付的人。

然而，为证明杨广继位的非法，后世的编史者却把整个杨广前半生传奇的高潮定位于"篡位"。据说在杨坚病重的时候，这个野兽终于撕开画皮，露出了狰狞的面目。他迫不及待地几乎就在父亲身边强奸了父亲的妃子，也就是自己的后母，然后又挥刀杀死了父亲，关押了自己的弟弟，宣布自己继位，由此完满完成了"谋兄""淫母""弑父""幽弟"这一系列经典罪恶。

这实在匪夷所思。在那几天里，杨广当然是全帝国心情最紧张、最复杂的人，不管内心是否如野史小说中所说盼着老皇帝早一天咽气，至少在皇帝诀别了百僚、全帝国都知道皇帝熬不了几天的时候，他没有任何必要像传说中那样提前谋杀父亲。

他的全部身心都必须调动起来，力求完美地扮演孝子的角色，尽可能多地待在老皇帝身边，亲自端水尝药，衣不解带。另外，需要他做的事还有很多。他要代理老皇帝处理积累起来的日常政务；他要筹备、计划、拍板老皇帝的医疗以至规模巨大、头绪纷繁的国葬事宜；同时，更重要的，他还要掂量、分析、琢磨各派大臣的内部争斗情况及心理，特别是掌握各地武力的调配情况，以防止国家大丧之际出现任何变乱。据内线报，他最小的弟弟已经连日招兵买马，准备动手。一个人的精力无论如何是应付不了这么多事情的，连日睡眠不足，面容迅速消瘦，两眼布满血丝，说话偶尔前言不搭后语都应该是正常情况。

在这个时候，杨广怎么会打起父亲宠妃的主意以致闹出强奸案来？

香风密密、帷幕重重的后宫，是民间历史爱好者的笔触掀开时间之帘后最热衷探究的地方。这些离奇的情节，主要是由野史作家贡献的。在《大业记略》中，记载了这样一段绘声绘色的传奇故事。

高祖在仁寿宫，病重，杨广侍疾。高祖晚年最喜欢的美人，唯陈、蔡二人而已。杨广乃召蔡美人于别室，美人既还，面部有伤而头发凌乱，高祖问之，蔡曰："皇太子为非礼。"高祖大怒，咬指出血，召柳述、元严等，要换杨勇当太子。杨广于是命杨素、张衡进毒药。杨广选了三十个健壮的太监穿上女人的衣服，衣服下面藏着刀枪，立于宫内道路边，不许寻常人入内。杨素等既入，而高祖暴崩。

另一种野史《通历》中记载得更为离奇，说杨广试图强奸文帝宠妃就发生在杨坚与百官举行诀别仪式的重大时刻。隋文帝死亡的情形更为具体详细：张衡进入殿内，拉住皇帝，不知怎么回事，只见血溅屏风，老皇帝惨叫之声达于户外，崩。

这些野史，把那个善于蛰伏、长于自制、强毅隐忍、雄图大志的杨广描写成急吼吼的多年没有亲近过女人的色情狂，于众大臣聚集、举国聚焦的焦点之地，权力授受的关键之时，演出这极可能毁自己二十年积累的夺嫡成果于一旦的愚蠢下流故事。杨广愚蠢，能有此乎？也许正因为考虑到这一点，所以虽然这是丑化杨广的最好武器，正史也不敢直接使用。就连用力搜集炀帝反面材料以为批判的唐太宗君臣，也没有一人指控杨广弑父。试想，如果真有此说，则李唐起兵之时，何不以为宣传材料？

关于杨广的故事就是如此漏洞百出，存在太多逻辑上的硬伤。然而，这样一个明显不合常理的传说，却被人们津津乐道了千余年。不得不说，杨广是古往今来被历史学家侮辱和损害的人中最严重的一个。

然而，“谋兄”“淫母”“弑父”“幽弟”不过是罗织的开始，在以后，还有更大的罪名等着他。

新皇帝的欲望

相对于曲折惊险、色彩丰富的前半生传奇，杨广后半生的故事则显得平铺直叙、色彩单调。这个原本被描述成狼一样坚强狡诈的人，登上皇位后立刻变得猪一样昏聩糊涂。在位十四年，他所做最主要的事就是在深宫中变着花样不停地宣淫。除此之外的事也无一不离奇荒唐：仅仅为一次旅游，他动用数百万人修建了大运河；因为算命人的一句话，他就抛弃了长安，跑到洛阳另建新都；为满足毫无必要的虚荣心，他举全国之力三次打高丽……总而言之，他用尽一切办法毁灭帝国，并终于成功地把自己送上了断头台。

与后世读者想象的不同，老皇帝死去前后，整个大隋王朝的空气中充斥的不仅仅是紧张，还有几分兴奋，或者说得更明确点，是期待。人们期望着这个三十六岁、才名广播的新皇帝把初兴的大隋帝国带向更大的繁荣。新皇帝即位不久后做的两个小小决定，使他们更加坚信有理由这样期待。

即位不足四个月，从洛阳传来消息，杨广平陈时带回的俘虏陈叔宝去世。虽然是一介俘虏，然而毕竟做过皇帝，按理应由现任皇帝确定一个谥号，以定一生功过。杨广翻遍《逸周书 · 谥法解》，反复斟酌，挑出了一个字：炀。

《谥法》云："好内远礼曰炀，去礼远众曰炀，逆天虐民曰炀。"这是所有谥法中最坏的一个字。

杨广认为，只有这个字，才能充分表达他对前手下败将的轻蔑和鄙薄，也才能提醒自己不要像这个败家子一样荒嬉无能、腐败亡国。

另一个细节是，在挑选新年号时，新皇帝圈定了古往今来年号中最大气磅礴的两个字：大业。

整个大隋天下，没有几个人了解这个“政治新鲜人”心中的梦想。

在普通人眼里，父亲杨坚的功业已经达到极盛：四海一统，天下太平，国力昌盛，开国之君似乎没有给继承人留下多少创业空间。然而心高气盛的杨广却不这样认为，在他看来，“素无学术”的父亲行政目光短浅，器局狭小，因此他的统治表面上成绩斐然，实际上存在着许多重大缺陷。

先从小节数起。父亲的第一个缺陷是过于严苛。因为过人的勤政节俭，杨坚在中国史上留下了很高的声望，然而，仁寿年间的大隋臣民感觉到更多的却是老皇帝晚年变本加厉的猜忌多疑。也许是因为老年的人格改变，越到暮年，杨坚越担心大隋天下的安全。为震慑天下之人，他用刑越来越残酷。一开始是“盗边粮者，一升以上皆死，家口没官”，后来甚至发展到“盗一钱以上皆弃市”的程度（《隋书·刑法志》）。百姓举手投足便有可能触犯刑法，弄得怨声载道，人心惶惶。

许多成功的儿子都是踏着父亲的尸骨建功立业的。杨广知道，刚刚登基的他，要务是争取民心，而父亲的错误正是自己的机会。

一上台，杨广就下令重修《大隋律》，文帝晚年制定的酷刑全部取消。用酷刑来维持统治秩序的做法，在杨广看来太小儿科了。他称圣人之治应该“推心待物”，所以“每从宽政”，新的《大隋律》是中国历史上最为宽大的法律之一。历代王朝均规定，犯谋反等大罪，父子兄弟均斩，家口没官为奴，杨广认为这条法律太不人道，他说：“罪不及嗣，既弘于孝之道，恩由义断，以劝事君之节。”新的《大隋律》断然取消了连坐之罪，开创了一个独一无二的先河：废除了对谋反大罪的连坐（《隋书·刑法志》）。这是中国法制史走出的极为重要的一步，可惜这一步到唐代又退了回去。

相对严酷，杨广更反感的是父亲的吝啬。隋文帝是中国历史上最善于搜刮的皇帝，他一再巧立名目，提高税赋，压得老百姓喘不过气来，甚至饥荒时也舍不得打开仓库救济百姓。杨广认为，这实在不是人君应有的气度。即位之后，他就大赦天下，普免天下全年租税。在位十四年间，他多次宽免百姓租税，一再降低税赋。

隋文帝“素无学术”，对文化十分轻视，晚年甚至认为学校没有什么用处，各地学校均予废除。杨广即位不久便恢复了被隋文帝所废除的各级学校，并且发布诏书，宣布帝国的文化方针是“尊师重道”，“讲信修睦，敦奖名教”。（《隋书·炀帝纪》）

杨广初政的这些举措，轻而易举地赢得了天下百姓和读书人的拥护，也迅速在大臣中间建立了威信。看来，当初文帝选这个“天下称贤”的王子为储，是何等明智啊！新皇帝仁慈、慷慨、文雅的形象，随着这些政策传遍帝国，颂扬新皇帝仁德圣功的奏折一再呈进到杨广面前。

对于大臣呈上来的充满谀词媚语的奏章，杨广只是淡淡地扫一扫：这么几下简单的初级政治招式，就值得称颂为什么“圣王之治”“尧舜之业”吗？真是燕雀焉知鸿鹄之志哉！

古往今来还没有比杨广更自负的皇帝。《隋书》载，皇帝自负其才学，每每傲视天下之士，曾对侍臣说：“天下人说我当皇帝纯粹是因为血统吗？其实假设令我与士大夫们考试选拔，当为天子的也是我。”

东宫三年，杨广等得太苦了。三年的时间，每一天都是对他这个不同寻常的生命的巨大浪费。而对他生命的浪费，就是对大隋臣民利益无可弥补的损失。

整个大隋天下，没有几个人了解这个年轻皇帝心中瑰丽奇谲的梦想。

在杨广看来，父亲的最大政治漏洞就是没有完成帝国精神上的真正统一。从表面上看，大隋天下四海安宁，人民乐业。其实，帝国的统一像一张纸一样一捅就破。东宫三年，不，早在坐镇江南的十年里，他已经无数次地对帝国政治进行了全盘推演。刚一登上皇位，新皇帝酝酿已久的政治构想就井喷式地变成令人目不暇接的一道道诏令，随着驿马的奔驰，以六百里加急的速度传遍辽阔的国土：

仁寿四年（604年）十一月初四，即位仅仅三个月，杨广下令征发数十万民工，在洛阳以北挖掘一道长逾千里的长堑，用于预防突厥骑兵南下，以拱卫规划中的新都。十七天后，即十一月二十一，他又发布诏书，公布营建东都的计划，命令大臣们勘测土地，调集物资，开始筹备。第二年三月十七，兴建命令正式下达，数百万民工被征调到洛阳，隋帝国开国以来最大的工地一夜间出现在洛河边上。这道震动全国的命令刚刚下达四天之后，开凿大运河的命令也正式发布，百余万民工从家乡出发，奔赴通济渠。又过九天，新的命令传来，六名大臣被派往江南，建造万艘巨船，以备五个月之后的南巡之用……（《隋书·炀帝纪》）

政治机器运转的节奏一下子加快起来，整个帝国都明显感觉到新皇帝的亢奋。帝国政治旋律从文帝晚年的阴郁缓慢，一变而为高亢急切。

一道道诏令叫大臣们措手不及，轻闲惯了的他们从未遇到过这么多任务劈头盖脸砸下来的情况。谁都没有想到，那个“深沉严重”、以谨慎著称的晋王，宝座还没有坐暖就抛出这么多巨大的规划。每一项规划都代价巨大，事关全局。

杨广却一点也不认为自己过于急躁。事实上，他心中的设想才不过公布了十分之一。不论多么幸运，一个人待在皇位上的时间毕竟是有限的，而他心中规划的政治任务，也许要一个普通帝王三辈子才能完成。在杨广看来，自隋朝向上溯源，历史上出现的伟大皇帝只有三位：秦始皇、汉武帝，加上稍逊色些的光武帝。如今，他杨广“以天下承平日久，士马全盛，慨然慕秦皇、汉武之事”，“天才”加上难得的历史机遇，使自己完全有可能“奄吞周汉”，建立一个“兼三才而建极，一六合而为家”的王朝，实现“日月所照，风雨所沾，孰非我臣”的政治理想，在历史上写下自己伟大的名字，成为“子孙万代莫能窥”的千古一帝。为在有生之年完成这一理想，他必须只争朝夕。

应该说，大隋臣民遇到了自己这样的皇帝，是他们的幸运，但庸众短时间内理解不了自己的政治蓝图，这也在意料之中。对他们进行一些详细的解释是必要的，他多次召集大臣召开御前会议，滔滔不绝地解释自己的政治构想。他说，从表面上看，父亲治下的大隋天下四海安宁，其实帝国的统一并不牢固，隋朝开国到现在已经发生了四次重大的叛乱，多数发生在新统一地区。这标志着南方与北方在精神上还没有真正统一，帝国各部并没有真正融合。

他提醒大家，历史是有惯性的，从平定江南到现在，大隋王朝的统一仅仅十二年。此前是从汉末开始的近四百年的分裂时期，在这四百年间，由于中央权力的削弱，地方贵族势力获得极大发展，形成了中国历史上独一无二的门阀士族政治。几个世家大族联合起来，就可以更换皇帝，他们一旦失和，又必然烽火连天。分裂的势力如同一辆高速行驶的火车，经隋文帝的初次刹车，虽然势头大大减缓，但势能还十分巨大。到隋初，贵族势力仍时时威胁着皇权，他们没有一天不伺察统治漏洞，有太多的人还在做着划地自治、黄袍加身的梦。

他指着壁上悬挂的隋王朝地图说，在这种形势下，长安这颗钉子已经挑不起新帝国的政治平衡，因为它距江南和山东过远。刚刚发生的杨谅叛乱就证明了这一点。听说杨广登基，这个一直也渴望皇位的弟弟立刻举起叛旗。叛乱发生在山东一带，由于长安“关河悬远”，等消息传到首都，兵乱已经发生了近一个月，给山东地区造成巨大的破坏。迁都到处于南北接合点上的洛阳，可以一举调整帝国的政治重心，极大地加强帝国对南方和山东潜在反叛势力的控制，大幅提升隋帝国的国家安全系数。

而开大运河的功用比迁都将更加长远。虽然已经统一，南北方之间却如同刚刚手术联结在一起的器官，不断发生排异反应。近四百年的分离使得南方和北方形成了明显的差别，南方经济富足，北方却土地贫瘠。南人认为北人都是杂种，粗鄙无文；北人则视南人为被征服者，胆小懦弱。两地相视，几如异族。没有多少人认为大隋的统一会持续多长时间，习惯了战乱与纷争的臣民，下意识里还在准备应付下一场背叛、政变或者改朝换代。

杨广用手指在地图上从南到北画了一下：要使帝国的

统一从形式升华为精神，就需要一个贯通南北的大动脉，不但可以促进南北的物质交流，更可以促成南北的文化融合。只有这样，整个民族才能神通气爽，血脉贯通。

而建设一条贯通南北的大运河，就是最好的渠道。

杨广说，伟大的时代需要伟大的创意。迁都与开河，必将把父皇留下的基业提升一个层次，把隋帝国的万世之业置于更开阔、深厚、坚固的地基之上，后世万代都将记住他们这一代人的功绩。

史称杨广“发言降诏，辞义可观”（《隋书·炀帝纪》），玉树临风的年轻皇帝站在玉阶之上，举止潇洒，口齿伶俐，顾盼自雄。口才和雄辩征服了群臣，大臣们也不能不承认这确实是高瞻远瞩的产物，对这个年轻人开阔的政治眼光、不凡的政治想象力和巨大的政治魄力刮目相看。

一场轰轰烈烈的举国建设运动在隋帝国开展起来，整个帝国都被皇帝炽热的雄心灼烤着，灼烤得有一点疼痛。大臣们感觉跟不上杨广的工作节奏，所有工作人员都不得不跟随皇帝夜以继日地加班加点。皇帝每天不断询问工程进展情况，亲自查看图纸、督促进度。

国内诸项大工程的前期工作安排得差不多了以后，杨广又开始了马不停蹄的巡视。他最瞧不起的就是那些淹留深宫的缺乏男人气的君主。他曾把南朝灭亡的原因归结为“江东诸帝多傅脂粉，坐深宫，不与百姓相见”（《资治通鉴》卷一百八十一）。他先是举行了规模巨大的南下江都活动，一方面为大运河一期工程剪彩，另一方面也是为视察他离开四年后南方的发展情况。从南方回来，他又率领五十万大军出塞，巡行北方草原，意在陈兵耀武，以坚突厥内附之心。从那之后的十四年，这个精力充沛的男人待在宫中的时间只有四年，其余大部分花在巡游路上。他远赴涿郡（今北京），亲自考察进军高丽的路线。他出巡青海，了解吐谷浑王国的情况……即使在巡游路上，也没有一天停止处理政务，这个精力充沛的皇帝在长时间登高涉远之后，每天还要看奏折到深夜（袁刚《隋炀帝传》）。

巡游期间，他还不断关注工程进展情况，发布一个接一个重大的命令，推行一项又一项重要的改革。事实上，他应该登上中国皇帝勤政排行榜而不是“好色排行榜”。他实在是没有多少时间用来与更多女人周旋。自十四岁与江南大族之女萧氏结婚，直到去世，他始终与元配如胶似漆，情投意合，这在历代帝王中并不多见。

如果以不带任何偏见的眼光来看隋炀帝这两项政治构思，我们不能不承认这确实是雄才大略的构想。然而，在古代史家眼里，这些举动正是他的罪恶纪念碑。

修建东都的理由，在他的诏书中说得已经很充分了。这篇全文载于《隋书》的诏书论证充分，言辞得体，十分明确地从地理、经济角度说明了迁都的必要性。可是千余年来，这篇诏书都被视而不见，隋炀帝的高瞻远瞩被后世史家解读为神志昏乱。比如《资治通鉴》即采用野史的说法，认为隋炀帝修建东都是因为听信了一个术士的一句胡言乱语——

隋炀帝刚刚即位，术士章仇太翼对他说：陛下是木命，居住在西方不祥。谶语有云：“修治洛阳还晋家”，所以陛下应该修建洛阳为首都。隋炀帝深以为然……下诏于伊洛建东京。

而修建大运河的理由，被曲解得更为可笑。《开河记》称，由于“睢阳有王气”，隋炀帝为防止此地造反，凿穿“王气”，遂兴此大工程；另一种更为流行的说法是，杨广此举，仅仅是为了方便到南方游玩。

杨广若地下有知，一定会不解这些历史学家为何不放过任何一个诬蔑他的机会。

其实，历史学家与隋炀帝没有私仇，他们有的是公愤。因为在他们看来，继“不守名分”之后，杨广又犯了第二个大错：多欲好动。

“欲”在中国人眼里，是一个充满邪恶气息的危险词语，在其充满渴望和张力的外表背后，潜伏着不可预知的惩罚和灾难。中国文化中，时刻标示着对“欲”的警告：

酒是穿肠毒药，色是刮骨钢刀，气是下山猛虎，钱是惹祸根苗。

五色令人目盲，五音令人耳聋，五味令人口爽，驰骋畋猎，令人心发狂，难得之货，令人行妨……

二八佳人体似酥，腰间悬剑斩愚夫。虽然不见人头落，暗里教君骨髓枯……

中国文化与西方文化的分歧，从某个角度来说就是贫穷文化与富足文化的区别。希腊-罗马文明产生的背景是富足而不是贫穷。贸易船队源源不断地从海外给希腊带来巨额金币，而罗马帝国则靠对外扩张来攫取惊人财富，富足的经济背景使他们对生活的看法与当时的中国人截然不同。西方文化肯定欲望，希腊人主张人在有限的年华里应该大胆地追求享乐。他们不吝于建筑豪华的浴室，聘请最好的厨师，购买许多奴隶来服侍自己。他们花巨资建起容几万人的剧场，为市民发放看戏津贴。罗马人则有比希腊人更大的竞技场、斗兽场、公共浴室与神庙，这些建筑大多以大理石建成。罗马人似乎生来就为了享受，他们每年的节日加起来长达三个月。106年，图拉真在罗马城庆祝达西亚战役胜利，庆祝活动居然长达一百二十三天。在西方文化中，欲望是快乐的源泉，是人生的动力，是丰富这个世界的画笔。

而中国文化是世界上最恐惧欲望和敌视欲望的文化之一。这种文化的底色是贫困，数千年来一直在贫困和人口压力中挣扎的这片土地，确实承载不起太多的欲望。荀子说：“欲而不得，则不能无求；求而无度量分界，则不能无争。争则乱，乱则穷。”和罗马人提倡消费主义相反，为了“牢笼天下、防止竞争、预防混乱”，也为了让更多的人能够维持最基本的生存需要，这片土地产生的圣人只能提倡一种节欲的人生观。朱熹断然道：“饮食者，天理也；要求美味，人欲也。”也就是说，满足自己的温饱是一个人的权利，不过在达到温饱之后还奢求美味，那就属于罪恶了。

确实，在物资供应持续匮乏的情况下，最高统治者的政治举动经常会给天下苍生带来巨大的痛苦。帝王们营建宫室、四处巡游、奢侈浪费，背后的代价常常是民不聊生，转死沟壑。中国历史学家据此认为，一切与皇帝的“欲”和“动”相关的事情，都是巨大的危险。“游观”，“田猎”，这些离开皇宫的事情，都是皇帝的大忌。从春秋战国时候起，我们就不断地读到劝谏君主远离游猎、停止兴作的著名文章，比如《子虚》《上林》之赋，以及魏徵的《十思疏》。“改革”“兴作”，在中国文化中，都是极其危险的词语。贫困文化是一种没有进取心的文化。对大部分中国人来说，政治的精髓是保持稳定，稳定高于一切，省事优于一切，“清静无为”是最高的政治追求。如果能把社会束缚在固定的轨道上，使天下世世代代一成不变地按照圣人规定的礼法原则运转，那将是一个王朝最理想的政治状态。现实即使千疮百孔，多一事也永远不如少一事，拖延和不作为是保证危机不爆发的最好办法。不兴革，忌扰民，是传统政治的一个重要原则。

在这种文化背景下，做皇帝的一个主要任务，就是熄灭自己体内的欲望，抑制住四肢好动的冲动，“端居垂拱，面南而治”。孔子说：“无为而治者，其舜也与？夫何为哉？恭己正南面而已矣。”

然而，杨广却不这样认为。在他看来，父亲最大的功绩是给自己留下了一个异常富裕的统治基础。在父亲的辛勤聚敛下，在他登基之际，大隋王朝的财政实力居历代之冠。苏轼称：“汉以来丁口之蕃息与仓廪府库之盛，莫如隋。”《通典》记载文帝时天下富足情况时说：“隋氏西京太仓，东京含嘉仓、洛口仓，华州永丰仓，陕州太原仓，储米粟多者千万石，少者不减数百万石。天下义仓，又皆充满。京都及并州库布帛各数千万。而赐赉勋庸，并出丰富，亦魏、晋以降之未有。”到隋文帝末年时，“计天下储积，得供五六十年”。

从锦衣玉食中成长起来的杨广对财富的看法与父亲不同。在父亲看来，最重要的是如何把财富聚敛起来，对杨广而言，更重要的是如何把这些钱花出去，并且花得漂亮，花得值得。

做皇帝的感觉真是太嗨了，藩王虽然也权力巨大，却根本不能与皇帝相比。皇帝是天下万物的主人，是人间的上帝。坐在龙椅上，一个人几乎可以实现身体内所有的欲望，不管这个欲望多么富于挑战。在即位的前几年，杨广每一天都是在兴奋中度过的。虽然他以前也以精力充沛著称，然而权力这剂兴奋剂让他的精力又提高了一倍，夜以继日地工作丝毫不使他感觉疲倦。虽然每天睡得很少，第二天醒来后他仍然精神抖擞。他感觉自己思路异常清楚，反应异常迅捷，想象力、创造力异常出色，一个又一个想法争先恐后地跳进大脑，千万条思绪如同飘云般迅速掠过。

几十年的隐忍过去了，他现在要的是尽情享受。权力对他来讲就是最大的享受。用自己的意志来任意改造河山，在他来讲是一种如同艺术家在画布上淋漓泼墨般的超级享受。只有挥动巨大的权力之柄，才能带来与他的身躯相适合的运动量，所以，不管任务多么繁重，他从来不会皱眉头。除此之外，作为中国历史上兴趣最为广泛的皇帝，他绝不放过任何的新奇和美好。他拥有世界上最好的味蕾，最敏锐的耳朵，最挑剔的眼睛，最汹涌澎湃的欲望，作为上天的宠儿，他到这个世界上来的目的，就是享尽生活的瑰丽和壮阔。

他现在可以做一切自己喜欢做的事，他也几乎做了所有他想做的事：他是中国历代帝王中最热爱旅游也是唯一一个到过西部的人，率十几万大军穿越海拔近四千米的祁连山大斗拔谷，饱览了由雪山、草地、浩瀚无垠的荒漠构成的西部风光；他从小就对自动装置十分感兴趣，登基之后，令人建造了一座装有许多自动装置的图书馆，这个图书馆一共十四间，所有的房门、窗子及窗帘都安装有自动装置，当人进入时，门会自动开关，窗帘也会自动开合，他还命人制造过一个机器人，模仿一个宠臣的模样，“施机关，能起坐拜伏”；他对外部世界充满了好奇，“招募行人，分使绝域”，遣使远至中亚、波斯等地，了解那里的风土人情；对南方烟波浩渺的大海他也十分神往，曾三次派人前往那时还是未知岛屿的台湾探险。（袁刚《隋炀帝传》）

他经常冒出奇思异想。听说吐谷浑的波斯马放牧在青海草原，能生龙驹，一日千里，他就入雌马两千匹于川谷以求“龙种”，后“无效而罢”。就像黄仁宇所说：“如此作为，纵是为传统作史者视为荒诞不经，今日我们却从此可以揣测他富有想象力，也愿意试验，并且能在各种琐事间表现其个人风趣。”（《赫逊河畔谈中国历史》）

然而，上述的每一件事，都令后世的史臣摇头不已。

在中国传统文化中，“好奇心”“探索欲”“创造力”“新鲜事物”等词语都不是正面的，它们与另一些可怕的词语紧密相连：“不安分”“破坏性”“颠覆”。

因为有钱而且有闲，希腊和罗马贵族才有多余的精力来发展自己多方面的兴趣，静静地坐在庄园里进行学术研究，在求“实用”之上来“求真”，从而发展起“奢侈”的西方科学和哲学。因为对财富毫不讳言的热衷，才有了西方人的扩张心态和进取精神。因为受“欲望”的蛊惑，在“省力”“好玩”的推动下，西方的科学技术才不断发展。

而在中国，作为一个皇帝，“兴趣广泛”绝对是坏事。富足文化与贫穷文化的差别之一，就是好奇心在富贵文化中有正大光明存在的权利，而贫困文化认为基本生活需要之外的东西都是无益的。在今天看来，作为少有的对技术改进与发明提供大力支持的皇帝，杨广统治期间是中国历史上为数不多的工匠与技术专家可以大展才华的黄金时期。大运河、赵州桥等著名工程即在此期间完成，而玻璃、可携带式水漏计时器等后来得以广泛应用的发明也出现于此时（刘善龄《细说隋炀帝》）。然而，在传统文化中，那些技术与发明都被认为是“奇技淫巧”。所谓“奇技淫巧”，就是超出了人们基本日常需要的精巧工艺品。就如同吃饱是天理，吃好是人欲一样，能满足实用是天理，追求省力好玩就是人欲了。在实用主义的中国人看来，这种“无用”纯属满足人们智力和好奇心需要的东西，是没有任何价值的。雍正皇帝的观点代表了大部分中国人的看法：“于器用服玩之物，争奇斗巧，必将多用工匠以为之。市肆中多一工作之人，即田亩中少一耕稼之人，此逐末之所以见轻于古人也。”（《清世宗实录》卷七五）

而杨广对外部世界的强烈兴趣则更为不祥。如同中国的地理环境一样，中国文化是一个封闭自足的体系，大至天宇，小至尘埃，一切都已经有了圣人给出的板上钉钉的解释。从根本上说，这个世界上已经没有什么“新鲜事物”。一切探险、好奇，唯一的意味就是“浪费”“不安分”“危险”，所以，中国文化提倡的是“父母在，不远游”，是“非礼勿视，非礼勿听”，是“百动不如一静”。

史学家认为，杨广的欲望是危险的火种，必将烧毁王朝的前途。

史家对杨广的非议并非全无道理。应该说，显赫的功业并不能掩盖杨广政治中的致命缺点。就像史家一再提示人们的，他身上有着太多的贵公子气息。

那个曾经刻意以俭朴示人的王子，被时间证明是历史上最讲究排场的皇帝。事实上杨广最瞧不起父亲的，就是他那守财奴般的节俭。豪奢是锦衣玉食中长大的人的天性。没有几十道山珍海味摆在面前，在杨广看来就不叫吃饭；不修建覆压数里、隔离天日的宫苑，在他简直就没法游玩；没有几十万旗帜鲜明的军人跟从，那简直就不能叫出巡。政务之余，杨广又创建了由三万六千人组成的巨大仪仗，“及辂辇车舆，皇后卤簿，百官仪服，务为华盛”（《资治通鉴》卷一百八十）。每一次出巡，他都要由这衣饰绚丽的三万六千人前呼后拥，后面还要携带十余万甲胄鲜明的庞大军队。

也许是文人气质的体现，他对形式非常迷恋。形式对他来讲，主要是能力、威严、与众不同（与众多帝王不同）的体现。在内心深处，他觉得只有这样前无古人、近乎完美的巨大、煊赫、雄壮，才配得上他这个古往今来最有才华、最富雄心、最高瞻远瞩的皇帝。端坐在形制奇特、高大华丽的辇车中，俯视道路两旁数十万官员百姓在帝王的威严前匍匐战栗，他志满意得。

毫无疑问，大业前期，他是整个大隋帝国，甚至是整个中国历史上最幸福、自我意志最舒张的人。他绝不委屈自己，绝不守陈规陋习，绝不浪费自己生命中的一分一秒。他活着，就是为了把自己的雄心最大化，把自己的快乐最大化，他是真正的“天之骄子”。然而，这位年轻皇帝很少想到，他“自我实现”“燃烧生命”，把自己变成一个“大写的人”的过程，是建立在百姓的血汗之上的。帝国的百姓越来越感到有些喘不过气来。他们不关心国家大事，不了解新的政治高层的雄心与蓝图，他们只知道换皇帝之后，劳役负担一下子加重了。

在皇帝快节奏工作的带动下，国内的几项大工程都在大干快上。周长近六十里的新都，竟然不到十个月就出现了轮廓，而大运河的一期工程通济渠用时更短，这段千余里长、四十步宽的河道，仅用了一百七十一天！（刘善龄《细说隋炀帝》）

我们完全可以想象在杨广的峻急严厉之下，大臣会采取什么样的手段来完成任务。为获得皇帝的嘉奖，营建东都工程的负责人把民工分为三班，昼夜不停。修治运河的督工更急，男人在工地上干活，女人也被征发来负责炊制伙食。

本来政府规定每人每年参加劳役最多一次，时间最长不超过一个月，然而大臣早已经开始一年两次甚至三次地征发民工。严格的工期要求，以打骂为主要手段的严厉监工，长时间、超负荷的劳动，恶劣的伙食，加上医疗、劳保设施的缺乏，导致大批民工生病甚至死亡。史书所载“僵仆而毙者十四五”（《隋书·食货志》），“死者十五六”当然是夸大其词，但相当高的死亡率是不可避免的。

在锦衣玉食中成长起来的人，观察世界的角度是有盲点的。酝酿规划时，杨广考虑了财政平衡、物资储备、技术难题，却独独没有考虑那些提供劳役的底层民众的承受能力。

从出生开始，杨广视力所及，都是奇珍异宝、雕门绣户；所交游的对象，都是王公贵族、名爵显宦；所关心的事情，都是军国大事、人事升迁，他的生活圈子从来没有踏出过贵族圈一步。仅仅是在打猎途中，他远远望见过普通民众居住的低矮草屋，却从来没有产生过进去看一看的兴趣。在众人呵护中成长起来的人，心中往往过多地装着自我，给其他人留下的位置太少。那些肮脏、“愚蠢”的底层人，在杨广眼里和他们这些贵族根本不是同一类物种，他们存在的意义仅仅是给贵族提供粮食、布帛和劳动力。他认为免除这些民工家庭的国家租税，就已经是浩荡的皇恩。面对大臣奏报上来的民工死亡率过高的奏折，杨广只是用眼角淡淡一扫，嘴角露出一丝冷笑：每一个拥有雄才大略的帝王的丰功伟绩，都是建立在平民百姓的巨大付出上，历史就是这样写成的。

幸运之神并没有被那风驰电掣般的进取速度甩下，到现在为止仍忠心耿耿地跟在他身边。自古及今，没有哪个帝王的事业进展得如他那样顺风顺水。从继位起，大隋天下连年丰收，诸项大工程进展神速，隋帝国在杨广的领导下“凯歌行进”，皇帝的废寝忘食、百官的辛勤工作与老百姓的巨大付出见到了效果。大业五年（609年），迎来了硕果累累的收获之年，年届四十的皇帝喜事连连，春风得意。

一座崭新的都城奇迹般地耸立于中原，这个新城周六十里，规划大气，气宇不凡，宫城内殿阁高耸，金碧辉煌；洛阳市里甍宇齐平，外码头上舳舻万计，整个城市榆柳交阴，通渠相注。杨广正式命其名为东京。（刘善龄《细说隋炀帝》）

大运河的巨型工程已经接近尾声。两千里的运河将黄河和长江贯通，这是有人类以来从没实现的奇迹，它必将成为全国经济价值最高的黄金水道。

朝廷设立的国家图书馆藏书达三十七万卷，创中国历代之最，杨广亲自主持编纂图书三十一部，一万七千卷。科举制正式确立，大隋文治成就显赫。

也就在这一年，隋朝大军攻灭西方强国吐谷浑，在其故地设置鄯善、且末、西海、河源四郡，正式将西域东南部地区纳入隋朝版图之内。自汉武帝以来，还没有人有过

如此辉煌的功绩，隋朝疆域扩大到极点。（袁刚《隋炀帝传》）

已经连续四年大赦天下，多次普免钱粮，可是财富仍然滚滚而来，人口不断高速增长。这一年的统计数字汇报上来，隋朝疆域共有一百九十个郡，一千二百五十五个县，朝廷控制的民户达到八百九十万户，全国统计出的人口四千六百零三万人。《资治通鉴》说："隋氏之盛，极于此矣。"

要明白这个数字意味着什么，只要与号称中国第一盛世的"贞观之治"做一下对比就可以知道：贞观时代的田地开垦量只有隋代的三分之一弱，贞观十七年（643年）的户数不到三百万，还不到大业年间的一半。

面对大臣们送上来的连篇累牍的赞美和歌颂，杨广心安理得。抚摸着自己胳膊上仍然年轻的肌肉，他感觉浑身充满了力量：秦始皇只留下了长城，他却将给后世留下功在万代、远比长城更有实用价值的大运河；汉武帝远通西域，可是却从来没能把青海变成帝国的一部分；隋帝国的人口数量，已经创了历代之冠，国家财政实力也远过秦汉……到现在为止，他已经可以算是历史上最伟大的帝王之一了。在工作之余翻阅史书时，他经常止不住地想：未来的历史学家，会用什么样华丽的辞藻来描绘自己取得的这些成绩？

骨子里的贵公子

杨广怎么知道，后世在书写他的历史时，几乎没有提及这些治绩。有的史书甚至故意把大业五年（609年）的统计数字提前到大业二年（606年），意即说明这些奇迹乃杨坚所创造，与他无关。

历代史家几乎把所有的笔墨都用来描写他在位期间的一些“花边新闻”：

他们说，皇帝喜欢排场，爱好新奇，他命令用羽毛给自己三万六千人的仪仗队装饰帽子。为满足皇帝的要求，人们拔光了全国几乎所有鸟类的羽毛。乌程县有一棵巨树，高达百尺，顶有鹤巢。人们为取老鹤的羽毛，要伐倒这棵巨树。老鹤恐怕树倒子死，乃自拔羽毛投于地。

他们热衷于渲染杨广举行的游乐活动的奢侈壮观，说什么隋炀帝召集天下杂技演员：“大集东京，阅之于芳华苑积翠池侧。有舍利兽先来跳跃，激水满衢，黿鼉、龟鳖、水人、虫鱼，遍覆于地。又有鲸鱼喷雾翳日，倏忽化成黄龙，长七八丈……”

他们一再强调隋炀帝给天下人民带来的痛苦：“东京官吏督役严急，役丁死者什四五，所司以车载死丁，东至城皋，北至河阳，相望于道……”（《资治通鉴》卷一百八十）

相对于生命的短暂，中国人更重视的是声名的久远。

以何种姿态进入历史，是每个大人物最为关心的事。从这个角度看，这个世界上最有权力的人也许不是帝王，而是史官。史官们坐在书房里，稍稍偏偏笔头，就可以化腐朽为神奇，或者化神奇为腐朽，所以唐代宰相韦安石说："世人不知史官权重宰相。宰相但能制生人，史官兼制生死。古之圣君贤臣所以畏惧者也。"（《新唐书·列传第四下》）

史家之所以有如此巨大的权力，是因为中国史学的主要目的不是"求真"，而是"惩恶扬善""以史为鉴""使乱臣贼子惧"。目的决定手段，为有效地"扬善"和"惩恶"，让人"感动"或者"恐惧"，就必须采用"典型写作"的方法，使善恶对比分明、忠奸一目了然，使人知道爱什么、恨什么、学习什么、批判什么。"典型写作"的秘诀非常简单，一言以蔽之，那就是利用信息不对称的优势，向读者提供单方面信息，令读者"偏听则暗"，误以为历史人物或者是毫无缺点的高大全式人物，或者是从头坏到底的十恶不赦之徒。这些技巧在隋炀帝神话的写作中发挥得淋漓尽致。

没有哪个民族比中国人更重视历史，从有文字开始，中国历代都设有史官，史书之浩繁为世界所仅见，然而，也从来没有哪个民族像中国人这样在历史中肆无忌惮地造假：与其说中国古代历史是一个记录的过程，不如说主要是一个抽毁、遗漏、修改、涂饰和虚构的过程。

如果明白自己与主流文化气质上的相克，杨广也许就不会有征服高丽的冲动。如果把自己的脚步中止于大业五年，那么他在中国历史上的形象一定迥然不同。果真如此，“宣付史”的史料就可以由他自己或者他的后代来选定。可惜历史是不可逆的。

未来的评价当然不会影响杨广此时的心情，他无疑沉醉在自己的成功中：这一切似乎可以称得上奇迹，毕竟他登上皇位才仅仅五年。除了古往今来最卓越的天才，以及上天如同对独生子那样慷慨的眷顾，没法解释这样的奇迹。

换了任何一个帝王，都会在这个伟大的历史时刻停下来歇歇。如果就此罢手，安享自己的统治成果，也足以让自己留名千古。可杨广并不这样想，一系列成功带来的兴奋让他的胸口鼓胀得要爆炸，体内的精力被更加充分地点燃。与秦皇汉武比肩，并不是他的最终目标，他要马不停蹄地向前奔去，以把他们远远甩在后面。他一刻不停地奔向功业金字塔的顶部：征服高丽。

从即位起，征服高丽就是杨广的一个梦想。这个边疆小国一直是个不安分的捣乱分子，经常侵略周围各国。杨坚统治时期，它就曾入侵辽西。隋朝的统一对它来说显然不是一件好事，所以在隋朝平陈之后，它“驱逼靺鞨，固禁契丹”，积极联络突厥，试图与突厥等族联合起来对抗隋朝（《隋书·列传第四十六》）。如果不能制止高丽的地方霸权行为，其他国家也会起而效尤，帝国的安全就不能得到保障。

在杨坚时代，征讨高丽已经成为既定国策，取得了朝野共识。“开皇之末，国家殷盛，朝野皆以辽东为意。”（《隋书·列传第四十》）

杨坚对高丽的征讨，因为准备不充分而失败，完成父亲这个遗愿是杨广乐于做的事情，虽然对隋帝国来说，这件事其实并不那么迫在眉睫。在文学家、诗人杨广的政治蓝图中，我们可以看到追求完美、热爱形式的艺术家特征。迁都与开河是他政治规划中的基础性工程，实行科举制、发展经济、安抚突厥、击败吐谷浑，是他建筑在这个坚固基础上的几间华丽殿宇，而征服高丽，则将成为他“大业金字塔”的塔顶。

在所有隋朝人看来，高丽是箕子所建的“礼仪教化之邦”，晋末才逐渐从中国分裂出去，是中国不可分割的一部分。杨坚征服陈朝，并不意味着中国真正获得了统一，只有高丽归入中国版图，“大一统”才算实现。征服高丽，是杨坚留给他的为数不多的建立标志性功业的空白之一，因为对于一个帝王来说，“完成统一”当然是所有勋章中最耀眼的一块。只有得到了这块勋章，他“千古一帝”的地位才会变得不可动摇。

然而，大业五年年末，征服高丽的计划在御前会议上一经提出，就遭到大臣的坚决反对。杨广即位以来，大臣从来没有这样异口同声地反对过皇帝。数年以来，他们越来越明显地感到皇帝外表谦恭、内心高己卑人，皇帝认为大臣的智商、才华与自己不在同一水平线上，对他们的建议多数不予考虑，但是他们这一次忍不住要力劝皇帝慎重从事。

他们赞同攻打高丽，却反对在此时开始准备。他们已经预感到天下骚动的前奏，因为连年兴建大工程，不断巡游，劳役量惊人，老百姓已经精疲力竭。由于“役使严急，丁夫多死”，已经有人开始逃离家乡，到穷乡僻壤开荒种地，以逃避劳役。有的人甚至自残手脚，以避征发，谓之“福手”“福脚”。老百姓已经被沉重的负担逼到了墙角。（袁刚《隋炀帝传》）

与此同时，攻打高丽需要的准备工作太繁重了。高丽与隋朝相接的缓冲带上，全是荒无人烟的森林和沼泽，行军极为困难，运输和储备军粮必将耗费极大的人力物力。另外，要确保收全功，还要建立海军，水陆并进，这就需要兴造大量战船，疲惫不堪的老百姓无法承受这样繁重的劳役。一个明智帝王的正确选择，应该是给百姓三年到五年休养生息的时间，然后再图此举。

然而杨广根本听不进去大臣们的劝谏。他工作得太兴奋，已经患上了“权力欣快症”或者说是“权力狂躁症”。这是一个精力充沛的独裁者容易患的“权力综合征”的一种。在皇位上，一个统治者很难对自己的力量形成符合实际的恰当判断。笼罩一切又缺乏制约的中国式权力，就如同一辆速度极高而又没有刹车装置的跑车一样，很容易超速。在顺风顺水地一一实现几大政治目标后，杨广已经彻底抛弃了即位之初还保存的一丝谨慎，他已经不知道什么叫“困难”，什么叫“不可能”。到现在为止，他的生命一直是一首宏大、亮丽、旋律激昂向上的交响乐。这首乐曲演奏得完美无缺。才华与运气的完美组合，使他觉得自己可以做任何想做的事情：他伸手在平地上一指，洛河边上便出现一座新城；他大手一挥，吐谷浑那样强大的国家就被从地图上抹去。

他不是不知道帝国的百姓已经劳累多年，迫切需要休息，不过，征服高丽这个梦想实在太诱人了。“气可鼓不可泄”，“趁热打铁”是他的一贯主张。前几项大工程的完成，使他对帝国百姓的承受力及官员的动员能力产生了过高的估计。他对大臣们许诺，这是他最后一个重大政治目标。征服高丽之后，他的前期政治梦想全部完成，届时就可以刀枪入库，马放南山，让老百姓好好歇歇了。到那时，他会在全国组织一个有史以来最大的凯旋仪式，庆祝中国历史上最大、最安全的盛世的到来。此时，他希望全国官员百姓，再扛最后一把劲，和他一起，一鼓作气，完成这个千古伟业。

对于隋王朝的老百姓来说，这最后的任务可不是“扛一把劲”那么简单。据史学家考证，攻打高丽的兵役徭役量，超过了前几年几项大工程的总和，达到几乎全国就役的程度（袁刚《隋炀帝传》）。老百姓付出的代价过于沉重了：刚刚把大运河修到洛阳，还没有喘口气，又接到命令，要把运河从洛阳一直开通到涿郡，以运送军粮。由于工程浩大，“丁男不供，始役妇人”，连妇女都被征发到工地去挥锹抡镐。本已不堪重负，从大业七年（611年）攻高丽进入倒计时起，劳役压力又骤然增大。《资治通鉴》载：下诏讨高丽，命人督工在东莱海口造战舰三百艘，民工昼夜立于水中造船，自腰以下都生满蛆，工匠死掉三分之一。又发江淮以南水手一万人，弩手三万人，岭南排镩手三万人，又令河南、江南造戎车五万乘送高阳，命江南民夫运米至涿郡。一时间舳舻千里皆满载兵甲器物，路上几十万人填咽道路，昼夜运输战具、粮食，死者相枕，天下骚动。

大规模的逃亡开始出现，越来越多的人逃奔到山东、河北的深山大泽之中，开荒自给，一两年间，竟达十万人之多。这饥寒交迫、朝不保夕的十万人，是一个随时都会爆炸的火药桶。（袁刚《隋炀帝传》）

虽然怨声载道，但在高丽战争开始前，却没有人扯起造反的大旗。全国臣民对高丽战争的胜利从来没有怀疑过，这个精力充沛的皇帝登基以来，所做诸件大事还没有失手过。所有人都认为，以大隋今日之强盛，平高丽会像平陈战争那样顺利，甚至比平陈还要轻松许多。等到杨广凯旋，他们就会迎来期盼已久的休息。

杨广对战争结果更为自信。为迎接自己生命交响乐中最华彩的乐章，他做了最充分的准备。高丽战争将是他成为“千古一帝”的加冕礼，他精心设计，务求在历史上留下最绚丽盛大的纪录：大业八年（612年）正月初一，他亲率一百一十三万大军，号称二百万，浩浩荡荡地从涿郡出发。全部大军分为二十四路，加上天子六军，每天遣发一路，整整一个月，才完成出发式。从头到尾，队伍长达一千零四十里！这支队伍带着鲜明的杨广风格：每百人小队都高举一面色彩鲜艳的大旗，每部都携带军乐队，“大鼓、小鼓及鼙、长鸣、中鸣等各十八具，掆鼓、金钲各二具”，一路旌旗招展，鼓乐齐鸣。（《隋书·志第三》）

为证明出师的光明正大，他在诏书中甚至公布了大军的具体番号、构成及详细进军计划。为准备高丽一见大军即望风而降，仗还没有开打，杨广就命每军设专职“受降者一人”。从洛阳动身前，他已经命令官员在金光门前搭建高台，以备举行献俘仪式。这次出征看起来更像一场规模盛大的“威慑活动”。

这样的战争准备，在别人看来无疑有点离奇，不过对杨广来说却理所当然。他虽号称知兵，甚至可谓“身经百战”，其实他所亲身经历的战争中，几乎没有一次硬仗。平陈战争，他是最高统帅，亲眼看到腐败至极的陈朝在大军压境之下立刻土崩瓦解，隋朝五十万大军几乎兵不血刃就取得了胜利。在平定吐谷浑的战争中，也是隋军的浩大声势吓坏了吐谷浑王，几乎没有经过战斗，他们就望风而逃。所以，在杨广的经验里，对待这样实力不对称的对手，最主要的是做好威慑，军队数量一定要多，军容一定要壮，如此足矣。一个小小的高丽，在他的威名、才华和运气面前，当然不会有什么抵抗力。

然而，高丽战争的结果却出乎所有人的意料。

高丽不是陈朝。这是一个上升期的地方小霸权，骨子里有一股长期战争中培养起来的霸悍之气。久经战阵的他们深知数量并不决定一切。面临百万大军，他们居然毫无惧色，趁隋朝大军行军迟缓之际，早已组织好了防守。隋军抵达辽东城时，面对的是一个金城汤池般坚固的城市。战斗经验丰富的高丽人冒死坚守，隋朝几十万大军竟然无计可施。

一个是准备充分，意志坚定，一个是毫无战争心态准备，战争的结果可想而知。在坚城之下受阻的隋军心浮气躁，气急败坏，他们干脆选出三十万精兵，绕过辽东城，直取平壤，希望与海军会合，一举攻破敌国心脏。老谋深算的高丽人将计就计，不断诱敌深入，佯装失败，然后趁隋军渡清川江时发起总攻。隋军大溃，各路军将争相逃命。回师途中，隋师粮草尽失，在高丽追兵的追赶之下，病死、饿死、自相践踏而死者不计其数。战后清点，渡过辽河的三十五万隋军，回到辽河以西的才两千七百人。

（《资治通鉴》卷一百八十）

失败因为毫无心理准备而更难于承受，望着回程道路两边逃兵扔下的军服、辎重和枕藉不断的死尸，杨广神思恍惚，一直回到涿郡，也没有回过神来。

他被这次意外打晕了。自从懂事起，他就没有尝到过失败的滋味。一连半个月，他不言不语，每天躲在自己的大帐里，也不召见大臣。

最让他忍受不了的是耻辱：此次出征，隋军不仅挟带了规模庞大的军乐队，更邀请了数个外国藩王随军观战。杨广希望用一次轻松的胜利来证明帝国的不可挑战，没想到在世界面前，他败得如此难看，如此狼狈。对那些屏息静气观看着这场大戏的臣民，他更不好交代：他这个“一贯正确”“英明伟大”“几百年才出一个”的伟大皇帝，怎么会犯如此低级的错误。

他有点害怕见到这些外国藩王，他总觉得他们的眼睛里含着嘲讽，甚至面对自己的大臣，他也感觉他们的神色中潜伏着不恭。有生以来，他已经习惯了颂扬声，此时他才平生第一次尝到耻辱的滋味。

杨广的主要性格弱点在这个时刻暴露出来：一生顺境中的他没有培养出必需的耐挫能力。在失败的打击面前，他乱了方寸。他就像一个被一拳打倒的拳击手，昏头昏脑地爬起来，什么都没想，又朝对手冲去。他急于证明自己还是一如既往的正确，刚才的失误不过是一不小心。

半个月之后，他钻出帐篷做的第一件事是向天下宣布：明年要再次亲征，不灭高丽，誓不罢休！

这个看起来挺男子气的宣言，最终被证明断送了大隋江山。

在挫折的巨大刺激下，杨广丧失了起码的现实感。火辣辣的耻辱烧灼得他忘记了一切。要知道，这可是竭全国之力准备的一场战争。为这场战争，帝国国库中的金银像流水一样哗哗地流淌殆尽，老百姓被榨干了最后一滴汗水。他应该静下心来盘点一下国库中的存银；他应该知道，在造成近百万生命损失和帝国巨大财富的浪费后，他得采取一点低姿态，抚慰一下心怀不满的老百姓。要知道，他此时的形象已经不是“百战百胜”“一贯正确”，而是一个不合格的将军。

然而，杨广却不可能这样做。他无法低下高贵的头颅。他认为自己的错误应该被定性为“疏忽”，最主要的错误是那几个率军渡过鸭绿江的将军犯的，是他们没有严格执行自己的指示，擅自冒进，才败得如此惨痛。一回到洛阳，他就命令把那三名将军逮捕，一名处斩，两名削职。为下一次战争万无一失，他宣布，准备的物资要高于上次一倍。

听到这个消息，人们最后一根弦被压断了。在忍耐到极限之后，再次远征将更沉重的劳役压向民众头上。山东邹平人王薄首先揭竿而起，漳南人窦建德、韦城人翟让也立刻响应，一时间大隋天下燃起二十多处烽火。

走投无路的百姓爆发出前所未有的勇敢：“忽闻官军至，提剑向前荡。譬如辽东死，斩头何所伤。”

对于各地报上来的农民起义的消息，杨广并不怎么在乎。从三国到隋初，政治一直是贵族的游戏，还从来没有哪场农民起义能够改变历史的大方向。他认为这些起义烽火不过是帝国的癣疥之痒，泥腿子不可能做出什么大事，所以只是部署了地方官“加紧剿捕”，要求他们务必在出征得胜回来前把这几处烽火灭掉。

他还是一门心思地准备再次攻打高丽，只有踏平这个弹丸小国，才能挽回自己的面子。

大业九年（613年）三月，在上次失败九个月之后，隋炀帝又一次踏上了征程。

这次出征本来可以挽救他的命运。再次踏上东征之路的杨广心情还是不错的，好事多磨，成功之酒因为小小的耽搁也许更加醇香。经过痛定思痛的总结，隋军的战略部署更加实际。又一次大加搜括之后，隋军待遇优厚，粮草充足，士气也颇高。在辽东城下，他们又一次遇到了高丽的固守。不过这次隋军是有备而来。他们造了百余万个布袋，装满土后，堆成高与城齐的大道，辽东城指日可下。此时，另一支大军突进到鸭绿江边，海军也齐集东莱海角，高丽“国势日蹙”，已到危亡之秋。

杨广终于放下心来，在辽东城下诗兴大发，作了那首逸兴遄飞的名篇《白马篇》，以志此行：

白马金贝装，横行辽水傍。
问是谁家子？宿卫羽林郎。
文犀六属铠，宝剑七星光。
山虚弓响彻，地迥角声长。
宛河推勇气，陇蜀擅威强。
轮台受降虏，高阙翦名王。

然而就在高丽国内人心已乱，大隋彻底一统手到擒来之际，忽然一骑飞尘，六月二十八日中午抵达了辽东行营，向杨广报告：贵族杨玄感在河南叛乱，关陇勋贵子弟多人从叛，兵力数万，直趋东都。

从气喘吁吁的使者嘴里吐出的每句话都像一支利箭，射入杨广的心脏。他一秒钟也没有耽误，立刻命人下诏："六军即日并还。"（《隋书·列传第八十二》）

退军令秘密而迅速地下达。当天夜二更，隋军一百万大军，停止了连日一刻不停的猛攻，放弃马上就要到手的果实，放弃堆积如山的军粮、帐篷、物资、器械，如同一股正在激烈拍打城墙的狂涛，突然向西方回流。已经几乎要放弃抵抗的高丽军人在城头看见这一奇观，一时回不过神来。

如果说农民起义的消息对杨广来说不过是耳边嗡嗡叫的蚊蝇声，那么杨玄感造反的消息则是晴天霹雳。

杨玄感非常人可比。他是前宰相杨素之子，现任柱国将军，袭封楚国公，屡掌朝廷重权。这个人公开造反，并且招徕了大批勋贵子弟，证明贵族势力已经向杨广发起了正面挑战。那个盘踞在杨广心头多年的担心终于出现了。

和父亲杨坚一样，杨广经常做的一个梦是在宫廷之中，被几个手持刀剑的贵族追杀。在贵族政治中成长起来的他，从小见了太多的内部倾轧、流血、阴谋、政变。登基以来，杨广时刻也没有放松对政治反对派的警惕。为防止反叛，每次巡游他都要把几乎所有政治反对派以及握有重权的权臣带在身边，并且率领巨大的军队。他深知贵族依然拥有强大的力量。

事实上，维护统一的一个重要内容就是打击贵族力量，大隋王朝的父子两代皇帝都为此殚精竭虑。因为担心自己死后天下重新陷于分裂，杨坚晚年进行了几次政治大清洗，对贵族势力残酷打击，开国功臣被驱逐或杀戮净尽，领导层几次大面积更换。由于杨坚猜忌过甚，手法粗糙，让许多人感觉刻薄寡恩，上层贵族由此表面噤若寒蝉，实际上却涌动着不满的暗流。

杨广明白父亲的苦心，不过在他看来，一个皇帝完全可以当得不这么辛苦、阴沉、劳累。一个雄才大略的君主完全可以更仁慈些、明亮些、优雅些。即位后，杨广同样在削弱贵族势力方面花了大量心血。他认为，最关键的措施应该是打破贵族对权力的垄断。

承南北朝时期门阀政治的余韵，隋朝初年的贵族与平民仍然是两个世界。贵族子弟一生下来，就注定平步青云，那些世家大族世代把持着绝大部分政治资源，出身贫寒的英俊之士绝无进身之路。“世胄蹑高位，英俊沉下僚”的情景比比皆是。在大业元年（605年），杨广推出了他诸多政治发明中最有名的一个：科举制。科举制打破了门第、地域、年龄界限，具有相当大的开放性和一定的竞争性，不能不说是一个非常现代、非常理性的产物。这一制度启动了门阀贵族势力消失的大门。大业五年（609年），他又“制魏周官不得为荫”，使那些无功受禄的关陇贵族的子孙不得再门荫得官爵。

相比父亲，他的手段当然更隐蔽，也更有效。然而，打击贵族还是造成了严重的后遗症，直接的后果是上层贵族分成了两派。那些在新天子时代得到重用的大臣是坚定的保皇派，但是隋文帝时代的勋旧老臣及其子孙大多数已经成了杨广的坚定反对者。不但他们旧日的经济特权政治特权被剥夺殆尽，并且子孙后代也失去了把家族的基业传下去的可能，于是社会上层暗暗酝酿着一股反对隋炀帝的势力，并且随着征高丽的失败，如同种子找到了裂缝，一下子钻出地面。这就是杨玄感造反的真正动因。

最怕的事还是来了。杨广对贵族的造反早就有心理准备，只是没有想到会在这个节骨眼上爆发。他的反应十分迅速，一边火速撤军，一边不断发出种种指示，调动各地兵马对杨玄感进行围剿。

大业九年（613年），杨广的政治威信虽然已经因为征高丽失败而有了重大损失，然而和大业十几年的情况还是不可同日而语。隋帝国的各路重臣得知杨玄感造反后，不待杨广命令，即纷纷起兵讨逆。虽然杨玄感吸引了近十万各路农民军前来投奔，但是这些农民军的战斗力实在太差，不足依靠，所以杨玄感起兵不过一个月，就被消灭，自杀身亡。

回到涿郡的杨广看到驿报，心中的石头算暂时落了地。平叛如此顺利，使他甚至开始后悔自己班师太速。如果早知道如此，他完全可以在辽东再坚持十天半月，那样高丽此时也许已经被荡平，千古伟业已经成功了！

杨玄感的起兵虽然在军事上威胁不大，在政治上却意味着严重的后果。杨玄感公开宣称杨广是昏君，在起义誓师时宣称："主上无道，不以百姓为念，天下骚扰，死辽东者以万计，今与君等起兵以救兆民之弊，何如？"（《资治通鉴》卷一百八十二）他罗列了杨广好大喜功、滥用民力的种种失政之处，宣布要"废昏立明"，这使杨广的统治威信又一次巨大下滑。而几乎耗尽举国之力的高丽战争再次失利，令随军的各国藩王又一次窃笑而去，他上一次丢了一半的面子这一次几乎彻底丢光。更主要的，这是政治高层当着全国臣民和四境边夷的面公开分裂。帝国的政治伤口袒露在世界面前，必将给隋帝国带来巨大危险。

不习惯失败的杨广错误地理解了“愈挫愈奋”的意义，他内心的脆弱以坚强的形式表现出来。连续两次挫折，使他忘掉了其他一切，就像一个快输光了的赌徒，一门心思都集中在如何翻本上。赌徒的视野都是比较狭窄的，他们只看得到赌桌大小的范围，看不到金盆洗手后生活的其他可能性。虽然农民起义的烈火已经烧得大隋天下体无完肤，各地军报在大殿的桌子上越堆越高，但杨广还是变本加厉地准备起第三次东征。如果他能仔细思考一下杨玄感对他的指责，那么他的命运还有挽回的希望，因为杨玄感对帝国政治的病灶判断得很准，然而杨广却根本不愿意回想这个逆臣的狂悖之词，他不相信别人会比他英明。他坚持自己的判断，认为是征高丽失败才带来这一切后果，因此只有征服了高丽，他才能挽回声望、挽回民心、挽回自己的前途和命运。

事实证明，第三次东征，丝毫无益于杨广的威信。

连续的远征使隋军失去了锐气。杨广也感受到身后这支庞大队伍的疲沓。更令他难堪的是，这第三次还是他为证明自己主动提出来的。一边前进，他一边担心粮草供应问题，他知道，国家已经被搜刮得差不多一干二净了。

幸好高丽人也感到害怕了。毕竟两次大战已经把这个小国的国力消耗得近乎空竭，上次那千钧一发的险境更让他们后怕不已。隋军一到，他们就派人前去和谈，希望能以一次认错换来和平。

如果是在前两次，杨广绝对不会同意，他一定要跃马大同江，踏平三韩地，才能心满意足。然而此时，闻听高丽使者来求和，他心中却不禁升起一丝暗喜。恐怕连他自己都为这丝暗喜感到羞耻。

谈判的结果是，高丽认错，隋军班师。

整个大隋帝国终于可以准备那个期待已久的庆功仪式了，然而所有的大臣都忙得面无表情，因为都知道这个胜利是怎么回事。金光门外盛大的凯旋仪式，是大隋帝国开国以来举行得最没精打采的一次。

第三次东征的结果只有两个字：难堪。原来强大富庶的帝国被折腾得家底空空，元气大伤，伤痕处处。老百姓被折腾得死去活来，家徒四壁，一无所获。

然而，这似乎只是一个开头，“难堪”挤开门缝，就一个接一个地涌了进来，让杨广目不暇接：

在从涿郡回东都的路上，杨广的御驾遇到农民起义军的抢劫，精神涣散的御林军被农民军冲散，天子的御马在光天化日之下被这群乌合之众抢去四十二匹。

就在凯旋仪式举行了一个月之后，隋炀帝召高丽入朝，不料高丽根本不予答复，三征高丽彻底成为笑话。

在杨玄感叛乱后，全国各地豪强及农民起义的烈火如同被浇上了一桶汽油，忽地一下子高涨起来，几乎达到无郡无兵的程度，义军纷纷抛出檄文，对杨广进行无所不用其极的攻击，这些檄文不胫而走，在帝国内广泛传播。

天下大乱之际，强悍的草原民族也开始试探着挑战隋帝国的权威。因为边境不靖，杨广在大业十一年（615年）八月再度出巡塞北，不料在山西雁门遭遇突厥南下，猝不及防的十几万宫廷后妃及百官侍从被围在雁门城里，差一点成为突厥的俘虏。

自从征高丽回来后，杨广就像一个救火队员，四处扑火。一连串的打击让他有些回不过神来。他不明白这一切都是如何发生的：正在兴致勃勃建筑着自己的大业金字塔的他，为什么会在砌最后一块砖时从金字塔顶失脚滑落下来，落入这样难堪的境地？为什么一直一帆风顺、万人爱戴的他现在变成天下万民嘲笑的对象？他艰苦卓绝的奋斗换来的为什么是这样一个结果？

被围在雁门，在全国人面前丢光脸面的这一刻，杨广第一次惊觉：自己现在面临的问题，不是在皇帝排行榜上排第一还是第二，而是帝国能不能在自己手里保住。他突然发现，那个从他出生起就一直伴随在自己身边的幸运，不知道什么时候已经永远离他而去。那曲一直演奏得辉煌盛大的交响乐，一度转成低沉压抑之后，现在居然不断滑音和跑调，使一场演奏会变成了滑稽戏，正襟危坐的观众忍俊不禁。他原来一直以为上天赐给他的是古往今来最幸福的人生，哪知中途剧情骤转，看来他的人生很可能变成一场彻底的悲剧。

这个以“刚毅”闻名的皇帝终于绷不住劲了。被围在雁门的他，当看到幼子杨杲被城外飞来的箭头吓得发抖时，惭愧、悔恨、委屈一时袭来，当着挤在临时朝堂里的大臣的面，他一把抱住小小的杨杲，号啕大哭，声达户外，哭得“目尽肿”（《资治通鉴》卷一百八十二）。人们一时不知所措，皇帝是哭自己保护不了孩子，还是哭自己这几年的不顺利？

就在皇帝大哭的那一刻，大臣们也看清了这个号称天纵圣明的政治家，骨子里还是生长于深宫之中妇人之手的贵公子。他虽然聪明无比，但毕竟没有经历过真正的风霜磨炼，缺乏承担大业梦想的坚忍顽强。包括李渊在内的诸多贵族已经摸透了杨广的底细：起兵时机已到，看来皇帝又可以轮流做了。杨玄感失败，是因为第一个出头的椽子必然烂掉。但是，如果是第二个、第三个，那可就不一样了。

在命运一次又一次的打击下，杨广性格中的负面因素暴露得越来越多。

大业十二年（616年）正月，大隋朝堂上已经见不到一个外国使臣了，这与大业五年诸国使臣云集洛阳的场面形成强烈对比。甚至各地的官员来得都很少，原因是各地农民起义阻隔，许多大臣没法赶到首都。这是杨广过得最冷冷清清的一个年。

眼看着自己竭尽全力辛苦建立起的雄伟大业像个豆腐

渣工程一样倒下，杨广的心气也随之散尽。

事实上，虽然东征高丽失败，但杨广的命运还远远没有到灭国的边缘。农民军的战斗力相当有限，虽然号称四十八家之多，但他们一直没能联合起来，甚至都没有能力出省作战。如果杨广潜下心来，痛定思痛，励精图治，还是有能力在政治高层闪展腾挪，力挽狂澜的。只要能防止贵族纷纷起兵，维持住帝国政治的平衡，隋军还是有能力消灭各地农民起义烈火的，这样，虽然大业已去，但他毕竟还能安享富贵尊荣，在历史上以平庸之主收局。然而他却没心思去做这些了。

他原本是一个极其心高气傲的人。他的自我期待是一个将要绘出世界上最完美图画的绝世艺术家，当这幅图画失败了，他怎么还有兴趣在它上面修修补补，把老鹰改画成一只乌鸦，以求卖几个钱花花度此一生？

艺术家的性格决定了他将走极端。不做最好，就做最坏，他唯一忍受不了的是平庸。他，一个原本打造传世金碗的大匠，此时不屑于去做为糊口奔忙的锔碗工。做不了千古一帝，他也没有心情去做一个辛苦维持的平庸帝王。因此，在眼看天下分裂，自己在皇帝排行榜上不可能有名次之后，杨广有点破罐子破摔了。

命运已经不是原先许诺给他的命运，前途也已经不再是预想的前途，他对上天从感激变为抱怨，他像一个没有要到糖吃的小孩子一样躺在地上，不想起来。在大业十一年（615年）雁门被围之后，我们看到他与以前判若两人，连续的打击使他那贵公子般娇嫩的神经受到不可避免的伤害。从大业八年（612年）以后，杨广“每夜眠，恒惊悸，云有贼，令数妇摇抚，乃得眠”（《资治通鉴》卷一百八十二）。他对治国有点心不在焉。大业十一年前，他每天上朝，每日都在处理公务；大业十一年后，他开始三天打鱼，两天晒网了。虽然天下越来越乱，他自己也危在旦夕，却鼓不起心气为自己的生存而奋斗。他对政治越来越松懈，越来越放任，甚至对自己的生命，他也有点三心二意，不那么周密地去考虑。

不知道什么时候，那个原本不喜欢饮酒的皇帝领略了美酒的好处。他下诏命各地官员贡献本地名酒，自己一一品尝，定出高下。他醉酒的次数越来越多。有一次在长乐宫独饮大醉后赋了一首五言诗，诗文今已失传，只留下最后两句：“徒有归飞心，无复因风力。”（《文献通考》卷三百九）

他已不再是那个双肩担起大业，只手擎起乾坤的杨广了。“气可鼓不可泄”，心气已消的他放弃了自我，投身到无边无际的放任自流中，什么都不想，什么都不做，只听任生理欲望控制自己、填充自己、遮蔽自己。既然命运是由上天控制，既然上天说给就给、说不给就不给，那么一切由上天决定吧！他其实是在向上天撒娇。在冥冥中，他还期望上天那神秘的力量什么时候能再度光顾，把他推出失意的泥淖。

眼看着皇帝越来越颓废，政治越来越混乱，昔日的贵族更加摩拳擦掌。雁门之围后，北方草原上的马匹价格一路飙涨，以唐国公李渊为代表的各地贵族纷纷招兵买马。大业十三年（617年），他们感觉时机已经成熟，鹰扬郎将梁师都、马邑富豪刘武周、金城富豪校尉薛举、唐国公李渊、武威富豪李轨、萧梁子孙萧铣、江都通守王世充等手握重权的大臣不约而同纷纷起兵，割据一方，众多世族亦加入其中。

闻听昔日贵族全部起事后，杨广的意志完全崩溃了。

一直到死，杨广都认为他的真正敌人不是农民起义军。这些农民军不过是贵族政治游戏的前奏和引子，真正的政治军事方向，最终还是得由贵族来把握。事实也证明了他的判断。正如参加了隋末起义的魏徵在《隋书》中所说："彼山东之群盗，多出厮役之中，无尺土之资，十家之产，岂有陈涉亡秦之志，张角乱汉之谋哉！皆苦于上欲无厌，下不堪命，饥寒交切，救死萑蒲。莫识旌旗什伍之容，安知行师用兵之势！但人自为战，众怒难犯，故攻无完城，野无横阵，星罗棋布，以千百数。豪杰因其机以动之，乘其势而用之，虽有勇敢之士，明智之将，连踵覆没，莫之能御。"隋末三支实力最雄的农民军都难以和这些贵族军阀相抗衡，一旦交锋即土崩瓦解。瓦岗军失利于王世充，河北军被李世民一战而击溃，江淮军降于李渊，后虽又起兵也旋即败亡。在隋末乱局中，最终还是贵族得到了传国宝鼎。

杨广深知大势已去，不过他还不想死。他决定南逃。毕竟即位前曾经在江南经营了十年，别处烽火四起，这里还算安静。做不了千古一帝，那么就干脆在秀丽的江南风光中了此一生吧。在国家一片混乱，大势岌岌可危之时，他却调集十郡数万兵力，在江苏常州一带为自己建造宫苑，周围十二里，内为十六离宫，虽然比洛阳宫苑规模要小，但“奇丽过之”。（袁刚《隋炀帝传》）

到江南之后，杨广一头钻进离宫之内，万事不管，整天饮酒为乐。他把自己过人的聪明用在发明各种新奇的玩法上，其中最有名的一种玩法是广派宫人四处去抓萤火虫，得到数斛之多，装于布袋之中，夜里外出游玩时一齐放出，“光遍岩谷”，十分瑰丽。他命官员大量为他进奉民间美女，分为百房，每天由一房做主人，饮酒赋诗，以为笑乐。在天下水深火热之际，别人都是强颜欢笑，只有皇帝似乎真的乐在其中，诗酒会中，他作了数组颇为清新雅致的小词，其中最有名的一首如下：

求归不得去，真成遭个春。

鸟声争劝酒，梅花笑杀人。

在生命最后阶段的杨广，内心其实是十分矛盾的：一方面，这个残缺的、不完美的、与自己的期望已经大相径庭的生命让他不再珍视；另一方面，他体内的欲望却依然强盛，他的感觉依然敏锐，他对生活中每一点滴的甜美都依依不舍。那个励精图治者变成了及时享乐主义者，他把自己剩下的生命目标定位为体验快乐。他经常“于苑中林亭间盛陈酒馔，敕燕王倓与钜、皛及高祖嫔御为一席，僧、尼、道士、女官为一席，帝与诸宠姬为一席，略相连接，罢朝即从之宴饮，更相劝侑，酒酣殽乱，靡所不至，以是为常。杨氏妇女之美者，往往进御。皛出入宫掖，不限门禁，至于妃嫔、公主皆有丑声，帝亦不之罪也”。（《资治通鉴》卷一百八十一）

不饮酒时，他常穿起短衣短裤，策杖步游，遍历台馆，细斟细酌每一处景致，直到天尽黑才止，“汲汲顾景，唯恐不足”。他知道，命运留给自己体验这个世界的时间已经不多了。

那面在长安时候就一直放在案头的名贵铜镜，他带到了南方。他有时依然会揽起它。虽然已经五十岁了，可是这个人头发依然乌黑，眼睛仍然明亮，与众人相比，仍然是那么出众！很显然，这个与众不同的生命依然会以与众不同的形式抵达终点。他对着镜子，自言自语道：“好头颈，谁当斫之！”（《资治通鉴》卷一百八十一）

虽然时刻准备着死，但当自己手下的卫兵闯进寝殿时，杨广还是感觉有点吃惊。

他的禁卫部队实在是等不下去了，他们不得不叛变。来到江南后，大臣屡次试图劝谏杨广振作起来，就像前些年那样励精图治。那样他们还有可能重新控制住局势，大臣的前途和命运还有可能重写。他们相信杨广有这个能力，也相信天下大势还有可为。

他们弄不明白皇帝为什么如此颓唐。他们百般劝解，皇帝无动于衷，仍然沿着自己的方式，以加速度向灭亡滑落。皇帝对生命不感兴趣，他们可不想做殉葬品。在彻底灰心之后，他们终于痛下决心，除掉这个成为累赘的皇帝，自救图存。

大业十四年（618年）三月十四日，全副武装的卫队闯进宫中，把杨广从床上拉起来。他们牵来一匹战马，令杨广骑上，把他押去朝堂。

睡眼惺忪的杨广听到这个消息并没有显得紧张。他看着那匹战马，问道：这是谁骑的马？马鞍子太破了，我怎能乘坐？给我换一副新的！

昔日的侍卫给他找出了宫中最华丽的一只马鞍换上，他才上马。在朝堂之上，叛军召进刽子手。看着刽子手手中的刀，杨广喝道："无知小人！诸侯之血入地，尚要大旱三年，斩天子之首，你们知道会有什么后果吗？天子自有天子的死法，拿毒酒来！"

昔日的部下乐于执行天子最后的命令，他们四处去寻找毒酒。但是不巧，找遍宫中，也没有找到。人们只好给了他一根白绫。（《资治通鉴》卷一百八十五）

杀掉皇帝，人们这才发现，把他埋到哪里是个问题。

自秦始皇以来，历代皇帝都在即位不久即耗费巨资，给自己修筑巨大坚固的墓地。只有杨广，虽然耗尽举国之力修筑了各项流传千古的大工程，却一直没有腾出时间修自己的墓地。在励精图治的时候，他把所有的心思都用到“大业”上了。

武德年间，继承了大隋江山的李渊和他的大臣感觉应该给杨广总结一下。他们送给了他“炀”字作为谥号。

当初杨广送给陈叔宝这个字的时候，绝对想不到历史会出现这样幽默的巧合。

李渊对于前主人的感情毕竟是复杂的，这一个字无法完全表达。他们从江南离宫的一个套院里找到了杨广的尸体，把他改葬到扬州雷塘。之所以选择这里，也许是因为杨广修建的大运河（邗沟）正在此处静静流过。长眠在大运河畔，静听河水轻轻拍岸，人们希望奔忙了一生的他能睡得安稳。

心病

余凤高

情绪极端沮丧，热情备受压抑，内心无比忧伤。

相思之疾

安条克一世（公元前324/3–前261）是古叙利亚塞琉西王国的国王，面对强大的外部压力，他巩固了国家，并促进了城邦的建设。公元前279年，高卢人入侵希腊，骚扰塞琉西王国时，他竟能利用大象打败入侵者，从此有了一个“救星安条克一世”（Antiochus I Soter）的名字。

对于这样的人，也许只有疾病，特别是“相思之疾”，才有可能击败他。正如意大利学者巴蒂斯塔·弗里戈索（1440–1504）所说：“当强烈的性欲望引起忧郁不安，燃起激情之火，烧热体液并损耗体内的能量时，‘爱情便不仅有如病态的行为，还真的是一种危险而致命的疾病’。”

安条克确实患了这病，几乎到绝望的地步，于是，他的

达维特 1774 年的画作《安条克和斯特拉托妮丝》。

安格尔用四年时间创作的《安条克的病》。

父亲、塞琉西王国的缔造者塞琉古一世（约公元前358–前281）便传唤自己的御医、希腊杰出的内科医生克奥斯的埃拉西斯特拉图斯（约公元前304–约前250）来给儿子治病。

埃拉西斯特拉图斯来了，另一位医生希罗菲卢斯也来了。两人来到安条克病榻前，见王子躺在床上，异常虚弱憔悴，已濒临死亡。他们先是按惯例对患者做了一系列的常规检查。让埃拉西斯特拉图斯感到吃惊的是，他竟然没有发现王子有什么生理方面的疾病，因此，这位神医猜测，王子或许患的是心理方面的疾病。最后，埃拉西斯特拉图斯告诉老国王，说自己已经诊断出，王子没有什么生理病症，他患的是相思之疾。

“相思之疾”？那么，他爱上的是谁呢？

古希腊历史学家和传记作家普鲁塔克（约公元46–120）在《希腊罗马名人比较列传》中写道：

埃拉西斯特拉图斯……很快觉察病因来自爱情，很想找出谁是他热恋的对象，但是知道这件事很难着手。因此医生一直守在年轻人的寝室，只要宫廷里面的丽人前来探看生病的王子，他就仔细观察安条克的神色变化，从而知道灵魂深处的激情和爱好。埃拉西斯特拉图斯注意到其他的妇女在场都不会产生任何影响，但只要斯特拉托妮丝出现，无论是她单独前来或者陪伴塞琉古一起探望……这时医生会看到安条克显现出萨福的各种症状：他的声音颤抖而口吃，面孔感到羞涩满布红潮，眼睛因偷瞟而闪闪发亮，皮肤突然不停地流汗，出现剧烈的心跳而且脉搏失常，身体的机能已经无法负担过度的激情，陷入昏乱和恍惚的状态，接着是脸色变得苍白有如见到的鬼魅。（席代岳译）

这位斯特拉托妮丝，是马其顿国王“包围者”德米特里一世（公元前336–前283）的女儿，母亲是马其顿帝国的摄政者安提帕特（约公元前397–前319）的女儿菲拉。公元前300年，斯特拉托妮丝还不足十七岁，塞琉古一世派人来向德米特里求亲，希望娶斯特拉托妮丝为妻。当时，不可一世的塞琉古一世称王后，已经逐步将其国土最远扩展到印度，真是威名赫赫。“德米特里把这件亲事看成是意想不到的运道，很快就带着女儿登船，率领整个舰队驶向叙利亚”。婚礼在皮瑞斯海滨隆重举行。虽然年龄相距甚大，几年里，两人过得还算和谐，甚至生有一个孩子。

由此看来，安条克热恋的斯特拉托妮丝是自己的继母。

普鲁塔克说，安条克也为自己这违背人伦的情感深感内疚。但是对斯特拉托妮丝的爱的激情，使得安条克纵然激烈挣扎，仍无法摆脱。“最后他决定只有一死了之，借口患下重病，忽略身体的疗养也不进滋补的食物，让生命之火逐渐熄灭”，终于到了濒死地步。

法国的雅克·费朗在1623年发表了历史上第一篇有关爱情病的论文《爱情病或性忧郁》，称此病是“色情偏执狂”和“色情妄想”。二十多年后，在另一篇论文《色情狂，或论爱情之疾或性忧郁的实质、病因、症状、预后和治疗》中指出，医治此病最有效的就是性欲望的满足，以及娱乐、诽谤所爱的人及药物治疗等。

埃拉西斯特拉图斯可能也知道什么才是最有效的治疗，只是他怎么跟国王说呢？最后，他相信国王对儿子总是有一种亲子之情，于是找机会跟国王说，安条克患的是相思之疾，只不过他所要求的爱情是不可能满足的，所以此病也就无法治愈。国王听后觉得非常惊奇，问为什么不能治愈。埃拉西斯特拉图斯巧妙地说出病情。塞琉古听后说：“怎么会这样！为了我的儿子和唯一的继承人，要是没有其他办法达成治疗的效果，身为朋友的埃拉西斯特拉图斯为什么会拒绝奉献他的妻子，好去拯救安条克的性命？”（原文如此）听国王如此说过之后，埃拉西斯特拉图斯便趁机回答：“如果他爱上斯特拉托妮丝，即使你是他的父亲，所持的态度还不是跟我现在一样。”于是，普鲁塔克写道：

塞琉古说道：“啊，我的朋友，无论是出于人力或神意，能够转变安条克目前的激情到你所说那样，在我而言就是托天之幸。你要知道为了救安条克的生命，不要说我与斯特拉托妮丝分手，就是要我放弃整个帝国，都甘心情愿毫无怨言。”他一边说一边流着眼泪，情绪显得非常激动。埃拉西斯特拉图斯看到这种状况，握住国王的手回答道：“从安条克的病情来看，已经不需要埃拉西斯特拉图斯，因为你同时具备丈夫、父亲和国王的身份，对于你的家庭而言，只有你才是最适当的医生。”

最后，塞琉古国王召开全民大会，宣布安条克成为亚细亚各行省的国王，斯特拉托妮丝是他的王后。

安条克和斯特拉托妮丝的婚礼于公元前294年举行。

老国王声称，他有足够的权力让安条克服从自己的命令，双方不至于因而产生芥蒂。他强调说，他做出这样的决定“有利于国家和王室的需要”，希望大家尽最大的努力，使斯特拉托妮丝了解此事的意义。

据信，这年轻一对的婚姻是成功的，她为他生了五个孩子。作为对斯特拉托妮丝的爱，安条克将他所属的卡利亚（Caria）以她的名字命名为斯特拉托基亚（Stratonikeia）。

都说只有悲剧性的爱情才具有感人至深的力量，安条克和斯特拉托妮丝的故事似乎是个例外。它作为杰出的伦理童话，感动过多少人啊！沃尔夫冈·斯特乔夫在1945年第27卷第四期的《艺术公报》上的《艺术中安条克与美丽斯特拉托妮丝的爱》一文中写道：“安条克与美丽斯特拉托妮丝的故事或许称得上是世界文学中一个出色的伦理童话。它吸引了诸如瓦勒里乌斯·马克西穆斯、普鲁塔克、卢西安和阿庇安等古代作家，彼得拉克和文艺复兴时代的小说家，如菲利普·基诺和托马·高乃依等十七世纪法国剧作家，以及温克尔曼和歌德等许多十八世纪晚期和十九世纪的经典作家。它也出现在许多十八到十九世纪的歌剧脚本之中。最后，它还在十五世纪以降至十九世纪的画作中留下显著的踪迹，后来在让-多米尼克·安格尔的一些最有意义的作品中到达了极致。”

的确，安格尔（1780?—1867）的《安条克的病》（*The Illness of Antiochus*，1840）最极致地表现了安条克和斯特拉托妮丝的爱情故事。

安条克和斯特拉托妮丝的爱情一直是安格尔所喜爱的故事。最初，十八世纪末、十九世纪初在巴黎向达维特（另译大卫）学画时，安格尔就了解到达维特1774年获罗马奖的画作《安条克和斯特拉托妮丝》；后来去罗马学画，他在给一位朋友的信中表示，“计划就这一题材创作一幅画”。他熟悉这故事的来源是普鲁塔克的《比较列传》，后来在创作此画时还曾对他的学生们大声朗读这故事。另外，安格尔喜爱音乐，他不但知道法国作曲家艾蒂安·尼古拉·梅于尔以这故事创作过歌剧，大概还观赏过这部歌剧1806年1月20日的演出。梅于尔的这部歌剧晚至1818年在安格尔家乡蒙托邦演出，一直都是保留节目，安格尔收藏有它的总谱，毕生都带在身边，常常颂唱。

安格尔从1836年12月16日开始创作《安条克的病》，最后于1840年8月在罗马完成。亨利·S.弗朗西斯在1968年第55卷第四期的《克利夫兰艺术公报》上的论文《安格尔：安条克和斯特拉托妮丝》中这样描述画作所表现一个瞬间：

……安条克躺在床上，患有一种怪病，正濒临死亡。他的绝望父亲裹挟在一袭红色的斗篷里，跪在床脚跟前，他的头垂了下来，沉痛中双臂伸向垂死的儿子。站在长沙发旁的医生埃拉西斯特拉图斯，将手按在安条克的胸上，觉得安条克的心脏很衰弱。而当斯特拉托妮丝进房时，医生又感到他的心猛烈地跳跃，便认识到这青年的病是爱上他父亲这年轻的妻子。埃拉西斯特拉图斯见斯特拉托妮丝目光下垂、悲伤地离开，很是吃惊。据传统所说，当塞琉古被告知他儿子的病因时，他为挽救安条克的生命，自我牺牲放弃了他对自己妻子的爱。

是爱情、死亡和牺牲的主题，使一个大团圆的故事变得意外的动人；又有安格尔的热情的表达，终于使这故事成为美丽的伦理童话。安格尔满意自己的这幅作品，自称是“我最伟大的历史题材的细密画”，还主张要为此画订制一个“最宽、最华丽而且尽可能最富于希腊式的”画框。此画现藏于法国尚蒂伊的孔德博物馆，吸引着无数的受众。

两个玛丽一夜白发

《悲惨世界》第七章“商马第案件”，可能是全书最震撼读者心灵的一章。在这长达数万字的一章中，大部分都在刻画主人公、已经成为“滨海蒙特勒伊市长马德兰先生”的冉阿让一夜中“脑海中的风暴”：第二天该不该去审理“商马第案件”的现场，自首承认自己才是真正的罪

托马斯·福尔肯·马歇尔笔下玛丽王后被捕的情景。

玛丽受审的场面。

犯。这是尊荣和羞耻的选择，是财富和苦役的选择，也是天使和魔鬼的酣战，“或者外君子而内小人，或者圣洁其中而羞辱其外”。维克多·雨果多层次多角度、一次又一次地描述了他这惊心动魄的心灵搏斗，甚至动身之后在途中都还出现，直至站到法庭的门口，想一步进去的刹那，还受到沉重的一击。

心灵的变化，肉眼是看不见的，但冉阿让的外形明显改变了。此时，雨果写道：“他的脸，异常惨白，身体微微发抖。他的头发在刚到（案审地）阿拉斯时还是斑白的，现在全白了。他在这儿过了一个钟头，头发全变白了。”（李丹、方于译）后来当他自己在镜子里看到自己这头发时，也说这可是“怪事”。

作为虚构作品，小说不要求作家非得描写“已经发生”的事，若有必要，他完全可以描写“可能发生”的事。那么，一夜白发的事，是可能发生的吗？

医学研究表明，一个人步入老年之后，体内黑素细胞中的酪氨酸酶活性、进行性丧失，使毛干中的色素消失，结果会使头发变白。另外，营养不良，缺乏蛋白质、维生素或某些微量元素，或患有内分泌疾病、肺结核等慢性消耗性疾病，或者因为家族遗传的关系，也都会使人未及老年就头发变白。而极度的忧虑或极度的惊吓，情绪高度紧张，也同样会加速头发变白。

英国《皇家医学学会杂志》有一篇论文，作者查阅了两千零八篇有关文献，考证出最早是产生于公元二世纪至五世纪之间的犹太教典籍《塔木德》上记载，说有一个十七岁的犹太学者，“因过重的研究工作”而突然头发变白。世界卫生组织1972年出版的《世界医学新闻》有一期发表了一篇文章，举出历史上多个“一夜白发”的事例，包括法国王后玛丽·安托瓦内特被捕之后，以及纳瓦拉的亨利（1553–1610）“圣巴托罗缪惨案”后被禁锢中一夜之间白发的事。另外，历史还记载，苏格兰女王玛丽·斯图亚特也经历过瞬间白发的一夜。

玛丽·斯图亚特（1542–1587）是苏格兰国王詹姆斯五世和他的法国妻子“吉斯的玛丽”唯一的孩子。出生六天，父王去世，玛丽依继承法成为苏格兰女王。五岁时，母亲送她去法国，在法国国王亨利二世的宫廷中长大，使她在原有的美貌之外，还养成一副异常优雅的风度，和对诗歌、音乐的爱好。1558年，玛丽与亨利二世之子法朗西斯结婚。这年11月，伊丽莎白继英格兰王位；按照世系，玛丽应为英格兰王位的第二继承人。天主教徒认为，应该是玛丽成为合法的英格兰女王，因为伊丽莎白是她父亲亨利八世和他的第二个王后安妮·博林的女儿，因此，亨利二世就代表她要求取得英格兰的王位。1559年，亨利二世去世，法朗西斯继法国王位，玛丽也就成了法国的王后。但法朗西斯于1560年12月夭亡，已为寡妇的玛丽即于1561年8月返回苏格兰。

伊丽莎白女王本来就对玛丽怀有敌意，她拒不承认玛丽为自己的继承人。此时苏格兰已经改宗基督教新教，把信奉天主教的玛丽看成是信奉异教的女王。这样，在政治和宗教的斗争中，玛丽成为伊丽莎白女王的囚徒。

伊丽莎白没有子嗣，认为玛丽是王位的一个威胁，又看到天主教徒希望扶植玛丽、推翻她这个新教女王的企图，于是一次次改换地址，将玛丽囚禁了十八年。先是在1568年7月13日，玛丽被送到约克郡的博尔顿城堡；1569年2月3日被转到特伯利城堡；1569年4月20日又被转至更安全的温菲尔德庄园；1569年5月15日被送到德比郡的查茨沃思庄园；1569年9月21日返回温菲尔德庄园；稍事待留之后，即回到特伯利城堡；1570年5月又回到查茨沃思庄园；1572–1573年这段时间里，则在约克郡的设菲尔德城堡、设菲尔德庄园和查茨沃思庄园来回周转；1573年8月，又让玛丽在巴克斯顿浴场待了五周；1582年，玛丽被转到斯塔福德郡的斯塔特利会堂。

1586年8月，暗杀伊丽莎白的主谋安东尼·巴宾顿写给玛丽的密信被伊丽莎白的大臣截获。从信中可以清楚看出，暗杀伊丽莎白的计划获得了玛丽准许，阴谋败露，玛丽于是被捕，先被押往并不为人知的某处，两周后返回斯塔特利会堂。1586年9月21日，玛丽和她的臣仆均被移送到一未知的目的地，四天后关入北安普敦郡的福瑟林哈城堡。最后在这里被处决。

伊丽莎白是在1587年2月7日签署玛丽的死刑执行令的。

面对执行令的宣读，玛丽丝毫没有惊恐的表露。她要求自己任何场境下都保持平时那种应有的气度，绝不亵渎作为王者的高贵和尊严。她平静地回答说：“赞美天主……再没有比这个消息更叫我欣慰的了，因为它表示我的尘世的苦难即将结束，意味着天主的恩典，是他成全了我为弘扬天主的荣名和他眷爱的罗马天主教而死。”她以极其平和的态度，与身边忠诚的仆人共进最后的晚餐，一一嘱咐，分送礼物，又写了几封信，精心准备明日穿戴猩红色殉道者的服装。午夜过后很久，她才上床就寝，希望通过休息，能以一副坚强而无畏的心来迎接死亡。

但是，“玛丽·斯图亚特无法入睡”。奥地利作家斯蒂芬·茨威格研究了浩繁的原始资料之后完成的《玛丽·斯图亚特传》中写道：第二天，死刑执行完毕，当刽子手按惯例高高举起她的头颅让全场过目时，“全场观众不禁目瞪口呆，仿佛见到了鬼魅——他们看到的是一个老妪的头颅，一头花白的短发”（侯焕闳译）。她的侍女说，主人这头发就是在一夜之间变白的。

像苏格兰女王玛丽·斯图亚特一样，法国王后玛丽·安托瓦内特（1755–1793）也有一夜白发的经历。

法国大革命一爆发，王室家族即被卷入他们很快就无法控制的事态之中。继1789年7月14日攻陷象征国王暴政的巴士底狱之后，10月5–6日，一群巴黎妇女和民兵向王室居住的凡尔赛进军。玛丽成为众矢之的，民众谩骂的对象，不只是她宫廷生活奢侈，浪费巨大，绯闻不断，更因为她在数星期前敦促国王拒绝制宪会议关于废除封建特权和帝王特权的要求。

在人民的压力下，第二天，王室家属被押回巴黎，住在杜伊勒里宫，成为革命运动的人质，无法随意行动。六个月后，玛丽先是与此前接受过他们大笔酬金的国民议会重要成员米拉波伯爵暗中来往；米拉波去世后，她转而向一批流亡贵族求援。1791年6月20日半夜里，国王夫妇，还有化装成俄罗斯男爵的王太子女教师图则尔侯爵夫人，化装成护士的王后姐妹伊丽莎白夫人，以及国王的一个仆从和王家子女，悄悄出了杜伊勒里宫，企图向东部边境逃离。

逃跑计划主要是王后密友、瑞典的阿克塞尔·冯·费尔森伯爵和法国贵族布勒特伊男爵设计的，得到瑞典国王古斯塔夫三世的支持。费尔森驾用两辆可以飞快奔跑二百英里的轻型马车赶往法国东北部的蒙特梅迪。后来考虑到这样会使国王一家分散，路易国王和王后决定改由六匹马驾驭的重型四轮大马车。也是命中注定，圣梅尼霍德邮政局长让-巴蒂斯特·德鲁埃通过当时发行的钞票上的国王像，认出了路易十六。

随后拥来一大批群众，将国王夫妇和他们全家扣留在离他们最终目的地、强固的蒙特梅迪王家要塞五十公里一个叫瓦雷纳的小镇，最后被迫返回杜伊勒里宫。他们这次的身份是囚犯。

原来满以为可以逃脱，没想到却被抓获；本来，民众对她的愤恨远超过对她的国王丈夫，在一个个贵族都被送上断头台的时日里，她的命运会是怎样，玛丽自己无疑十分清楚，她的心情不难想象。“1791年6月21–22夜”是决定她命运的一夜。

玛丽·安托瓦内特的第一侍室女官卡普曼夫人在自己的《回忆录》中说：她“一夜之间，头发就白得像是一个七十岁的老妇人”。法国文学批评家夏尔·圣伯夫（1804–1869）完全相信卡普曼夫人的话，他在随笔集《月曜日漫谈》第四卷中写道：

她（玛丽·安托瓦内特）知道，最后的一点点欢乐和希望就在逃往瓦雷纳了。可是三天之后，景况是何等的不同啊。当卡普曼夫人在她从瓦雷纳被押回见到她时，王后脱下帽子和她道别，她看到忧伤给她的头发造成的后果。一夜之间，它就已经变得像一个七十岁的老妇人那样的白。而她却只有三十六岁。

英国画家托马斯·福尔肯·马歇尔无疑也相信卡普曼夫人的回忆。他在1854年创作了一幅油画《1791年6月21–22夜王族一家……》，画中的玛丽·安托瓦内特露在头巾外的头发，是雪白雪白的。

莫奈的白内障

吉维尼是塞纳河右岸的一个小村，在巴黎之西稍偏北面八十公里。1883年4月，法国画家克洛德·奥斯卡·莫奈（1840–1926）乘一辆往返于韦农和加斯尼之间的小火车路过时，从车窗看出去，见到外面幽美的景致，便喜欢上了，决心在这里租一栋房子和一块地皮住下来。同年，莫奈搬到这里定居。到1890年，他已有了足够的钱，于是买下这里的房子和地皮，并请来几位园艺师，把它改造成花园，园中开掘一口池塘，种上莲花，随后还建起一间玻璃暖房式的，结构考究、装有天窗的画室。莫奈在这里一直生活到他1926年去世。

吉维尼也没有辜负这位法国画家对它的垂爱，它赋予他灵感，让他创作出大量优秀作品。

莫奈是印象主义绘画运动的发起人。“印象主义”这个名词，便是因为他的《日出·印象》在1874年的展出才产生的。后来，批评家费里克斯·费内隆在1888年说：“印象主义这个词是为他创造的，这个术语对他来说比对任何人都更合适。”

印象主义最明显的特点是力求客观地描绘视觉现实中的瞬间片刻，主要是表现变化中的光和色的效果。莫奈画作的中心正是画家对光、色和细节的异乎常人的敏感，以致保罗·塞尚（1839–1906）在评论莫奈的这种敏感时，特

莫奈的《日出·印象》，表现变化中的光和色的效果。

亮丽的《室外人物习作》，莫奈作于 1886 年。

莫奈 1899 年的《睡莲池塘和日本桥》。

莫奈 1922 年的《日本桥》。

别强调：“只是因为有一只眼睛，可那是一只什么样的眼睛啊！”

但是研读莫奈的绘画，不难发现，他的绘画在前期和后期的风格上有重大改变。

莫奈的成名作《日出·印象》描绘橙黄色的天空下，一轮红日在晨雾笼罩下的港口冉冉升起，在海面上映出一缕橙黄色的波光，大片淡紫和灰蓝的色调延伸出的橘红色，使画面显得鲜艳而明亮。1886年所作的《室外人物习作》，不论那女子服装的色彩，还是她脚下的草地和背景上的云彩，都是何等亮丽。而他晚年的作品，色彩差不多全都是阴暗的。

是什么使他发生这样的变化呢?

此前也曾有人怀疑是莫奈的视力造成的影响，但这只是一种猜测。近年，学者通过对莫奈生平的研究，并运用科学实验的方法，无可辩驳地证实了，是眼疾模糊了莫奈的视力，以致影响他的画作产生这样的变化。

莫奈的眼疾始于1905年。年初，他觉得自己看外界的事物，色彩跟以往看到的不一样了，后来就越来越有这种感觉。1912年，巴黎的眼科医生诊断说他患了白内障。这是眼内晶状体混浊的疾病，主要症状包括视物模糊，或看到的物体比实际的较暗或呈黄色。十年后，莫奈的情况更严重了：视力下降，一切都像是在大雾中看到的那样。莫奈在1922年8月11日给画家兄弟加斯东和若斯·伯恩海姆-

琼的信中诉说："我可怜的视力使我看任何东西都全然模糊不清。我喜欢原来非常美的依然能是这样的美。总之，我是非常的不幸。"

莫奈找过多位眼科医生。法国的夏尔·库泰拉博士给他的右眼滴上药水，让他眼睛的瞳孔放大。最初效果很好，莫奈很高兴。但是，药水造成的功效不能持久。于是，医生建议他手术治疗。手术？这让莫奈想到美国印象主义女画家玛丽·卡萨特（1844—1926）的遭遇。玛丽·卡萨特1911年也被诊断患有白内障，到1914年不得不进行手术，但几次手术都不成功，结果两眼全瞎。

莫奈不愿接受手术，医生认为除此没有别的办法。莫奈只好让库泰拉医生在1923年1月，他八十二岁那年为他的右眼做了一次手术。可是，手术使莫奈异常失望：除了一切都不如术前方便外，还觉得妨碍他的创作，莫奈心情十分沮丧。在这年6月22日给库泰拉医生的信中，莫奈这样表达他的受挫感："这是我所能承受的最大的打击，我很后悔此前决心做这致命的手术。原谅我这么坦率，请允许我说，我认为它是让我陷入如此困境的罪魁祸首。"

莫奈坚决拒绝医生再为自己的另一只眼睛做手术的建议，他的左眼便因严重的白内障，视物模糊不清，看不出紫色和蓝色；右眼对这些颜色还稍稍看得清楚一些。但因左右眼的色感和敏感度不同，使莫奈不能同时有效地运用两只眼睛。库泰拉只好为他专配一副护目镜，使他能够阅读和通信。虽然库泰拉医生配镜前对莫奈的视力所做的检验达到了近乎精确的程度，但因为眼睛本身的问题，无论如何总是很难把镜片调整得让莫奈看清事物的实际。在莫奈的视野中，那些被歪曲和夸大了的对象，其形状和色彩使他觉得“异常的恐怖”。到1924年改用一副新的眼镜，效果略有改变，莫奈才稍稍高兴起来。

画作上色彩的运用，是基于画家对色彩的认同。莫奈用色从亮丽到阴暗的变化，是由于他眼中看到的颜色已经起了变化。这种变化，在莫奈1918年至1922年进入八十岁期间创作的《睡莲》等画作上，可以得到切实的证明：不仅色调和光度混浊而阴暗，此外因为对比感的衰弱，如他自己所承认的，“我对色彩的感受力已经不像从前那样强烈。在我眼中，红色变得混浊，粉色也显得十分平淡，一些暗沉的颜色我已经完全感受不到了”，使画作所描写的形体也显得模糊不清。朋友们回忆说，当时的莫奈只能看到白色和绿色，所看到的蓝色已经变暗或变成紫色。更有典型特征的如莫奈这时的创作，都是用大刷子涂抹，色彩微弱，极少有明亮的橙黄色和蓝色，特别是早期作品中所表现出来的光感和氛围感，也都看不见了。莫奈甚至不得不将调色板上的颜料有层次地排列起来，并仔细看特意贴在软管上的颜色标签，来辨别不同的颜色。因为视物困难，他还常常紧瞪起眼睛来看事物；又因害怕阳光，要戴一顶宽边的巴拿马草帽，到了阳光强烈的中午就只好停止绘画。这一切都表明，视力影响莫奈创作色彩的运用，从而改变他的艺术“风格”的解释是说得通的。

典型的例证是：莫奈1899年的《睡莲池塘和日本桥》是一片郁郁葱葱的绿色、淡紫色和粉红色的反光海洋；而在患了白内障十年之后1922年的《日本桥》，这座桥完全被掩盖在文森特·梵·高绘画中的褐色和黄色斑点之下，已经看不到了。两相对比，风格、视角和颜色的变化十分惊人。

但研究者并不满足于这一“说得通”的推论，他们希望得到“证明”。美国斯坦福大学医学院的眼科学教授迈克尔·马默决心通过科学实验，来揭开莫奈等艺术家画作中色彩变化这个艺术史上的谜团。

马默的研究组利用图像处理软件，再现了莫奈在患白内障之后看到的荷塘的场景。《睡莲》《荷塘》是莫奈1899年画的系列画作，显示在不同光线中同一视野中的景色。作品于次年即莫奈六十岁时在纽约保罗·吕埃尔画廊展出，被认为是二十世纪最杰出的艺术品之一。实验模拟出的荷塘景象也模糊不清，而且色彩斑驳，呈现出黑色或黄绿色的阴影，白内障患者所看到的荷塘景象正是如此。

与此同时，研究组对莫奈描绘的《日本桥》进行类似的比较研究，也得出同样的结论。马默解释说：白内障严重限制了莫奈对色彩的识别，“他不能真正辨别自己所看到的事物。他的色觉实质上是进行性地趋向于褐色。也许，色感的进行性衰退比仅是视觉的模糊更使他感到烦恼”。马默说，莫奈本人曾不止一次提到自己视力恶化，对色彩的感觉已经不像以前那样强烈，“红的变得像泥一样混浊，我的画作也越来越阴暗”，因而作画时不得不凭记忆，甚至依靠贴在软管上的标签来替代他的视力。

“像视网膜疾患一样，”马默说，“白内障也模糊视力。更主要的是，对像莫奈这样一个画家来说，他的风格是建立在光和色的运用上的，视网膜疾患和白内障都会影响到看待色彩的能力。莫奈在看到阴暗的黄褐色的花园时一定非常吃力，然后设法将模糊的印象画到画布上。”马默得出结论：“随着年龄的增大，渐加严重的白内障，使镜片中的颜色变黄、变暗，极大地影响莫奈对色和视力的敏感度。”到最后，莫奈已经“看不清颜色了。实验的模拟研究表明莫奈的视觉已经受到多大的损害。有些人说：‘哦，是风格起了变化。’天哪，我可不这么认为”。

马默坚信莫奈前后期画作上的色彩变化是由于眼疾的关系，不认同是风格的转变。美国国立美术馆的专家都赞同马默小组的研究工作。该馆十九世纪绘画部主管克里斯·里奥佩里评价说：“在莫奈的背后，他的视力如何极大地影响他的创作，一直是个谜。这（马默的研究）是一大发现。”马默的实验让莫奈的传记不得不改写，其意义无须置疑。

普遍的忧郁症

1890年春，荷兰画家、情绪不稳定的文森特·梵·高即将从圣雷米的精神病院出来，他要找一个居处，同时需要继续治病。赏识梵·高天才的前辈画家卡米耶·毕沙罗曾请加歇医生给看过病，对他留有好印象，便让文森特的弟弟提奥与加歇医生联系。于是，提奥在这年的5月20日送梵·高去巴黎西北奥维尔加歇医生家附近的一家廉租房。

从这天起，梵·高就一直在加歇医生的照看之下，直到7月29日向自己胸部开枪，于30日死亡。

保罗·费尔南德·加歇（1828–1909）出生于法国北部里尔的一个实业家家庭。1845年，全家迁往弗兰德斯的梅赫伦。加歇虽然很早就喜爱艺术，但还是进了巴黎大学学医，把兴趣集中到神经病学和精神病学这一十九世纪中期属于跨学科的领域，并于1858年以一篇《忧郁症研究》的论文毕业；然后回巴黎，进了几家医院工作，其中包括著名的比塞特医院和萨尔佩特里埃医院。此后就去巴黎郊区私人行医。

保罗·加歇不但是位医生，还是一位业余画家，喜欢绘画，在作品上署“保（罗）·范·瑞塞尔”（P van Ryssel）之名。在多年的从医生涯中，他医治过许多作家和印象派画家，并与他们成为朋友。他们对他也做出了友好的回报，不但让他收集到大量他们的作品，还描绘过他

德拉克罗瓦 1839 年的作品《疯人院里的塔索》。

梵·高创作的《加歇医生像》之一。

梵 · 高创作的《加歇医生像》之二。

的生活场景。塞尚画过加歇医生在奥维尔的家，昂布鲁瓦兹·德特雷兹、夏尔·莱恩德尔、诺贝尔·戈纽特和埃米尔·伯内尔等人都为他画过肖像。其中最著名的是梵·高画的那幅。

不错，梵·高最初对加歇医生的印象并不好。他在给提奥的信中说："首先，他病得比我还重，我想，或者我们可以说是同样的重，事情就是这样。现在，一个盲人给另一个盲人领路，他们两个还会不掉进沟里去吗？"不过很快，他的看法就完全不同了，在给妹妹威廉明娜的信中说："我已经在加歇医生身上找到真正的，有点像另一个兄弟一样的友谊，我们彼此在生理上还有精神上都有太多的相似。"这友谊让梵·高乐意为他画像，除了一幅蚀刻画，还有两幅著名的油画——油画有两个版本，都作于1890年。油画是以法国著名浪漫主义画家欧仁·德拉克罗瓦（1798–1863）表现意大利文艺复兴末期伟大诗人托夸托·塔索（1544–1595）精神失常的画作《疯人院里的塔索》（1839）为样板创作的，描绘在青山蓝天的背景之下，加歇医生面对桌上摆放着的两册小说和几支草药（洋地黄），右手撑着脸，手肘搁在桌子上，陷入忧郁，一副典型的病态。

这年7月，梵·高告诉威廉明娜说："我已经完成加歇医生表情忧郁的画像，这表情看起来像是那些疯狂而又文静，且聪明伶俐的人的脸相。"

梵·高生动地刻画出了加歇医生的忧郁情绪。

2010年，美国迈阿密大学历史学教授玛丽·林德曼在《现代欧洲早期的医学和社会》中说："忧郁是疯狂的表现形式，它曾经最受尊重。'忧郁'一词来自希腊罗马的黑胆汁，忧郁症被认为是体液过量造成的。今日对忧郁的定义是——疯狂，或者愁闷、忧戚、心灵受抑，或者默默沉思……"

说"忧郁是疯狂的表现形式"，那是因为极度的忧郁是躁狂忧郁症精神病的一种表现。这种病症常以躁狂状态和忧郁状态交替出现：处在躁狂阶段时，患者情绪异常激越，往往显得亢奋，思维奔溢、语言滔滔不绝，睡眠减少，同时也易被激怒；处在忧郁阶段时，情绪就异常悲伤沮丧，抑郁厌世，对日常生活中的活动、消遣、娱乐等一切都失去兴趣。梵·高的这幅油画，描绘的就是加歇医生处在这种忧郁状态。英国牛津拉德克里夫医院临床药理课的杰弗里·K. 阿伦森和米德尔塞克斯皇家矫形外科医院的研究生莫诺·拉马钱德兰在2006年7月号《皇家医学会杂志》上发表论文《艺术上的诊断：忧郁症和加歇医生像》，对梵·高《加歇医生像》中的加歇医生的病症做了这样的"诊断"：

这是一幅极度忧郁的肖像：基本色调沉重而压抑；这两本（埃德蒙和朱尔·龚古尔兄弟的）小说，内容也是压抑的：《热曼妮·拉瑟顿》（*Germinie Lacerteux*）写的是一个年轻仆人，过着淫荡的生活，最后惨死在济贫院；《玛内特·萨洛蒙》（*Manette Salomon*）描述了四个（也许不到四个）失意画家的生活。加歇显然很压抑——他头搁在手上的姿态，就像他脸上的表情，都很典型。梵·高曾写道，加歇的脸容“过度悲伤”：“他一定受着折磨，像我一样严重”，而且“他病得比我还重”。但是超越医生个人的忧郁症，梵·高把它看成是一种具有普遍性的状况。正如他给高更的信中所写的：“我是怀着破碎的心来表现时代，画了一幅加歇医生像的。”在给他弟弟提奥的信中也说：“我画他，是要表述现代人头脑中过于强烈的情绪和激情……需要画很多肖像。”

……可是加歇为什么忧郁？是内源性抑郁症吗？或者是某种生理性疾病的症状？在画中，他两手稍有一些色素沉着，虽然比他受太阳烘烤的脸还白，且他的指甲是全白的。他可能患有阿狄森氏病吗？梵·高的画是印象派的，而不是现实主义的；加歇当时有一张照片表明，他的脸是饱满的，不像梵·高画的那样；（在照片上）没有看到他的手。事实是，这幅加歇的画像更像是梵·高自己或他弟弟提奥，而不像加歇。

《加歇医生像》画出的不像加歇，而“更像是梵·高自己或他的弟弟提奥”。这说明什么呢？

玛丽·林德曼在《现代欧洲早期的医学和社会》中强调：忧郁症是“贯穿存在于现代社会的与心灵痛苦和肉

体紊乱相联系的最强烈的性情”。事实确是如此。著名丹麦文学史家格奥尔格·勃兰兑斯在《十九世纪文学主流》中曾指出：“十九世纪早期的忧郁是一种病，这种病不是哪一个人或哪一个国家所独有的，它是一场由一个民族传到另一个民族的瘟疫，就像中世纪常常传遍整个欧洲的那些宗教狂热一样。”（张道真译）这可以说是一种“世纪病”，或说“时代病”。

在告别中世纪“黑暗”的旧秩序跨进现代时，文化精英们往往天真地认为，从此以后，主观的权利，个人的自由，心灵的意愿，只要是希望实现的，都没有什么不可能实现的了。但是一二百年来的情况表明，出现在面前的现实与自己心中的理想竟是差得那么远，于是，情绪极端沮丧，热情备受压抑，内心无比忧伤，而且越是怀有理想，有过高期望、过高要求的人，越是会感到沮丧，感到压抑，感到忧伤；越是心智聪慧、感觉敏锐、富有教养的人，越是感到沮丧，感到压抑，感到忧伤。

这就是现代欧洲早期，及从十八世纪六十年代到十九世纪中期出现在文化精英们中间的普遍情绪，当时曾被赋予一个专门名称，叫Der Weltschmerz，英语译作World Weariness，也就是“厌世情绪”的意思，用心理学或医学的术语来说，即“忧郁症”的主要表现。

有一份统计资料从A到Z，开列了数以百计患忧郁症的著名文化人士，其中有哲学家尼采、克尔凯郭尔、福柯、魏宁格，作家斯特林堡、卡夫卡、陀思妥耶夫斯基、波德莱尔，音乐家马勒、舒曼、柴可夫斯基、拉赫玛尼诺夫，画家戈雅、马蒂斯、基尔希纳，当然还有梵·高，还有加歇。

梵·高画加歇医生，也就像在画他自己和他弟弟提奥，和其他一些忧郁症患者。换句话说，他就是“怀着破碎的心来表现时代”。

梵·高很重视他这幅画。他曾在一封信中直言：“这是最让我激动的……现时代的肖像画……我喜欢画一些一个世纪之后像幽灵一样呈现的肖像……现在我不想通过照相式的相似来做到这样，而要运用我们现代的科学和尝试用色彩作为表达和增强人物特点的方式，来表现人的情绪。因此，在这幅画像上，加歇医生的脸是太阳烘烤过的红砖色，他的头发是红色的，对比青山背景的帽子是白色的，他的外衣是深蓝色的……这使他的脸看起来有些苍白，虽然它本来是棕红色的。他的手是助产士的手，比他的脸还白……他前面红色的桌子上是两册黄色封面的小说和紫黑色的洋地黄。我自己的画像也几乎完全一样……”

如今，一个多世纪过去了，梵·高的《加歇医生像》不是“像幽灵”，而是大大咧咧地走进人们的生活。1990年5月15日，在三分钟内，纽约克里斯蒂拍卖行以八千二百五十万美元的价格拍卖给了日本第二大造纸商斋藤先生，创下当时艺术品拍卖价格的世界最高纪录，画的复制品也就受到更多人的赏识。

自闭症女孩的画

在获1989年奥斯卡最佳影片、最佳导演、最佳原创剧本和最佳男主角四项大奖的影片《雨人》中，查理·巴比特的哥哥雷蒙·巴比特是一个特异的人，或者说他有不少特异的生活习惯：要在固定的时间做固定的事，在固定的时间看固定的电视节目，而且每餐都有固定的食谱，每天都在固定的时间睡觉，有时还表现得重复而刻板。但是另一方面，他又具有惊人的记忆力：过目不忘，能准确报出飞行史上所有重大空难发生的航班的班次、时间、地点、原因，能迅速数清掉落在餐厅地板上的二百四十六根牙签，还能记得电话簿上任意读过的电话号码；他的心算能力竟达到计算器的速度。据说，这一切都因源于他是一个自闭症孩子。

自闭症（autism），又译孤独症，是一种影响人的躯体、社交能力和语言技能的神经生物学性障碍。1943年，出生于奥匈帝国、在约翰·霍普金斯大学从事研究的美国精神病学家莱奥·坎纳（1894—1981）在论文《情感接触的自闭症障碍》中首次使用该词，并以十一个病例描述这一类表现极端孤独、自我沉淀的儿童。

自闭症儿童的特征是对他人表现出的爱悦之情或身体接触无动于衷，并拒绝与他人交流；他们语言能力发育迟滞或不正常，甚至根本无有语言能力，可表现为无意义、

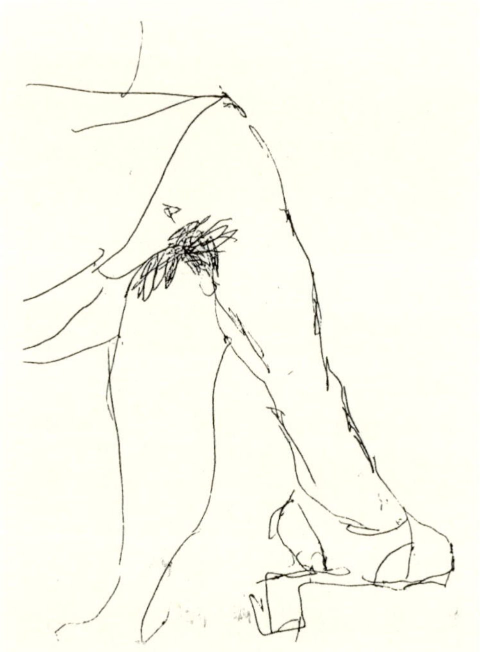

自闭症女孩娜嘉用圆珠笔画的作品。

无上下文的模仿语言，或不成其为语言，只是机械的离奇古怪的声音。但在某些方面，他们却可能显示出异乎寻常的聪明和敏感。

娜嘉·乔梅恩就是一个著名的自闭症孩子。

娜嘉·乔梅恩（Nadia Chomyn，1967–2015）生于英国诺丁汉郡，父母都是乌克兰移民到英国的理科生。父亲迈查洛·乔梅恩有工程学学位，母亲艾尼拉·乔梅恩是化学专业毕业生。乔梅恩先生在战后来英国，妻子则是在乌克兰的利沃夫大学完成学业之后稍晚一些来的。在诺丁汉的家里，家庭成员平日是说乌克兰语，但三个孩子都学会能说乌克兰语也能说英语。

娜嘉是乔梅恩家的第二个孩子，是顺产生下的。虽然她的兄妹安德烈和塔尼亚各方面都完全正常，娜嘉却很不一样。婴儿时，就看出娜嘉的肌肉弹性很差，其他方面发育也异常缓慢，如她到两岁才会独立行走。她在发音上也过分迟钝，长到九个月才能说几个单词，可就是这么几个可怜的单词也很快就“消失”了。另外，她一切的“行动”都过于缓慢甚至显得无能：她自己不会穿衣服，吃饭时不会用刀叉，更有甚者，她不会说话，也不懂别人说的话，简直像个哑巴。后来，父母送她进了一家接受智力迟钝孩子的学校，但她在那里好像也没有长进。她总是退缩在自己一个人的世界里，不跟老师和他人联系；她会长时间地坐在那里，眼睛一动不动地盯着一个固定的地方。于是在六岁半那年，父母带她去了医院，确诊她是一个自闭症女孩。

可是另一方面，娜嘉在艺术创造上，似乎又具有大大超越常人的才赋。

娜嘉三岁时就开始作画了。虽然此前她从未经历过小孩子常有的涂鸦阶段，但一起步，画出的图像便具有视觉现实主义的特征，如同原来就正规学过素描技法似的。娜嘉最初画的大多是马，随后不论画马、画骑手，画的都不是真的马，经常是游艺场上的旋转木马，尽管她对这类东西的实际经验很是有限，当地的大公园、诺丁汉著名的娱乐场“鹅市集”，她只去过一两次。她的灵感主要来自图画书，尤其是那类根据摄影画下来的图画书。

作画时，娜嘉始终只注意自己面前的画纸，根本不看别处，从不依照样板来画，就像是在描画自己心中的图像。英国发展心理学家伊丽莎白·纽森曾长期跟踪观察和研究娜嘉。她认为：“娜嘉作画，灵感来自她曾看到过的图画和往往明显是实体的对象。但她画的时候，前面没有样板，也不曾有近期见过的样板。”另一位研究者洛娜·塞尔夫也说：“她画得惊人的快，几分钟便画好了，把它扔在一旁。”

娜嘉绘画，虽然动作如此迅速，但专家认为，她画出来的东西，十分接近美术学院学生创作时的现实主义视觉，而不是典型的幼儿绘画。英国著名画家格雷厄姆·萨瑟兰（1903—1980）称赞说："娜嘉的这些画，不仅显示出极大的精确性，从很多方面来看，都确实使我感动。"而且，她的画法也很特别。娜嘉画人的时候，无论画人的手、足和身躯各部，都不依照常规，她会先在画纸左边画某个细部，然后远远地在右边画另一个细部，最后才将这些部分联结起来。例如她画一匹马，她先是画马的脖子，随后画马的两只眼睛，到后来才回过头去画出整个马头的轮廓，再将马头的轮廓和脖子、眼睛巧妙完美地联合到一起。还有，娜嘉画的时候，能极速将一根线条延伸出去跟另一根线条交搭，精确地恰好接在那根线条的终点上，既不过头，也不会未到顶点就停下来，全都准确无误，不偏不斜。专家说，这表明她有良好的机械控制能力。而且首次描绘一些以前从未画过的东西时，如画一条腿搁到另一条腿上，她根本无须临摹便能精确地画出来。她第一次描绘新的题材，和后来描绘的都同样逼真。

在娜嘉被诊断为自闭症之后，医生曾给她做了深入的治疗，并从各方面帮助她，特别是训练她如何运用语言。有一个阶段，她在语言沟通方面虽然有所提高，但也只能是些短短的电报式的句子。而这期间她的绘画，无论是数量还是质量都下降了。到了青春期，她又重新画出极其流畅的现实主义作品。她最多产的时期是三岁到七岁那个阶段。伦敦著名的伯利恒精神病医院的档案室里，至今还保存有两百多幅娜嘉·乔梅恩的画，全都画在购物收据、笔记本内的衬

娜嘉的画（左）与达·芬奇的画（右）的对比。

页，和从童书中撕下来的插图页等碎纸片上面。

通常认为，一个人必须经过一系列常规的训练，才能画出现实主义的作品。娜嘉似乎越过了这个阶段，而且她的作品也大大超过一般青少年的绘画，更何况绘画速度又如此之快，令人不解，甚至引起一些人的怀疑。

哈佛大学波士顿学院心理学副教授艾伦·温诺看了娜嘉的画后，对她运用流畅的轮廓线条画出诸如马匹、骑手、驯鹿、鹦鹉和两腿交搁等像是文艺复兴时代的艺术家创作这些比较难画的现实主义绘画，感到十分惊讶。她1982年在《创造的世界：艺术心理学》中针对人们的怀疑，解释说：

一种可能的解释是基于娜嘉孤立于社会的事实。她与世隔绝，几乎没有语言和社交能力，便转向于绘画，作为一种交流的途径。不过这种解释的问题是，弱智和精神病儿童同样与世隔绝，却不能像娜嘉一样绘画。而且，娜嘉经常在她（以前创作）的画上面作画，她似乎无须以作画作为交流的一种方式。

……

更为可能的一种解释是基于娜嘉极其有限的概括、抽象和对事物进行分类的能力……

……

虽然娜嘉是最著名的，但她也不是唯一能显示出有特殊绘画能力的自闭症儿童。多数自闭症奇才都已证明在数学、音乐或记忆上有特殊技能，不过也有一些这类儿童的才赋，像娜嘉那样出现在视觉艺术上……

因此，娜嘉的天才不能完全以自闭症来解释。或许是她在视觉艺术的范畴具有一种先天的、可能是精神病人的癖好。或许是具有如此的才赋，又缺乏理性认识的干预，才使娜嘉能够在其他天才儿童未能画出现实主义的作品、成为艺术家之时，便能创作出令人惊异的视觉艺术。

显然，对于自闭症儿童的天才及其神秘，许多问题，科学家至今仍然没有搞清楚。

文化人黑《三国演义》

刘 勃

《三国演义》被牢牢固定在了古代知识精英的鄙视区。

历史有多崇高，小说就有多卑微

《三国演义》这部书，按照现在的分类，叫历史小说。历史和小说，这两个名词需要先解释一下。

在中国的传统里，历史学有特殊的地位。梁启超在《中国历史研究法》中称："中国于各种学问中，惟史学最发达；史学在世界各国中，惟中国为最发达。"

为什么会如此？因为古代中国人，显然并不把历史仅仅当作"过去发生的事"。按照传统眼光看来：

第一，历史中包含着"道"，也就是人类社会最重要的原则，所以，写历史书，也就是在进行核心价值观建设。

孔子是中国文化传统的核心人物。而古人相信，对孔子来说最重要的著作是《春秋》，孔子说："知我者其惟

《春秋》乎！罪我者其惟《春秋》乎！”

《春秋》是一部历史书，却同时也被当作最高法典，所谓“孔子成《春秋》而乱臣贼子惧”。到了汉朝，有学问的人，是真会拿着《春秋》来论证国家大政方针的合理性的。

从《史记》开始，一部部正史排列下来，虽然都表示自己不敢和《春秋》相提并论，但是也都宣称，自己继承着《春秋》的精神，从事着极其神圣的工作。

因为历史有着这样的神圣性，所以有些今天的人看来可能无所谓的问题，对古人来说就非常严重。比如说，蜀汉和曹魏这两个政权，究竟谁是正统？今天我们只把历史当作过去发生的事，大可以笑看这个问题，古人却非争出个是非来不可。

抱着这样一种历史信念，还意味着学习历史就是学习治国和做人，所以唐太宗说“以史为镜，可以知兴替”；得到了历史书的正面评价，那么承受人世间的种种磨难也就在所不惜，如文天祥的名句“人生自古谁无死，留取丹心照汗青”。

所以有人说，中国传统社会里，史学是发挥着类似宗教的职能的。

第二，正因为历史如此重要，所以史书的修撰，权力是深度介入的。

史官是国家干部，历史应该怎么写，是“天子之事”，就是天子赋予了你写历史的资格，你才可以动笔。

孔子对自己作《春秋》这事，说“其义则丘窃取之矣”，一个“窃”字，就是承认自己本没有这个资格。当然，后来他被钦定为圣人，资格就不成问题了，算是先上车后买票。

司马迁在《太史公自序》里提到，他被人质疑过：你生在天子圣明的时代，一切各得其所，为啥要写历史？后来也常有人骂司马迁竟然私自修撰历史。《三国演义》里出现过的王允，就是典型代表。

班固写《汉书》，曾被人检举私自修史，于是被丢进大牢。他的作品被送到皇帝面前，汉明帝看了很满意，才封班固为“兰台令史”，别看这只是个百石的小官，有这个身份，才有了合法地写历史的资格。

到了唐代，为终结这种先上车后买票的情况，皇帝进行了重大制度创新，就是设立史馆，把正史的修撰，作为国家级的文化工程来做，由宰相一级的大官来主持。所以今天我们看到，《晋书》是房玄龄撰，《隋书》是魏徵撰，《宋史》是脱脱撰，《明史》是张廷玉撰……都是名相。这些人政务繁忙，未必有多少工夫过问写史书的事，挂他们的名，就是朝廷表明一个姿态。

第三，历史还是社会上层交流的一种方式。

因为历史如此重要，所以上流社会的人谈事情的时候，都喜欢引用历史。这里简单举两例。

有人想把汉灵帝废掉，来联络曹操。那时候曹操还很年轻，他表示不能这样做，是这样论证的："夫废立之事，天下之至不祥也。古人有权成败、计轻重而行之者，伊尹、霍光是也。伊尹怀至忠之诚，据宰臣之势，处官司之上，故进退废置，计从事立。及至霍光受托国之任，藉宗臣之位，内因太后秉政之重，外有群卿同欲之势，昌邑即位日浅，未有贵宠，朝乏谠臣，议出密近，故计行如转圜，事成如摧朽。"伊尹和霍光，是历史上两个曾经废掉天子的人。曹操大谈他们道德有多高，权势有多重，所以才可以这么做。然后话锋一转，表示自己不能和他们比，所以算了吧。

大家更熟悉的例子，诸葛亮高卧隆中的时候，"自比管仲、乐毅"。管仲、乐毅都为诸侯效力而非服务于天子，作为臣子，他们都总揽大权，以至于充分信任他们的君主几乎无所事事。还有一点，管、乐都以功业见称，道德评价则并不突出，尤其是管仲，经常被当作一个实用主义的典型。

把自己比作这两个人，诸葛亮当时的人生态度，就分明体现出来了。

总之，你要是不会随口引用历史掌故，或者别人引用了你却听不懂，那简直不配混这个社交圈。

"小说"这个概念，不同时代，变化很大。从鲁迅的《中国小说史略》开始，小说史的著作很多，没有一部能够提出一个贯通古今的“小说”定义。这里只能做个最简单化的梳理。

“小说”这个词，大概是庄子最早使用的。他讲了一个任公子钓鱼的故事，说此君蹲在会稽，用五十头公牛当鱼饵，钓了一年多，其间毫无收获，但最后把叫若的海神，钓上来了。

海神是条巨大的鱼，任公子把它制作成一条条小鱼干，从今天的浙江省开始分，一直分到广西，广阔土地上的人们，都吃得饱饱的——前几年有个网络段子，“北冥有鱼，其名为鲲，鲲之大，一只火锅炖不下”，千万不要觉得这类段子侮辱经典，看这段就可知道，最早这么玩的，其实是庄子自己。

于是庄子问：和任公子比，拿着小鱼竿到小沟渠去钓鱼的，倒是哪天都不空手而回，可是都能钓上些啥？

所以，像任公子这样钓鱼，是有远大追求，这叫“大达”；每天去河沟边上钓，弄点小鱼小虾什么的，这就是“小说”。庄子说：“饰小说以干县令，其于大达亦远矣。”县是高，令是美。修饰各种小说，来追求崇高美好的名声，距离大达也就很远了。说穿了，则是“其不可与经于世亦远矣”。

也就是说，“小说”这个名词诞生的时候，是骂人的话，凡是不上档次的作品，都可以叫小说。

西汉末年，皇家图书馆对藏书进行整理编目工作，于是诞生了中国最早的目录学著作。原书虽然已经失传，但最有价值的内容，保存在《汉书·艺文志》里。

先秦诸子的著作，被分成了十大门派：儒、道、阴阳、法、名、墨、纵横、杂、农、小说。小说家不但排名最末，而且直接被认为不入流，所以产生了一个说法，叫“九流十家”。《汉书》还加上了一段老贵族派头的按语：“小说家者流，盖出于稗官，街谈巷语，道听途说者之所造也。孔子曰：‘虽小道，必有可观者焉，致远恐泥。’是以君子弗为也，然亦弗灭也，闾里小知者之所及，亦使缀而不忘，如或一言可采，此亦刍荛狂夫之议也。”

几点值得注意：

第一，小说家指的是“街谈巷语，道听途说者”，他们不是“君子”，但小范围里却是舆论领袖，所谓“闾里小知者”。换句话说，这个小说家不像今天的小说家，倒更像今天的自媒体。

第二，小说这东西没什么价值，但也不必禁止，因为可能能够反映一些民意。而圣明的天子，总是很关注底层民意的。

第三，我们实际上不了解《汉书》里罗列的这些小说是什么样子。

小说家虽然排序在九流十家之末，但作品篇数却高达一千三百八十篇，排名第一（第二是道家，九百九十三篇；

第三是儒家，八百三十六篇；其余七家，加起来的总数也不如小说多），可见小说家们的创作热情是很高的。但也只有小说亡佚得最彻底，一篇都没剩下，遗文也没几条。

班固之后，一直到纪晓岚编《四库全书》，正统学者心目中的小说，大概可以这么定义：小说是记录不重要不确凿的事实的短小作品。

也就是说，小说是不能虚构的。它们存在的意义，是有可能填补史书的缺漏。

比如西晋干宝的《搜神记》，以今天的标准看，这是本鬼怪故事集，当然是虚构的，但干宝自己并不这么认为："虽考先志于载籍，收遗逸于当时，盖非一耳一目之所亲闻睹也，又安敢谓无失实者哉。……今之所集，设有承于前载者，则非余之罪也。若使采访近世之事，苟有虚错，愿与先贤前儒，分其讥谤。"他不承诺自己写的都是事实，但同时，他也强调自己并没有编故事：有的事迹是古书上写的，那是前人的责任；有的故事他是从贤达名儒那里听来的，如果讲错了，那么大家一起承担责任。用今天话说，这叫不能造谣，但可以传谣。

唐代的传奇，开始"作意好奇"，虚构性很明显了，但恪守小说旧传统的人对之是很瞧不上的。明代的胡应麟算是思想比较开通，愿意对低俗文学发表点意见的人，但他评价唐传奇的经典《柳毅传》，"鄙诞不根，文士亟当唾去"，呸一声，赶紧的。

一直到清朝，这是古代文学的收官阶段了，纪晓岚批评《聊斋志异》，理由是："小说既述见闻，即属叙事，不比戏场关目，随意装点……今燕昵之词，媟狎之态，细微曲折，摹绘如生，使出自言，似无此理；使出作者代言，则何从而闻见之？"小说是讲述见闻的，说的都是真事，不像写剧本那样可以胡编。《聊斋志异》写男女私情，那是真有细节真有现场感，你蒲松龄是怎么知道的呢？当事人不会告诉你，你又没有偷窥，所以你不可能知道，因此它是"才子之笔，非著书者之笔也"。

把纪晓岚自己的《阅微草堂笔记》拿过来一比较，和《聊斋志异》的区别一目了然。其实纪晓岚很清楚自己很多故事也是胡编的，但他恪守传谣者的本分，外人不可能知道的事，他是不写的。

也就是说，不可以虚构，或至少假装没有虚构的"小说"，是瞧不起那些明显虚构的作品，不承认它们够格算"小说"的。

当然，正统文人的观点，不能决定社会上的一般看法。实际上，不要说唐传奇和《聊斋志异》，《三国演义》《水浒传》或者"三言""二拍"之类，今天归入小说门类的作品，明清时也是被当作小说看待的。只不过，比起那些精炼的文言小说，它们的档次又要更低一些。还是胡应麟的话："今世传街谈巷语，有所谓'演义'者，盖尤在杂剧、传奇下。"

莫是龙是明代文学家、书画家、藏书家，他是支持看杂书的，甚至说出“全不观小说家言，终是寡陋俗学”的话来，但是对《水浒传》《三国演义》等书，他坚持认为是“野史芜秽之谈”，应该烧掉。

这样，我们就看到一条完整的鄙视链：史书＞不可以虚构的“小说”＞可以虚构的“传奇”＞长篇章回小说和短篇白话小说。

当然，处于鄙视链底端，也可能激发出绝地反击的勇气。冯梦龙《醒世恒言》的序里有句愤激之言，叫“六经国史而外，凡著述皆小说也”。这等于一个二本学生堵在双一流门口怒吼：“说哈佛牛我承认，北大清华就那么回事，其余什么乱七八糟的算个屁啊！”

另外，偶尔有些喜欢耍个性，要彰显自己品味广采博收、不拘一格的文人，会挑出几部白话小说来，和《史记》《庄子》并列。但我们要知道，这只是一种有趣的诡谈，绝不代表普遍意见。

历史如此崇高，长篇章回小说如此卑微，所以，历史小说这个名词，真是自带高岸为谷深谷为陵的气场。

现在我们讲小说史，特别看重《三国演义》作为长篇章回小说开山之作的意义，不过古代有身份的文人，看法却大不相同。

章回小说总体上都是被鄙视的，但碰到思想开明趣味广博的人物，最有可能被单拉出来获得好评的，是《水浒传》。《水浒传》的价值观，即使以古代标准看也属于变态（孙述宇先生的《水浒传——怎样的强盗书》，详细论证了这一点），但《水浒传》的特点，正在于它是恐怖的价值观和沛莫能御的文学才华的奇妙组合。《水浒传》用白话文写江湖，对文化人来说，这是用新奇的语言写陌生的世界，又确实写得人物鲜活世态生动，人比较容易赞美打开自己视野的东西。

《三国演义》就不行了。

《三国演义》的作者姓罗名本字贯中，这个并没什么争议。关于罗贯中生平，最早一条记录是这样的："罗贯中，太原人，号湖海散人。与人寡合，乐府、隐语，极为清新。与余为忘年交，遭时多故，各天一方。至正甲辰复会，别来又六十余年，竟不知其所终。"（贾仲明《录鬼簿续编》）

这条是以罗贯中朋友的口吻写的，因此也向来被认为是最可靠的记录。但值得注意的是，这里只介绍了罗贯中擅长"乐府"和"隐语"的创作，没提他是《三国演义》的作者。

这倒不说明罗贯中没写过《三国演义》，但可以反映出，即使对罗贯中这样社会地位很卑微的文人来说，写了一部长篇章回小说，也不如说几个段子重要。——这里乐府指散曲，隐语则是谜语，今天都可以归为段子类。

罗贯中除了被认为是《三国演义》的作者外，《水浒传》《隋唐两朝志传》《残唐五代史演义》《三遂平妖传》等小说的著作权，往往也都归在他名下。这些作品风格各异，成就高低不同，不像是出自一人之手。以至于现在有学者认为，历史上真实的罗贯中是何等人物，其实并不重要，重要的是罗贯中成了一批作者，甚至若干互不相干的作者共用的笔名。

明清人的笔记里零零碎碎提到罗贯中，流露出来的态度也耐人寻味：

第一，提到罗贯中，更多是因为把他当作《水浒传》的作者，说些因为写了《水浒传》，他的子孙三代都是哑巴之类的警训。显然，《水浒传》在他们那里获得的关注度，要远远高于《三国演义》。

第二，如果认为施耐庵和罗贯中是师徒关系，施耐庵写了《水浒传》，罗贯中写了《三国演义》，那自然是认为学生比老师差得远。如胡应麟认为，“武林施某”的《水浒传》还有点看头，但“其门人罗本亦效之为《三国志演义》，绝浅陋可嗤也”。甚至不能排除这个可能：在这些文化人看来，《水浒传》比其他“罗贯中出品”，高明得太多了，所以才需要为罗贯中发明一个老师。

谢肇淛《五杂组》里有一段议论，给章回小说划分等级：“小说野俚诸书，稗官所不载者，虽极幻妄无当，然亦有至理存焉。如《水浒传》无论已，《西游记》曼衍虚诞，而其纵横变化，以猿为心之神，以猪为意之驰，其始之放纵，上天下地，莫能禁制，而归于紧箍一咒，能使心猿驯伏，至死靡他，盖亦求放心之喻，非浪作也。《华光》小说，则皆五行生克之理，火之炽也，亦上天下地莫之扑灭，而真武以水制之，始归正道，其他诸传记之寓言者，亦皆有可采。惟《三国演义》与《残唐记》《宣和遗事》《杨六郎》等书，俚而无味矣。何者？事太实则近腐，可以悦里巷小儿，而不足为士君子道也。”

第一档：《水浒传》显然拥有了凌驾在其他小说之上的地位，所谓“如《水浒传》无论已”，显然就是在谢肇淛那个圈子里，《水浒传》好已经是共识了。另外，谢肇淛有借了朋友的《金瓶梅》不还的黑料，虽然这里没提，想必《金瓶梅》也可以列入这一档。

第二档：《西游记》《华光传》等，它们好在哪里，需要说一说。谢肇淛评价《西游记》的话，是研究《西游记》的人至今经常引用的。按照今天的看法，《华光传》（《南游记》）相当一般，但在谢肇淛看来，此书比《三国演义》也要强一些。

第三档：包括《三国演义》在内的一系列历史小说。

谢肇淛瞧不上《三国演义》的理由，是“事太实则近腐”，那么忠于正史干吗？

谢肇淛这人，二十几岁就中了进士，仕途也比较顺利，算成功人士。他学问好，藏书多，思想通透，眼光敏锐，诗文都做得漂亮。对他这样的人来说，看些和“正经学问”完全不同的小说，反而是别开生面的体验，所以也不吝啬给予赞美。但他感兴趣的是带点玄妙意味的哲理，而不是正确的三观，这是《三国演义》提供不了的。至于历史知识，他当然会觉得，要想了解，直接去看正史好了，还轮得到你说？

所以他才用一副阶级敌人的腔调说，《三国演义》“可以悦里巷小儿，而不足为士君子道也”，谁喜欢《三国演义》谁没文化。

谢肇淛这种态度，在上流社会的文人里相当有代表性。如后七子之首的王世贞，认为《史记》《庄子》《水浒传》《西厢记》是“宇宙四大奇书”，这也分明是有文化的富贵公子的趣味：一部史书，一部子书，一部小说，一部杂剧，放在一起似乎不搭，但共同点是都才气横溢又透着些非主流色彩。能开出这种书单，真真展示出既不拘一格又超然卓逸的品味，至于《三国演义》，是不值一提的。

这就要说到上流社会的边缘人金圣叹了。他在王世贞这四部书之外，补了《离骚》和《杜诗》，称为“六大才子书”。他不如王世贞的地方，是缺少一点视而不见的高冷，捧《水浒传》的时候，特意把《三国演义》拉过来狂踩：“《三国》人物事体说话太多了，笔下拖不动，踅不转，分明如官府传话奴才，只是把小人声口替得这句出来，其实何曾自敢添减一字？”说《三国演义》人物和事件太多，导致形象不鲜明，情节不紧凑，其实是在嘲笑

《三国演义》忠于正史乃自找麻烦。

为什么说《三国演义》像“官府传话奴才”？一是传话者不生产内容，正如写《三国演义》不需要想象力；二来官府的指示是用正经的书面语写的，人民群众看不懂，所以要把指示传达给群众，就需要转化为通俗易懂的语言，但也不能是真的劳动人民的语言，那会让老百姓对官府失去敬畏，这就产生了一种既不民间也不官方不伦不类非驴非马的“小人声口”，《三国演义》使用那种浅易文言，就属于这种语言。

赞美《三国演义》的人，爱说此书绝大多数内容在史书里都可以找到依据，又“文不甚深，言不甚俗”。其实就事实层面的判断说，和金圣叹是一样的，只不过褒贬刚好相反罢了。

金圣叹还提出过一个说法，《水浒传》前七十回是施耐庵写的，后面是罗贯中续的。此说当然没啥依据，但也体现出一个判断：他觉得《水浒传》招安以后的部分，写得像《三国演义》一样差，所以删掉算了。

一直到近现代，鲁迅、胡适仍然是赞美《水浒传》作者的才华，而对《三国演义》评价很低，和古代文人的趣味一脉相承。

当然，所有这些批评，也都等于在揭示《三国演义》深受欢迎的原因：读书的意义，就是三观接受洗礼，知识获得提升，毕竟这种观点最有群众基础。《三国演义》刚好满足了这方面的需求。胡适说：“《三国演义》究竟是一部绝好的通俗历史，在几千年的通俗教育史上，没有一部书比得上他的魔力。五百年来，无数失学国民从这部书里得到了无数的常识与智慧，从这部书里学会了看书写信作文的技能，从这部书里学得了做人与应世的本领。他们不求高超的见解，也不求文学的技能；他们只追求一种趣味浓厚，看了使人不肯放手的教科书。‘四书五经’不能满足这个要求。‘廿四史’与《通鉴》《纲鉴》也不能满足这个要求，《古文观止》与《古文辞类纂》也不能满足这个要求。但是《三国演义》恰能供给这个要求。我们都曾有过这样的要求，我们都曾尝过他的魔力，我们都曾受过他的恩惠。”（《三国志演义》序）

这些赞美，和他文学上对《三国演义》的极度不屑一点也不矛盾。文化人眼里的“文学”，和这些实用的功能，本来就不相干。

被《三国演义》抛弃的民间趣味

看魏晋时人的小说、笔记就可以知道，关羽、张飞的勇猛，诸葛亮的智慧与忠贞，曹操的奸诈与雄才……这些都在人物死后不久就已经传奇化，三国故事也一直很流行。由于讲故事、听故事的人兴奋点不同，慢慢的，就形成了两类不同的三国故事传统。

一个是史传传统。这个传统里的故事讲述人，一般有一定文化水准，但通常也不会太高。大体上，把《三国演义》改成现在最常见样子的毛纶、毛宗岗父子，可以代表这个群体的较高水平，而下限大概就是鲁迅《风波》里赵四爷的样子，“不但能说出五虎将姓名，甚而至于还知道黄忠表字汉升和马超表字孟起”。

这类人的特点，一是三观很正，把宣传“仁义礼智信”这类传统价值观当作小说很重要的功能和义务；二是很把正史的记录当回事，讲故事的时候会尽量往上靠，不大喜欢胡乱发挥。但说他们更关注历史，那倒也不见得。只是他们既然有且仅有一点读写能力，便很以这种本事为自豪，能够接近正史乃是自己有文化的证明（他们若生在今天，大概就是喜欢盯着古装剧挑历史错误的人吧），至于正史本身也可能会错，那便不是他们措意所在了。

另一个是民间传统，如《全相三国志平话》和许多元杂剧，都属于这个传统。这些作品主要面对不能阅读、通过听书看戏来获取信息的受众，价值观和趣味自然也和这些人民群众更加接近。

《三国演义》与其说是两个传统的集大成之作，不如说是史传传统排挤民间传统的产物，现在市面上常见的《三国演义》都是毛家父子改过的版本，这一点还要尤其突出。鲁迅《中国小说史略》里说《三国演义》“皆排比陈寿《三国志》及裴松之注，间亦仍采平话，又加推演而作之”，这是非常精准的判断，对民间传统的三国故事，《演义》只是“间亦仍采”，也就是偶尔吸收一些而已，用得并不多。

胡适的说法“《三国演义》最不会剪裁；他的本领在于搜罗一切竹头木屑，破烂铜铁，不肯遗漏一点。因为不肯剪裁，故此书不成为文学的作品”，却有点信口雌黄。一来，把史书中零碎的材料穿插组织起来，本身需要非常巧妙的手法，胡适没写过长篇小说，写别的书也以挖坑不填著名，自然也就没证明过自己有这等腕力，可能对此事的难度，大为低估；二来，《三国演义》并不是对各种素材“不肯遗漏一点”，恰恰相反，他对民间的各种三国故事，删汰起来简直大刀阔斧。

下面就简单罗列一下《三国演义》都拒绝采用了哪些东西。

第一，拒绝白话。

大多数章回小说，都是用旧白话写的，《三国演义》却是文言文。并不是因为它早，所以才更依赖文言，实际上更早的《三国志平话》白话色彩反而要强烈得多。

当然，《三国志平话》作者的文字功底太差，所以能把开头写成这样：“昔日南阳邓州白水村刘秀，字文叔，帝号为汉光武皇帝。光者，为日月之光，照天下之明；武者，是得天下也。此者号为光武。”对略识之无的读者来说，“光武”二字就不需要解释，何况他还解释错了，难怪夏志清说，这么写真是让人感觉受到了冒犯。

所以后来者肯定是要大加改动的，问题是怎么改。《水浒传》选择的道路，是在糟糕的白话文基础上，开辟穷荒创造了一个全新的文字世界，但《三国演义》却掉了个头，还是采用文言。显然是罗贯中们认为，写历史题材，用文言文才有格调。

应该承认，以文言文的标准衡量，《三国演义》确实是越改越好的。拿最直观的回目来说，明代嘉靖本第一卷的回目是：

第一回 祭天地桃园结义

第二回 刘玄德斩寇立功

第三回 安喜张飞鞭督邮

第四回 何进谋杀十常侍

第五回 董卓议立陈留王

第六回 吕布刺杀丁建阳

第七回 废汉君董卓弄权

第八回 曹孟德谋杀董卓

第九回 曹操起兵伐董卓

第十回 虎牢关三战吕布

只是勉强凑出来七字一句。毛纶、毛宗岗父子修改过的版本，把两回并成一回，回目变成上下对仗：

第一回 宴桃园豪杰三结义 斩黄巾英雄首立功

第二回 张翼德怒鞭督邮 何国舅谋诛宦竖

第三回 议温明董卓叱丁原 馈金珠李肃说吕布

第四回 废汉帝陈留践位 谋董贼孟德献刀

第五回 发矫诏诸镇应曹公 破关兵三英战吕布

叙述的文字，毛批本多数时候也比嘉靖本要平正通顺一些。当然，它武打描写比较少，喜欢做“《三国演义》武力排名”的朋友，会觉得毛批本可用的论据少了，十分扫兴。不过不详细叙述武将战斗，毛家爷儿俩可能觉得“史传之体”，删了，是提升格调。

但是，擅长写近体诗、八股文的人，不会觉得这种水平的对仗有任何难度；对熟悉《左传》《史记》《汉书》的读者来说，这种文字上的进步，意义也不大。黄河四鬼勤学苦练成了三头蛟侯三爷，在黄药师、欧阳锋眼里，反正还是一招秒杀。

第二，拒绝没头没尾。

《三国演义》的情节，从汉灵帝中平元年（公元184年）黄巾起义开始，一直叙写到晋武帝太康元年（公元280年）灭吴为止，覆盖了九十多年的历史。全书分三大部分：桃园结义到赤壁之战；三国鼎立及其斗争；诸葛亮病逝之后，至三国归晋。一般认为，最精彩的内容，绝大多数集中在第一部分，第二部分下坡路明显，但仍时有亮点；第三部分就没什么看头。

我们今天读小说或看影视剧，习惯以主人公为中心，主人公死了，往往故事也就结束。其实古人的趣味，一样也是如此。文字功底不过关的《三国志平话》对这一层都认识得很清楚，所以诸葛亮一死，不到一千字就全书结束。罗贯中明知道魅力人物死光后面就不好看了，还是以惊人的毅力把余下来的内容交代完，想必是因为在他心目中，重要的不仅是要讲述刘关张、曹操和诸葛亮的故事，而是要把三国这段历史首尾完整地交代一遍。毛家父子改《三国演义》时，这种心态更加强烈，他们宣称得了古本，在小说中又添加了这些内容："事不可阙者，如关公秉烛达旦、管宁割席分坐、曹操分香卖履、于禁陵庙见画，以至武侯夫人之才、康成侍儿之慧、邓艾凤兮之对、钟会不汗之答、杜预《左传》之癖，俗本皆删而不录。今悉依古本存之，使读者得窥全豹。"

这些内容里，和关羽、曹操、诸葛亮夫人有关的几个细节，丰富人物形象，当然加得好。邓艾、钟会、杜预是第三部分的重要人物，这部分既然写了，多些细节也好。管宁怎么与华歆割席的，郑玄（康成）家的女仆怎么有文化，这种次要人物的生活八卦，可真和小说主线没什么关联了。补充这些内容，只能是介绍历史的热情，超过了讲故事的兴趣。

第三，拒绝民间迷信。

《三国志平话》开头，讲了这么一个故事：汉光武帝时代，有个叫司马仲相的人，到阴间审理汉高祖刘邦杀害功臣的案子，最后判决是：韩信转世投胎做曹操，彭越转世投胎做刘备，英布转世投胎做孙权，三分天下。而刘邦投胎做自己的后代汉献帝，上辈子你让所有人吃瘪，这辈子就处处受气。吕后则做伏皇后，死于曹操之手，解上世的冤仇。劝韩信谋反的大忽悠蒯彻，转世做诸葛亮。司马仲相本人也没闲着，下辈子是司马懿。

这样，汉朝的开始和结束，构成了一个完美的呼应。

看《三国演义》，当然不会读到这个故事，因为这个设定被罗贯中毫不留情地删掉了。《三国演义》讲究“事纪其实，亦庶几乎史”（蒋大器《三国志通俗演义序》），这种明显根据佛教的轮回思想编造出来的段子，是不予采纳的。

有朋友可能会提出，现在《三国演义》的开头，显然也不是科学思维：“建宁二年四月望日，帝御温德殿。方升座，殿角狂风骤起。只见一条大青蛇，从梁上飞将下来，蟠于椅上。帝惊倒，左右急救入宫，百官俱奔避。须臾，蛇不见了。忽然大雷大雨，加以冰雹，落到半夜方止，坏却房屋无数。建宁四年二月，洛阳地震；又海水泛溢，沿海居民，尽被大浪卷入海中。光和元年，雌鸡化雄。六月朔，黑气十余丈，飞入温德殿中。秋七月，有虹现于玉堂；五原山岸，尽皆崩裂。种种不祥，非止一端。帝下诏问群臣以灾异之由，议郎蔡邕上疏，以为蜺堕鸡化，乃妇寺干政之所致，言颇切直……”这么极力渲染神秘诡异的事件，和轮回思想又有什么区别呢？

当然不可同日而语。天人感应、阴阳灾异，是正史的《五行志》《符瑞志》也会写的，属于官方迷信，《三国演义》对历史的忠实，其实是对历史书的忠实，写这些自然并不妨事。

平话和各种杂剧中，神怪色彩强烈的内容比《三国演义》要多得多。明代对关羽的崇拜流行，已经产生了大量关于关羽的神鬼故事，罗贯中基本没有采纳。鲁迅曾嘲笑《三国演义》“状诸葛之多智而近妖”，可是看《平话》对诸葛出场的描写：“诸葛本是一神仙，自小学业，时至中年，无书不览，达天地之机，神鬼难度之志；呼风唤雨，撒豆成兵，挥剑成河。司马仲达曾道：‘来不可当，攻不可守，困不可围，未知是人也，神也，仙也？’”本来就是设定成一个“妖”的。

一些戏剧里的诸葛亮形象更有趣，如著名的三顾茅庐故事，被杂剧《博望烧屯》讲述成这个样子：刘关张三请诸葛亮，孔明认为刘备没有前途，不肯出山。忽然赵云赶到，向刘备报知阿斗出世。诸葛亮发现刘备竟然能生儿子，意识到低估他了，于是立刻答应下山。并分析天下大势：孙权有八十一郡，8+1=9；曹操有七十二郡，7+2=9；于是劝刘备取益州，因为益州五十四郡，难以置信的事情发生了：5+4=9。原来诸葛亮发现了九九乘法表里，九的倍数十位数和个位数相加刚好等于九，这才有隆中一对，未出茅庐，已定三分天下。

今天的读者常常嫌弃《三国演义》里诸葛亮的计谋太粗糙，给人一个锦囊，到关键时刻一打开就解决全部问题。可要看看这些民间版本的诸葛亮，才能体会到，罗贯中真的已经很努力了。

第四，拒绝乱加主角光环。

面对三国这段历史，应该帝魏寇蜀，还是尊刘贬曹？官方修史，有过漫长的争论；民间立场，却是很早就站在刘备一方的。苏东坡讲，家有熊孩子，家长烦了，就给两个钱让他听书去。听到曹操胜利，孩子就哭；听到刘备翻盘，孩子就笑。可见北宋时候，人心向背非常明显。

今天比着《三国演义》和三国历史讲的人，往往就要指出：这个地方，《三国演义》帮刘备吹了个牛；那个地方，《三国演义》帮刘备洗了个地。这当然是事实，但和民间故事比，《三国演义》明明很克制。

就拿小说开头平定黄巾之乱来说，《三国演义》编了很多刘备打胜仗的故事，但细看下，每次胜利的规模都很小，皇甫嵩、朱儁、卢植这些历史上平定黄巾的功臣，他们做了啥也都予以保留。可以说，《三国演义》是在正史叙事的框架内，尽可能夸大刘备的功绩。换言之，以“爽文”的标准衡量，《三国演义》读来是很不过瘾的。

但《三国志平话》就完全不同了。它是这样讲故事的：刘关张带着一支小分队，一路横扫，“破黄巾贼五百余万”。正是在他们的攻击下，张角三兄弟才相继“死于乱军之中”。平定黄巾就是他们哥仨的功劳。但报军功的时候，刘备没钱给常侍段珪送礼，被羞辱。于是张飞爆发，打落段珪门牙两个。这下当然更加没有封赏了，于是刘备拦住“国舅董成”喊冤，结果在董成的帮助下，得到安喜县尉的位子。

到安喜县后，刘备被太守刁难。于是张飞夜入太守府，杀了他全家男女。《平话》是说书用的梗概，文字简单。说书人现场表演时，对血腥杀戮的渲染，可能会和《水浒传》里武松血溅鸳鸯楼杀张都监全家差不多。

这事传到朝廷，于是十常侍派督邮来审理此案。督邮被张飞“打了一百大棒，身死，分尸六段，将头吊在北门，将脚吊在四隅角上”。

事情闹这么大，刘备就到太行山上当强盗去了。

朝廷里，国舅董成又跳了出来，说为招安刘备，我们应该杀掉十常侍。于是，皇帝就杀了十常侍，封刘备为“平原县县丞”。

这一大段情节，大开大阖大起大落，可说劲爆之极。它完全以刘备为中心，刘备显然也成了历史的中心。唯一遗憾的是，折腾这么半天，本来觉得刘备怎么也该封个一字并肩王了，结果获得的官职却突然回到历史事实附近，甚至比刘备实际上做过的官还小，倒是让人猝不及防——刘备做过平原令和平原相，《三国志平话》的作者可能不知道东汉的“相”是什么官职，误认为是县丞了。

爱听评书的朋友应该会觉得，这些情节虽然在《三国演义》里大多没见过，但其他袍带书里却常有类似桥段。还有，最近看过一些文章说，传统小说往往要让主人公被压抑很久，才给他一个爆发，现代爽文却喜欢让主人公立刻怼回去，其实对照民间讲故事的套路就会发现，爽文才是真正“脊续”传统文化的。

再看下《三国志平话》的结尾。爽文当然是要大团圆的，刘关张诸葛亮都死了，蜀汉都被灭了，还怎么大团圆？不妨事，山人自有主张：“晋王封汉帝为扶风郡王。走了汉帝外孙刘渊，投北去了。……刘渊幼而隽异，尊儒重道，博习经史，兼学武事。及长，猿臂善射，气力过人，豪杰士多归之。其子刘聪，骁勇绝人，博涉经史，善属文，弯弓三百斤，京师名士与之交结，聚英豪数十万众，都于左国城，天下归之者众。刘渊谓众曰：‘汉有天下久长，恩结于民，吾乃汉之外甥，舅氏被晋所虏，吾何不与报仇。’遂认舅氏之姓曰刘，建国曰汉。遂作汉祖故事，称汉王，改元元熙，追尊刘禅为孝怀皇帝，作汉三祖五宗神主而祭之……却说汉王领军数十万，前至洛阳伐晋。晋怀帝出迎敌，阵败，汉兵执之，杀而祭于刘禅之庙。又有晋愍帝即位于长安。汉王遣刘曜征之，遂虏晋愍帝，遂纳晋惠帝羊皇后为妻，遂送晋帝于平阳郡。汉王遂灭晋国，即汉皇帝位。遂朝汉高祖庙，又汉文帝庙、汉光武庙、汉昭烈皇帝庙、汉怀帝刘禅庙而祭之，大赦天下。”

汉君懦弱曹吴霸，昭烈英雄蜀帝都。

司马仲达平三国，刘渊兴汉巩皇图。

别说，除了把匈奴人刘渊写得好像是汉献帝的亲外孙之外，这段倒基本都是史实。至于西晋永嘉年间那一段历史动荡，使得中国北方仿佛人间地狱，实在太不正能量了，自然不值一提。

《三国演义》不要这种强行圆梦，毛宗岗修改之后，以“滚滚长江东逝水，浪花淘尽英雄”开始，以“鼎足三分已成梦，后人凭吊空牢骚”收束，旗帜鲜明地坚持了历史虚无主义。

第五，拒绝武力崇拜。

京剧《甘露寺》里，乔国老狂吹刘备阵营，有一段著名的流水板，关于张飞的几句，是这样的：“他三弟翼德威风有，丈八蛇矛惯取咽喉，曾破黄巾兵百万（现在通行的唱词，这句改成了‘鞭打督邮气冲牛斗’，为什么会有这种改变，那是另外一个复杂的故事了），虎牢关前战温侯，当阳桥头一声吼，喝断了桥梁水倒流。”对照《三国演义》，破黄巾时张飞并无特别功勋，虎牢关是三个打一个，当阳桥会断，则是弄巧反拙所以拆掉的，都不怎么露脸，真不知道有啥可吹。

要看《三国志平话》，才能明白乔玄在说啥。按照

“平话”，黄巾军就是刘关张平定的，尤其以张飞居功至伟。第一战，张飞单枪匹马，取了杏林庄。第二战，在刘备的一再坚持下，张飞终于同意带几个人：“飞曰：‘我招些自愿去的军，如跟我去，得功者子孙永享国禄！’第一声，招得七人七骑；第二声，招得三人三骑；第三声，招得二人二骑。共招得一十三人。”看这个加法水平，倒是可以理解为啥诸葛亮会九九乘法表，就是天下奇才了。

“虎牢关前战温侯”，张飞露脸在哪里呢？“平话”是这么写的：“张飞出马持枪。张飞与吕布交战二十合，不分胜败。关公忿怒，纵马轮刀，二将战吕布。先主不忍，使双股剑，三骑战吕布，大败走，西北上虎牢关。次日，吕布下关，叫曰：‘大眼汉出马！’张飞大怒，出马，手持丈八神矛，睁双圆眼，直取吕布。二马相交，三十合，不分胜败。张飞平生好厮杀，撞着对手，又战三十合，杀吕布緋旗掩面。张飞如神，吕布心怯，拨马上关，坚闭不出。”

就是说，与《三国演义》里武评界公推吕布第一不同，“平话”的情节，张飞是公平单挑打败了吕布的，所以当然值得大吹特吹了。后文书还有张飞与赵云大战六十个回合，杀得“赵云气力不加，败回马本阵里来”，不在话下。

“喝断了桥梁水倒流”比较好解释，《平话》里，桥就是被张飞一嗓子吼断的。

京剧艺人并没有看过《三国志平话》，他们演出的内容和平话相同，说明民间自有一个口耳相传的三国故事系统，和《三国演义》之间虽有交流，却谁对谁都没有决定性的影响。我们今天常说，《三国演义》在四大名著里影响是最大的，其实是“三国故事”影响大，《三国演义》的读者数是不宜过分高估的。

《三国志平话》把张飞塑造得凶暴残忍又神勇无敌，和《三国演义》里的形象不同，但评书爱好者也会觉得很熟悉：因为很多书里面，都喜欢设置一个这样的人物。

《三国演义》里，张飞的武力被大幅削弱，实际上是《三国演义》里所有武将都被削弱了。曾有朋友想打通全部演义小说，做一个武力排行榜，结果立刻发现，《三国演义》里的人物，根本排不上号。

隋唐故事里，面对李元霸两柄大锤，什么十八家反王，七十二路烟尘，六百万大军，只有被横扫的命；残唐五代故事里，李存孝也强大到完全破坏平衡，《三国志平话》里的张飞，多少也是按照类似思路写的。但《三国演义》却抛弃了武艺决定论：关羽过五关斩六将实际上是一次逃亡，赵云在长坂坡将星闪耀，但完全改变不了刘备的败局，总之，武将只能影响小规模战斗的输赢，却不是战争成败的决定性因素。

那决定战争胜败的是什么呢？是谋臣：“水镜曰：‘不然。盖因将军左右不得其人耳。’玄德曰：‘备虽不才，文有孙乾、糜竺、简雍之辈，武有关、张、赵云之流，竭忠辅相，颇赖其力。’水镜曰：‘关、张、赵云乃万人敌，惜无善用之之人。若孙乾、糜竺辈，乃白面书生，非经纶济世之才也。’”（《三国演义》第三十五回）

虽然从小说的内容看，《三国演义》的作者也未必知道文官系统对国家机器的运转究竟发挥着怎样的作用，但他的立场确实是读书人的立场。

第六，拒绝仇恨女性。

《三国演义》和《水浒传》一样，都是典型的男权立场上的作品，但对女人的认识，彼此之间也有明显区别。简单说就是：

《水浒传》认为，女人应该活成男人需要的样子，但事实上做不到，所以女人坏透了；

《三国演义》认为，女人应该活成男人需要的样子，这是可以做到的，所以还是有好女人的。

《三国演义》里的女性形象数量不多，写得也不生动，但正面人物不少。比如说刘备的老婆、曹操的女儿，就都是好女人的人设。而且这个倾向随着《三国演义》的反复修改，还被不断强化。

刘备说“兄弟如手足，妻子如衣服”，对女人是鄙视到极点了，但《三国演义》里刘备的几个老婆，追随他都很无怨无悔。夷陵战败，刘备死了的谣言传到东吴，孙夫人还要祭江自杀，她本来那么慷慨侠烈，但最终的自我定位，似乎就是做一件寿衣。

曹操的女儿做了汉献帝的皇后，曹丕篡汉的时候，曹后的表现是："曹后曰：'百官请陛下设朝，陛下何故推阻？'帝泣曰：'汝兄欲篡位，令百官相逼，朕故不出。'曹后大怒曰：'吾兄奈何为此乱逆之事耶！'［毛夹批：曹后深明大义，不是女生外向。］言未已，只见曹洪、曹休带剑而入，请帝出殿。曹后大骂曰：'俱是汝等乱贼，希图富贵，共造逆谋！吾父功盖寰区，威震天下，然且不敢篡窃神器。今吾兄嗣位未几，辄思篡汉，皇天必不祚尔！'［毛夹批：比孙夫人之叱吴将更为激烈，不意曹瞒老贼却有如此一位贤女。］"

曹后的台词，其实是毛宗岗创作的，他的批语，是自己给自己频频点赞，得意于自己塑造了一个这么正面的女性形象。

其实民间三国说到女人，也是有不少和《水浒传》风格相似的故事的。有一个在《三国演义》里还保存着，就是"刘安杀妻"。一次刘备落荒，到了一个叫刘安的猎户家里，刘安为让刘皇叔吃顿好的，就把自己的老婆杀掉，骗刘备说是狼肉，给刘备吃了。

毛宗岗评点到这里，精神似乎进入分裂状态：又忍不住要说猥琐笑话（要是怕老婆的人杀了老婆，是不是该叫狮子肉啊），又要表扬刘安杀了妻子却孝敬母亲，但也说了句人话："古名将亦有杀妻飨士者。妇人不幸生乱世，遂使命如草菅，哀哉！”当然，说分裂，其实是我的感受，他自己可能并不觉得，人对一件事的态度，就是可以复杂多元的。

还有一出叫《关大王月夜斩貂蝉》的杂剧。此剧失传已久，但故事在民间一直都有流传：曹操灭了吕布，貂蝉就到了曹操手里，曹操送关羽美女十名，其中之一就是貂蝉，于是貂蝉就被关羽斩了。是关羽读《春秋》，看到女人是祸水的历史心头火起，于是跑去斩了貂蝉呢？还是貂蝉月下调戏关羽，关羽觉得我这么正直你居然勾引我，于是斩了貂蝉呢？还是貂蝉月下调戏关羽，青龙刀害怕关羽抵御不了诱惑，自己飞起来斩了貂蝉呢？随段子手的品味而定，倒没有一定之规。

《三国演义》坚决抵制这个情节，毛宗岗特意大书：“我谓貂蝉之功，可书竹帛。若使董卓伏诛后，王允不激成李、郭之乱，则汉室自此复安；而貂蝉一女子，岂不与麟阁、云台并垂不朽哉？最恨今人，讹传关公斩貂蝉之事。夫貂蝉无可斩之罪，而有可嘉之绩：特为表而出之。”

如果换成施耐庵，却可能会详细描写关羽怎么解剖貂蝉的。

对比《水浒传》，《三国演义》大概更能代表传统的主流社会对女人的态度：直男癌是真的，歧视女人是真的，不了解女人内心是真的，有时爱说些淫猥段子也是真的，但还不是彻底脏了心。和《水浒传》所代表的游民社会那种强烈的仇女情结相比，区别也是很明显的。

第七，拒绝热衷富贵。

民间三国故事，对荣华富贵的渴望往往来得比较直白，并不用道德语言重重包裹起来。

《三国志平话》里，介绍赵云追随刘备的理由是："先主非俗人之像，异日必贵，又兼是高祖十六代孙，我肯弃之？""异日必贵"四个字，真是活画出攀龙附凤的心态。

又如元杂剧《刘关张桃园三结义》，关羽、张飞结识之后，又遇见了刘备，发现他"实为贵相"，于是请刘备喝酒。刘备喝醉后，身上出现奇异的征兆。关羽说道："兄弟，你见么？他侧卧着，面目口中钻出条赤练蛇儿，望他鼻中去了。呀呀呀，眼内钻出来，入他耳中去了。兄弟也，你不知道，这是蛇钻七窍，此人之福，将来必贵也。等他睡醒时，不问年纪大小，拜他为兄，你意下如何？"

杂剧作者社会地位不高，学问、见识常被嘲笑，但说到细节刻画的功夫，自有难以企及的地方。就这么几句台词，生生展现出恐怖片的画面感。但关羽从这条在刘备脸上钻来钻去的小蛇身上，看见的不是恐怖，而是自己的发展前途。

于是关羽决定追随刘备，并提醒张飞说，咱们"不问年纪大小，拜他为兄”，这就有点西门庆热结十兄弟的调调了。《金瓶梅》第一回，写西门庆和一群帮闲无赖结拜兄弟：“众人一齐道：‘这自然是西门大官人居长。’西门庆道：‘这还是叙齿，应二哥大如我，是应二哥居长。’伯爵伸着舌头道：‘爷，可不折杀小人罢了！如今年时，只好叙些财势，那里好叙齿！若叙齿，这还有大如我的哩……’”

《金瓶梅》是很写实的，民间结拜兄弟，尊最有财势的做大哥，原是社会风气。刘备虽然还落魄，但脸上这条小蛇，已经预示出刘备未来的势力，所以大哥也就是他了。

《三国志》并没有明确交代关羽、张飞的年纪，但民间总有传说，讲关羽年纪比刘备大，甚至有时张飞年纪都比刘备大。无他，叙财不叙齿的西门庆、应伯爵们，需要这样的桃园结义而已。

这种对富贵的在乎，在《水浒传》里也很明显。比如宋江，江湖人称及时雨，多少好汉看见他倒头便拜，早有人指出不过是因为他有及时的银子；比如鲁智深瞧不起打虎将李忠和小霸王周通，但人家山寨里的金银酒器，他是很瞧得上，离开时要打包带走的；武松为张都监工作时，人家想通过武松走后门，那些礼物武松也是照单全收，施耐庵还云淡风轻写了一句，“不在话下”，显然在他看来，受贿是再正常不过的事。

《三国演义》的道德底线，显然要高上一大截。为什么会有桃园三结义，赵云为什么会选择追随刘备，《三国演义》里都有正义凛然的台词。

第八，拒绝渲染暴力。

《水浒传》故事发生在大宋宣和年间，虽然天崩地坼的靖康之难已然悄然逼近，但大宋官民并未觉察，人们日子颇过得下去，人口还在增长中；三国则是中国历史上最具毁灭性的乱世，官方统计的人口数，从五千多万骤减到七百万，实际人口损失恐怕也在三分之二以上。体现在小说中，《三国演义》比《水浒传》里死人要多得多，一个赤壁之战，就超过了《水浒传》里的死人总数。

但读《三国演义》，血腥恐怖的感觉，远远不如《水浒传》强烈。

因为《三国演义》写的是死了几百万人，《水浒传》是死人的事发生了几千几万次。

《水浒传》里，写杨雄活剐潘巧云，写宋江凌迟黄文炳，写矮脚虎王英用人心做醒酒汤，写张青孙二娘的人肉铺，写李逵杀死小衙内、烧烤假李逵……似乎有一种癫狂的快意，又似乎这只是英雄们的日常，森森的寒意，看得人从心底里涌上来。

《三国演义》完全不是这样。其实平话、杂剧里，喜欢渲染暴力的三国故事一样不少，前面我们就引用过一些，如写到张飞鞭督邮后还要分尸，文笔那么粗陋的《三国志平话》，一下子就兴奋细致起来。

但这些内容，罗贯中就是没要。

实际上，《三国演义》给人的感受，甚至远远不如读正史残酷。因为叙述的聚光灯完全打在英雄们身上，你看见的是他们的英勇神武，而倾向于忽视他们刀枪下的亡魂。武力第一的吕布，刘备阵营的五虎上将，曹操手下的典韦许褚……都有自己的高光时刻。那些情节读来只让人觉得英风浩荡，却并不见得多血腥。“两马相交，战不三合，一刀挥于马下”，小孩子听这样的故事，脑海中可能只是闪耀着飒飒的刀光，但并没有脑补出鲜血奔涌的画面。

你可以说，把战争写得如此浪漫，体现的是作者的轻佻。但罗贯中是真的没有用血淋淋的笔触来挑逗、刺激读者。

甚至于，《三国演义》写到大规模死亡，偶尔还会有一点悲悯。比如火烧藤甲兵时，诸葛亮有这样的表现：“只见山上两边乱丢火把，火把到处，地中药线皆着，就地飞起铁炮。满谷中火光乱舞，但逢藤甲，无有不着。将兀突骨并三万藤甲军，烧得互相拥抱，死于盘蛇谷中。孔明在山上往下看时，只见蛮兵被火烧的伸拳舒腿，大半被铁炮打的头脸粉碎，皆死于谷中，臭不可闻。孔明垂泪而叹曰：‘吾虽有功于社稷，必损寿矣！’左右将士，无不感叹。”

诸葛亮出山三把火，烧死了多少汉人，从来也没心疼；现在烧死少数民族，他就折寿了。这个立场分寸，拿到今天也挺符合舆论导向的。

说到这里，我们可以尝试概括一下：

《三国演义》是一部努力排斥低俗的民间趣味的书，但是它没有因此失去群众基础，恰恰相反，这种努力使它在部分群众那里，获得了一种高级感。

在许多时空里，人民群众对自己认同度并不高，他们向往的是更高阶层的生活状态。历史在中国的文化传统中被设定为如此崇高之物，当然是他们希望了解的。今天的学者指出《三国演义》与历史不符的地方很容易，但至少曾经，《三国演义》能提供给人们一种“这就是真实的历史”的感觉，满足了不少人提升自我的需求。

看起来更俗气的《水浒传》或《西游记》，就没有这个功能。

但也正因如此，《三国演义》被牢牢固定在了古代知识精英的鄙视区。道理很简单，高档奢侈品和一般大众日用品没有对立关系，但最看不惯的就是A货。

戴森印象记

卢昌海

打通各种“看起来毫不相关的”方法和领域。

2020年2月28日，物理学家弗里曼·戴森（Freeman Dyson）在美国去世，享年九十六岁。

我书架上和电脑里，戴森的著作比较全面。除他本人的著作外，我还读过美国作者P. F. 舍维（P. F. Schewe）撰写的戴森传记《特立独行的天才》（*Maverick Genius*）的若干章节。而我的这篇文章，本质上是一些阅读随感，也是阅读所得的戴森印象，故曰“印象记”。

最早读戴森是在二十多年前。当时我在复旦，不久将要赴美，最后几个月闲来无事，便从图书馆找了些闲书看，戴森的《宇宙波澜》（*Disturbing the Universe*）也在其列。后来回想起来，当时读那本书印象最深的细节是：一位学生通过公开可查的资料，汇集了制造原子弹的步骤，精确得让戴森大吃一惊，在给了学生“A”（优）之后，嘱咐其烧掉文章。

多年之后，重读《宇宙波澜》原版，我印象最深的细节转为他所记叙的跟理查德·费曼（Richard Feynman）驱车横穿大半个美国的长途之旅。我甚至就那段记叙比对费曼自传，发现了一些有趣的差别。

总之，戴森进入我的视野，最初就是因为《宇宙波澜》这本自传性的随笔，那也是戴森的第一本随笔。

戴森出生于英国，早年在英国学数学。他喜欢钻研困难问题，对量子物理也颇有兴趣。为了将戴森留在数学领域，他的数学教授投其所好，时常拿困难问题来吸引他。结果有一次，这个策略出了纰漏，教授给的问题太难了，而在数学和物理间举棋未定的戴森恰好许了个愿：若解决不了那个问题，就转行做物理。

结果戴森就转了行。

不过，学数学的经历不仅为戴森做物理打下重要根基，也对他的研究风格有了深远影响。在为自己的一篇数学论文撰写的自荐中，戴森曾写过一段几乎是自己一生研究风格写照的话："我这篇论文最让我珍视的成就，是在一个数学分支里成功运用了属于另一个看起来毫不相关的其他分支的数学思想。"虽然转行了，但可以说，他终其一生都在试图打通各种"看起来毫不相关的"方法和领域。

戴森的物理生涯是从美国的康奈尔大学开始的，师从汉斯·贝特（Hans Bethe，1967年诺贝尔物理学奖得主）。在为戴森写推荐信时，与其只有一面之缘的英国物理学家杰弗里·泰勒爵士（Sir Geoffrey Taylor）写下了这样的评语："尽管只有二十三岁，在我看来他是英国最好的数学家。"当时G. H. 哈代（G. H. Hardy）、约翰·伊登斯尔·利特尔伍德（John Edensor Littlewood）、艾伦·图灵（Alan Turing）那样的数学大师都还在世，泰勒爵士的推荐信够拼的。

戴森到美国后很快跟费曼成了朋友。费曼是当时量子电动力学研究的核心人物之一，戴森抵达美国的那一年——1947年——则是量子电动力学发展的核心年份。这一年前后，日本物理学家朝永振一郎（Shin'ichirō Tomonaga）、美国物理学家朱利安·施温格（Julian Schwinger）及费曼各自独立地研究了量子电动力学（其中朝永振一郎的研究偏于框架性阐述，未做具体计算），并取得重大突破。初来乍到的戴森，则密切关注并深入钻研了他们的理论。

虽取得重大突破，但当时量子电动力学的一个头疼局面是：朝永振一郎、施温格及费曼的方法互不相同，搞不清彼此间是什么关系。其中朝永振一郎和施温格的方法相对传统，建立在公式推演之上——尤以施温格的推演最为繁复，甚至使《物理评论》（*Physical Review*）为他破例，允许公式超过页面宽度；费曼的方法则高度新颖，虽也不乏公式，却使用了一些图形，即如今大名鼎鼎的"费曼图”——费曼后来回忆说，他当时曾想，今后《物理评论》上若到处是这种图形该多好玩。

解决这个头疼局面，成了戴森崭露锋芒的战场，也成了打通各种“看起来毫不相关的”方法的一次实践。戴森进行这次实践的优势不仅在于他的数学根基，而且——用他自己的话说，还因为他是“唯一一个有机会跟施温格和费曼都进行过长时间讨论，且真正理解他们所做之事的人”。

1948年，刚从康奈尔大学转到普林斯顿高等研究院不久的戴森，成功证明了朝永振一郎、施温格及费曼的方法彼此等价；稍后，他又进一步证明量子电动力学的可重整性（施温格和费曼的计算只涉及如今称为“单圈图”的情形，其重整化也只针对这一情形）。

不过戴森的研究遭到了当时主管高等研究院的美国原子弹之父J. 罗伯特·奥本海默（J. Robert Oppenheimer）的“不信任”。在戴森的报告会上，奥本海默频频打断戴森，提出各种质疑，以至于其他听众不得不趁奥本海默不在场时，安排戴森“开小灶”重讲一遍。最后，戴森的导师贝特亲自赶来“救场”，当着奥本海默的面，以自己的方式讲解了戴森的工作。不知是贝特讲得更清楚还是奥本海默给贝特面子，贝特的讲解终止了奥本海默的质疑。最终，在戴森做完全部报告的次日早晨，他收到奥本海默的一封信，里面只有一句话：“我投降。”

1949年，戴森这一研究的两篇论文发表在《物理评论》上。

在戴森从事这一研究时，费曼方法的很多细节尚未发表，戴森可算是最早知晓并认真看待费曼方法的寥寥数人之一。不过略带戏剧色彩的是，戴森的论文完成后，曾寄了一份给费曼，费曼却让一个学生去研判它的价值，结果学生做出了否定判断，于是费曼——起码在当时——不曾阅读戴森的论文。

但不管怎么说，戴森的论文解决了量子电动力学的头疼局面，而量子电动力学是当时的热门，因此这篇论文也成为热门，戴森的名字开始跟施温格和费曼相并列，施温格的方程式开始被一些人称为“施温格-戴森方程式”，费曼图也一度被称为“费曼-戴森图”……发表后的数年间，戴森的论文几乎成了量子电动力学的《圣经》，被援引次数甚至超过费曼的论文，使后者有些不快。

不过当1965年朝永振一郎、施温格及费曼因量子电动力学研究获得诺贝尔物理学奖时，却是戴森坐了冷板凳。对于戴森没有获奖，他的一些朋友鸣过不平，比如杨振宁（1957年诺贝尔物理学奖得主）认为，戴森对量子电动力学可重整性的证明应该得诺贝尔奖，史蒂文·温伯格（Steven Weinberg，1979年诺贝尔物理学奖得主）和弗兰克·维尔切克（Frank Wilczek，2004年诺贝尔物理学奖得主）也认为戴森应该得诺贝尔奖。当然，“民意”也并非一面倒，比如默里·盖尔曼（Murray Gell-Mann，1969年诺贝尔物理学奖得主）就认为戴森的工作只是调和那三个人的工作，够不上诺贝尔奖级别。

我比较认同盖尔曼的看法。戴森的量子电动力学工作虽然漂亮，也很见功力，但偏于数学，且确实只是一种调和性的工作，在开创性上不能与朝永振一郎、施温格及费曼相提并论，诺贝尔物理学奖很少颁给这种类型的工作。诺贝尔奖的提名数据也在很大程度上印证了盖尔曼的看法：戴森只在1964年得到过一次提名，而朝永振一郎在1951年到1965年间得到过十五次提名，施温格在1951年到1966年间得到过三十次提名，费曼更是在1956年到1965年间得到过四十八次提名。因此这三人得奖实乃众望所归。

对于没有获奖一事，戴森本人倒不失幽默，某次被问及此事时回答说："被问及你为什么没得奖比被问及你为什么得奖要好。"另外，对量子电动力学本身，戴森也并未看得很重。2006年，他在发表于《今日物理》（*Physics Today*）上的一段评论里写道："1949年，我们认为量子电动力学只是一种偷工减料的结构，连十年都撑不到就会被更坚实的理论所取代……我为大自然如此精确地依照我们五十七年前草率谱写的旋律起舞而感到惊讶……"

量子电动力学研究是戴森在物理学上最重要的贡献，也是我最早读到的他的工作。关于这一工作，还有一点可略做补充，那就是戴森对量子电动力学可重整性的证明其实有几处缺陷。1950年，巴基斯坦物理学家阿卜杜勒·萨拉姆（Abdus Salam，1979年诺贝尔物理学奖得主）就戴森论文中语焉不详的所谓“交叠发散”（overlapping divergence，戴森自己称之为b-divergence）问题当面请教，戴森表示自己并未解决这一问题，而只是对解决方式做了猜测。当时的戴森已是一些年轻物理学家的偶像，他的论文也成经典，他的回答让萨拉姆颇为吃惊——同时也对戴森的坦诚深感钦佩。几个月后，萨拉姆推广戴森的方法，自己解决了“交叠发散”问题。

除“交叠发散”问题外，戴森对某些费曼积分的收敛性也只是做出猜测而未证明，后来是温伯格于1960年给出了证明。

量子电动力学研究之外，我读到的戴森另一项——也偏于数学的——研究是涉及随机矩阵理论的工作。这一工作源自他对原子核能级问题的探索，后来却出人意料地跟黎曼猜想产生了关联。随机矩阵理论与黎曼猜想之间的关联是我昔日对黎曼猜想产生兴趣，乃至撰写《黎曼猜想漫谈》的缘起之一，从这个意义上讲，戴森对我“科普作家”这一非职业身份的形成可说是产生过间接却重要的影响。戴森自己对这一打通各种“看起来毫不相关的”领域的关联也很是着迷，曾将随机矩阵理论比喻为冰山，将自己最初想要探索的原子核能级问题说成冰山的尖角，将跟黎曼猜想等等的关联视为冰山的主体。

戴森进入这篇“印象记”的其他“遭遇”，就基本上不属于“硬科学”了。其中印象较深的一次，出现在我很喜爱的科幻系列剧《星际旅行：下一代》（*Star Trek: The Next Generation*）中，涉及的是“戴森球”（Dyson sphere），剧集的名字则是《遗迹》（*Relics*）。不过在那集故事里，一艘星际飞船被戴森球的引力俘获而撞上后者，其实是完全不可能的——因为在戴森的构想中，戴森球是一个由无数部件组成的环绕恒星的非刚性球面结构，厚度不超过数米，离恒星的距离则跟智慧生物居住的行星离恒星的距离相同。这样的球面结构，其引力场微乎其微（学过万有引力定律的读者可以想一想为什么），根本不可能靠引力俘获具有星际飞行能力的飞船。据说戴森本人虽然喜欢那集故事，却也对其背后的物理直言不讳地评论为“胡扯”。戴森球的提出是在1960年，论文发表在知名刊物《科学》上，并被“搜寻地外文明计划”（SETI）吸收为奠基性文件之一。不过在发表之前，他担心这种“研究”会被视为不务正业，特意向奥本海默做了“请示”（奥本海默给予了支持）。

像戴森球这样的构想，是戴森兴趣越来越拓展的一个缩影。在漫长的一生中，除数学和物理这两个老本行外，他还参与政府和军方的研究，涉足生物、工程、星际探索等诸多领域；相应的，他的身份也很多元，是教授，是智囊，是未来学家，也是随笔作家。戴森在报刊上发表了大量文章，包括书评、时评，他臧否人物，漫话古今，也阐释自己的各种思想。那些文章显著增加了他的影响力，并大都已结集成书。

戴森的研究和写作，不仅致力于打通各种“看起来毫不相关的”方法和领域，而且还有一个鲜明特点，那便是有很大的叛逆性——对主流科学或主流观念的叛逆。他甚至将自己的一篇随笔及收录该随笔的书取名为《反叛的科学家》（*The Scientist as Rebel*）。如果我们把叛逆本身也视为领域的话，那么戴森的叛逆或许是打通各种“看起来毫不相关的”方法和领域的另一种尝试——一种走到科学边缘甚至边缘之外、蹦极般的尝试。

戴森的叛逆不是秘密，甚至很高调，也很早就被同事和朋友看出来了。他参与过的美国政府智囊组织JASON的很多成员都曾回忆说，戴森喜欢提出标新立异的看法。比那更早，1948年，当戴森还是相对传统的数学、物理领域内的研究者时，与他初识的美国物理学家亚伯拉罕·派斯（Abraham Pais）就敏锐地看出，“那家伙肯定是一个反传统的人”。派斯在晚年记叙这一印象时还补充说，“我的这一看法从未改变过”。

不仅派斯的看法“从未改变过”，戴森的叛逆——包括任何具体的叛逆——一经形成，也基本上是从未改变过。这种叛逆的一个例子是他对所谓“全球变暖”（global warming）的异议。戴森早在1972年就涉足这一领域，且在研究之初定下一个跟其他研究者相反的叛逆性目标：寻找积极因素。此后的近半个世纪里，无论全球变暖的证据如何变化，戴森寻找积极因素的视角从未改变过。从文字上看，他技巧性地避免了对全球变暖做出严格否定，但主张这种效应并非处处均一，也并非全无益处，强行遏制的代价则太大，等等。在一篇2008年发表的有关全球变暖的书评中，他还发挥“未来学家”的想象力，预计不出二十年，最多五十年，将能用基因工程等手段研究出所谓“吃碳树”（carbon-eating tree），来“吃掉”大气层中的二氧化碳。同时，他还多少有些“顾左右而言他”地主张，应把注意力转到比全球变暖更重要的其他全球议题上去。

戴森叛逆性的另一个例子，是他对被多数科学家视为伪科学的“超感官知觉”（Extrasensory Perception，简称ESP）的支持。在2004年发表的一篇题为《百万分之一》（*One in a Million*）的书评中，戴森表示，超感官知觉虽然迄今没有任何科学实验上的证据，但并不意味着不存在——因为有可能只是科学实验的探测精度不够。这种将无论多小的可能性拿出来说事的做法，在戴森的叛逆中是有代表性的。英国哲学家大卫·休谟（David Hume）早在十八世纪就指出过，我们无法绝对严格地证明现实世界的任何命题。类似的，我们也无法绝对严格地否定现实世界的任何命题。但严肃的科学或哲学讨论通常都不会只凭这一点就试图确立一种观点——否则，任何观点都可确立，任何讨论都是多余。仅仅因为零证据并不意味着严格否定，就将超感官知觉的存在与不存在并举，在抠字眼的意义上虽无破绽，却是一种和稀泥的做法。更何况，科学实验的探测精度虽然有限，却远胜于人类知觉，若认为科学实验的探测精度还不够，又凭什么相信科学实验以外的那些基于人类知觉的“证据”呢？为支持超感官知觉，戴森甚至祭出丹麦物理学家尼尔斯·玻尔（Niels Bohr）的互补原理（principle of complementarity），表示对超感官知觉来说，应该既可以用科学的角度看，也可以用艺术和宗教的角度看，就像光既可以作为波来研究也可以作为粒子来研究一样。对这种云山雾罩的类比，我只能套用已故中国玻尔研究者戈革的一句评论：“完全是胡扯”（戈革评论的是派斯对互补原理的阐释，比戴森的这种类比靠谱多了）。

2007年，戴森为一本题为《超常感知》（*Extraordinary Knowing*）的书撰写序言，再次力挺超感官知觉。在这篇序言里，戴森表示，作为科学家，他并不相信有关超感官知觉的逸闻，但作为一个人，他愿意相信，而且觉得那些逸闻很有说服力。若单单这么说，倒不失为理性与感性相交融的随笔式的坦率，但很快，戴森就用完全确定的语气宣布立场：“超感官知觉是真实的，正如那些逸闻式证据所显示的，但不能用粗糙的科学工具来检验。”有道是：超常的主张需要超常的证据。拿“逸闻式证据”（anecdotal evidence）来确立如此超常的主张，不仅断定超感官知觉是真实的，而且宣称不能用粗糙的科学工具来检验，确实够叛逆的。

在戴森所有的叛逆性思想中，最引人注目，也最让我不以为然的是他关于宗教的观点。1986年，戴森参加了一个天主教组织的大会，并做报告。报告的内容后来整理成一篇题为《赞美多样性》（*In Praise of Diversity*）的文章。戴森在文中表示，科学和宗教都在探索真理，是探索真理的两大途径。他对进化论与神创论各打五十大板，主张两者要彼此尊重。这种以"赞美多样性"为名义，将天差地别的东西等量齐观的做法，跟将无论多小的可能性拿出来说事可谓异曲同工，也是一种和稀泥。

在《全方位的无限》（*Infinite in All Directions*）一书中，戴森表示，科学只适用于描述宇宙内部的现象，因此自然定律的选择及宇宙初始条件的选择都不属于科学范畴，在这种科学不能解释的事情上，神学未必没有发言权。且不说自然定律的"选择"及宇宙初始条件的"选择"（"选择"二字本身就用得有些暧昧）是否真的不属于科学范畴，是科学不能解释的事情，哪怕是，也抬高不了神学的地位。科学不能解释，不等于神学（或任何张三李四的"理论"）就自动变成"接盘侠"，也不等于科学和宗教（或任何张三李四的"理论"）就成了探索真理的两大（或N大）途径。压低一样东西并不能自动抬高另一样东西，后者需要独立论证。对于像戴森这样以科学有不能解释的事情为由抬高宗教的做法，英国生物学家理查德 · 道金斯（Richard Dawkins）曾做过一针见血的讽刺："科学未能解释暗物质，因此耶稣系处女所生，摩西分开过红海水，穆罕默德乘有翅膀的马飞翔过。"

常有人把科学与宗教的分歧当成两种知识体系的分歧，视戴森这种和稀泥的宗教观为心胸和眼界的开放。其实，科学与宗教的真正分歧是：真理必须接受检验 vs. 某本千年古书是免检的真理。不知什么样的雄辩家能从后者品出心胸和眼界的开放来？宗教是远古文化的化石，时代决定了它的水准不仅远低于现代科学，而且远低于在它之后出现却已遭淘汰的无数科学或哲学理论，它之所以迄今屹立不倒，甚至还那么兴旺，完全得益于超低的智力门槛和遂人心愿的穿凿附会。虽然从概率上讲，就连猴子敲击键盘也有可能敲出"真理"，但靠本质基于千年古书的神学碰对"真理"的概率能有多少呢？在如此渺茫的概率面前，宗教却一味的斩钉截铁，连丝毫的谦虚都没有。这么大的荒谬在戴森的"赞美多样性"或"全方位的无限"的幌子之下被轻轻掩去，实乃戴森式"开放"的最大弊端。

当然，戴森倒也并非传统意义下的教徒，他对宗教的看法也并非正统——或者说对于宗教他也同样有叛逆性。比如他曾将"上帝"定义为"超越我们理解范围的头脑"（不知这种定义本身是否也是一种"理解"，会让如此定义的"上帝"不存在）；他曾表示自己去教堂只是为了音乐和友爱，而非学习；他甚至说《圣经》只是一部文学。这些都不是正统教徒的思想。不过，我的个人经验是：在宗教方面和稀泥的人，哪怕不是传统意义上的教徒，也往往会在某些方面流露出教徒式的诡辩。戴森也不例外。

举个例子来说，温伯格在《最初三分钟》（*The First Three Minutes*）一书中写过一句很出名的话："宇宙越是看上去可以理解，也就越显得无目的。"戴森对此不以为然，他的主张是，宗教可以让人们理解宇宙的目的。将目的赋予万物在亚里士多德时代是流行的想法，直到十八世纪仍不乏拥趸，在如今的科学界则只能算"叛逆"。戴森自己也承认这一点，在《全方位的无限》一书中表示，如果说温伯格"代言"的是二十世纪，那么他偏好的则是十八世纪（可惜科学并非古董，偏好十八世纪实在无助于论述主张）。由于这种分歧，戴森和温伯格在长达数十年的时间里，断断续续进行着争论。在2010年发表的一篇针对温伯格随笔集《湖畔遐思》（*Lake Views*）的书评中，戴森对温伯格做出了一个很低级的指控，表示具有讽刺意味的是，对宗教信仰深怀敌意的温伯格居然信仰终极理论。以至于温伯格不得不提醒他，这种所谓"信仰"不过是认为终极理论值得尝试而已。其实，温伯格在诸多文字中对科学的特征——尤其是科学并非基于信仰，在科学上没有金科玉律等——做出过非常明确的表述，戴森不可能不知道（他们两人对彼此的文字是很熟悉的，无论是为了友谊还是争论）。比如在《爱因斯坦的错误》（*Einstein's Mistakes*）一文中，温伯格曾写道："通过表明即便是最伟大的科学家所犯的错误也被我们所承认，我们为那些据说在循其他途径寻求真理的人提供了一个很好的范例。我们意识到最重要的科学先驱也不是所有文字都必须被当成金科玉律的先知。"英文中的"believe"（相信）、"belief"（信仰）等词，在宗教和非宗教语境下都很常用，具有混淆的"潜质"，但除非刻意诡辩，否则不难从上下文判断其真实含义，故而在高层次的争论中很少被曲解。戴森却以抠字眼的方式将宗教和非宗教语境混为一谈，做出脱离语境的指控，不能不说是有些教徒式的诡辩意味。

在同一篇文章的末尾，戴森还拿牛顿的信教来说事："牛顿是虔诚的基督徒，对神学与对科学一样执著。牛顿不是傻瓜。"这种"逻辑"一向很受教徒青睐，但戴森居然也拿它来用，还是很让人跌眼镜。哪怕撇开一个领域的智者未必是所有领域的智者这一因素不论，在一个演进的历史中，像宗教那样本质上凝固不变却自居为真理的东西，其愚昧性是与时俱增的。同样是信神，达尔文之后比达尔文之前愚昧得多，今天的信神更是远比牛顿时代的信神愚昧得多。对于牛顿信神这件事，温伯格在随笔集《仰望苍穹》（*Facing Up*）中曾做过点评："牛顿、法拉第及其他过去的科学家深信宗教这一事实，表明宗教怀疑论并不是从一开始就统治科学的偏见，而是通过对自然界几个世纪的研究所得来的教益。”这才是演进的历史视角，身为“未来学家”的戴森，其视角反倒是凝固的——这或许是在宗教方面和稀泥的必由之路吧。

戴森对温伯格那句“宇宙越是看上去可以理解，也就越显得无目的”不以为然的另一个原因是，他认为宇宙可以通过智慧生物显示目的，而智慧生物——基于早年以为的宇宙均匀膨胀——可能会永存。后来人们观测到了宇宙的加速膨胀，戴森承认那会消除智慧生物永存的可能，但辩解说：观测只代表过去，不排除未来的宇宙会继续均匀膨胀，使他的看法继续成立。这是将无论多小的可能性拿出来说事的又一个例子，但如此旗帜鲜明地以自己的立场为中心滥用可能性，还是让我深感吃惊。诚然，可能性总是存在的，但倘若观测只代表过去，未来可随意假设，那要科学何用？退一步说，就算接受这种辩解，那戴森当初基于——也只代表过去的——宇宙均匀膨胀而提出智慧生物可能会永存时，为何不把未来的宇宙转为加速膨胀——从而推翻其观点——的可能性也列出来？这种一厢情愿的推理，是鲜明的教徒式诡辩。

写了太多“大不敬”的话，赶紧收尾吧——事实上，也差不多把我读戴森的随感或所谓“印象”和盘托出了。随感不是传记，也不是人物研究，而只是随感，因此无论赞许还是“大不敬”，都请以随感视之。一般来说，我看不上在宗教方面和稀泥的现代人，但戴森是个例外，他经过的事，他见过的人——包括他本人——都是一部历史，值得细细品味。在《宇宙波澜》一书的末尾，戴森记叙了自己的一个梦：他梦见自己去见上帝，到了约定的时间却没见到，只发现一串长长的台阶。于是他登上台阶，看见台阶顶部的“宝座”上躺着一个婴儿，对着他笑。戴森抱起婴儿，在一片寂静中，他忽然觉得自己想问上帝的问题全都得到了回答……很多年后，戴森将这个梦称为自己一生文字之最爱。我也喜欢这段文字——但只是作为随笔而喜欢。我觉得，以这样一个梦做结尾，使《宇宙波澜》染上了一层隐喻色彩，隐喻着戴森的漫长人生——由现实而梦幻，越来越梦幻……

最后，让我用美国物理学家马文·戈德伯格（Marvin Goldberger）对戴森的一句评语来结束全文：“他也许会犯错，但从不乏味。”（He might be wrong, but never boring.）

2020年3月12日写于纽约

图书在版编目（CIP）数据

读库. 2101 / 张立宪主编. -- 北京 : 新星出版社, 2021.2
ISBN 978-7-5133-4373-2
Ⅰ. ①读… Ⅱ. ①张… Ⅲ. ①中国文学－当代文学－作品综合集 Ⅳ. ①I217.61
中国版本图书馆CIP数据核字(2021)第029645号

读库 2101

主　　编：张立宪
责任编辑：汪　欣
责任印制：韦　舰

出版发行：新星出版社
出 版 人：马汝军
社　　址：北京市西城区车公庄大街丙3号楼　100044
网　　址：www.newstarpress.com
电　　话：010-88310888
传　　真：010-65270449
法律顾问：北京市岳成律师事务所
经销电话：010-57268861
官方网站：www.duku.cn
邮购地址：北京市海淀区万寿路邮局67号信箱　100036
印　　刷：北京雅昌艺术印刷有限公司
开　　本：770mm × 1092mm　1 / 32
印　　张：11
字　　数：220千字
版　　次：2021年2月第一版　2021年2月第一次印刷
书　　号：ISBN 978-7-5133-4373-2
定　　价：42.00元